探寻三峡历史文化　揭开巴人失踪之谜

七星聚会

周茂全◎著

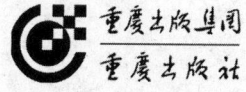

图书在版编目（CIP）数据

巴人密码·一，七星聚会 / 周茂全著. — 重庆：
重庆出版社，2018.12
ISBN 978-7-229-13555-3

Ⅰ. ①巴… Ⅱ. ①周… Ⅲ. ①长篇小说－中国－当代
Ⅳ. ①I247.5

中国版本图书馆CIP数据核字(2018)第209141号

巴人密码1·七星聚会
BAREN MIMA 1 QIXING JUHUI

周茂全 著

责任编辑：周北川　赵光明
责任校对：刘小燕
封面设计：张合涛
版式设计：王平辉

重庆出版集团
重庆出版社　出版

重庆市南岸区南滨路162号1幢　邮政编码：400061　http://www.cqph.com
重庆豪森印务有限公司印刷
重庆出版集团图书发行有限公司发行
E-MAIL：fxchu@cqph.com　邮购电话：023-61520646
全国新华书店经销

开本：710mm×1000mm　1/16　印张：17　字数：260千
2018年12月第1版　2018年12月第1次印刷
ISBN 978-7-229-13555-3

定价：39.00元

如有印装质量问题，请向本集团图书发行有限公司调换：023-61520678

版权所有　侵权必究

楔　子	……………………………………………	2
第一章　机场邂逅	………………………………………	10
第二章　央视鉴宝	………………………………………	18
第三章　临终遗言	………………………………………	24
第四章　神秘跟踪	………………………………………	28
第五章　祖传密匣	………………………………………	34
第六章　密码初现	………………………………………	42
第七章　深夜密探	………………………………………	48
第八章　寻找七星老人	…………………………………	58
第九章　逃避追踪	………………………………………	65
第十章　遗弃的古镇	……………………………………	72
第十一章　来自远古的呐喊	……………………………	89
第十二章　以梦传灵	……………………………………	99

第十三章　渡魂之舟⋯⋯⋯⋯⋯⋯⋯⋯⋯⋯⋯⋯⋯⋯107

第十四章　画卷上的紫衫人⋯⋯⋯⋯⋯⋯⋯⋯⋯⋯122

第十五章　大三峡⋯⋯⋯⋯⋯⋯⋯⋯⋯⋯⋯⋯⋯⋯⋯130

第十六章　峡郡遭遇⋯⋯⋯⋯⋯⋯⋯⋯⋯⋯⋯⋯⋯⋯147

第十七章　山登绝顶⋯⋯⋯⋯⋯⋯⋯⋯⋯⋯⋯⋯⋯⋯158

第十八章　三峡博物馆⋯⋯⋯⋯⋯⋯⋯⋯⋯⋯⋯⋯⋯166

第十九章　谋道镇⋯⋯⋯⋯⋯⋯⋯⋯⋯⋯⋯⋯⋯⋯⋯174

第二十章　谢立维⋯⋯⋯⋯⋯⋯⋯⋯⋯⋯⋯⋯⋯⋯⋯185

第二十一章　七星聚会⋯⋯⋯⋯⋯⋯⋯⋯⋯⋯⋯⋯⋯192

第二十二章　破译密码⋯⋯⋯⋯⋯⋯⋯⋯⋯⋯⋯⋯⋯200

第二十三章　温家大院⋯⋯⋯⋯⋯⋯⋯⋯⋯⋯⋯⋯⋯210

第二十四章　小孟姜杨仙姑⋯⋯⋯⋯⋯⋯⋯⋯⋯⋯⋯220

第二十五章　威虎山庄⋯⋯⋯⋯⋯⋯⋯⋯⋯⋯⋯⋯⋯246

五只刻有神秘图符的石雕虎形器，相继出现并落入五位年轻人手中。与此同时，他们各自受到来历不明的跟踪和拦劫，又莫名其妙地化险为夷。最后，素不相识的五个年轻人阴差阳错聚到七星山上，经一神秘老人的指引，他们得知自己竟是神秘消失了2000多年的巴人后裔，曾经显赫一时的虎族的子孙，此次相聚，竟是为了破解石虎上的神秘图语，并按图语的指引去完成2000多年前就预设好的一项神秘使命。

　　神秘老人到底是谁？

　　石虎图符能否破译？

　　虎族子孙的使命又是什么？

楔　子

神秘的北纬30度！

埃及金字塔的法老魔咒、北美神秘的玛雅文化、巴比伦空中花园、死亡百慕大，以及种种奇异的超自然现象……这一切，都发生在北纬30度线上。

在中国，这个纬度线上有神秘的三峡。

在三峡，最神秘的莫过于"巴人之谜"。

大约四千多年前，在现在的重庆、湖北、四川境内曾经生活着一个远古族系，他们被称做巴人。

古代巴人在长江流域创造了灿烂辉煌、可与中原文化媲美的古老文明。起源于华夏大地的神秘巫教，就直接源出于巴人。

公元前316年，巴国被强秦所灭。从此，这个古老的民族便从历史的长河里神秘失踪了，仅留下残缺零星的文献记载和种种神话传说。

巴人历史就像一团云掩雾锁的谜，2000多年来一直淡忘在人们的文化视野之外。

在三峡地区，一直秘密流传着一个古老的传说：失踪的巴人曾经留下五只石雕虎形器，那上面隐藏着神秘信息。谁能将五只石虎聚齐，并破译那些神秘信息，谁就能得到巴王的黄金权杖，解开巴人失踪之谜。

公元1997年9月，著名考古学家童恩正教授在美国逝世前夕，曾得到一幅神秘的"巴人图语"，隐约发现巴人失踪的蛛丝马迹。

公元2006年8月，在中央电视台著名的鉴宝节目演播现场，惊现一只巴人石雕虎形器，从此引出一个个疑团，最终揭开巴人失踪的惊天之谜。

而这一切，恰与三峡工程迫在眉睫的蓄水日期密切相关。

楔子

01

1997年9月20日上午9时。

美国康涅狄克州 Middletown 医院。

中国著名考古学家、科幻小说家、巴人研究权威童恩正教授，因换肝手术失败猝然离世，享年62岁。

——这是当时国内外媒体众口一词的标准报道。

然而，童恩正教授的弟子，当时正在美国哈佛大学人类学系作访问学者的郑若愚教授，却知道这里面隐藏着一段十分离奇的遭遇，让童教授的去世成为一桩神秘疑案。

前一天，即9月19日中午，郑若愚接到了导师从医院打来的紧急电话。满怀疑虑的他，从波士顿的剑桥城急匆匆地赶到医院时，已是傍晚。

郑若愚在病房里和导师密谈了两个小时。

这也是他和导师在一起的最后两个小时。

一见面，导师就从贴身的衣袋里取出一张纸片。郑若愚接过，小心展开一看，只见上面画有两排似字非字、似图非图的神秘符号，心中不由微微一惊。他立即认出，这就是号称"天书"的"巴人图语"。这些符号线条流畅生动，充满原始的古朴美。

郑若愚不知道导师是从哪里得来的这张图符，为什么此时此地还要藏在贴身的口袋里，并屏退他人，秘示给自己。作为一个考古学家，尤其是作为童恩正的得意弟子，郑若愚对"巴人图语"的形象是非常熟悉的，但对其中所蕴含的意义，仍是望而生叹。

他惊异地发现，纸片上有几个字符还是第一次见到。

导师问："认得吗？"

郑若愚苦笑着摇摇头。

原来，童恩正教授自七年前赴美国教学以来，在繁忙的学术活动空隙，一直潜心研究"巴人图语"。近来忽获灵感，对一些字的释读取得突破性进展。

但他并没有急于公布自己的发现，他还需要进一步验证。

两天前，忽然有一个自称是澳洲籍的青年华人拿来了这张纸片，想请童教授弄清其中含义。当时，那年轻人彬彬有礼地走进办公室，教授莫名其妙地感受到一种阴冷的气氛，心中不由得多了几分戒备。及至见了那纸片图符展示的内容，又暗暗心惊。

但他未动声色。

整件事情来得太突兀，还有几分神秘诡异。童教授决定，必须弄清事情背景以后，才能确定内容能否透露，否则后果不堪设想。

于是，他对来人说："能否告诉我这些符号的出处？"

来人吞吞吐吐地说："这是我家祖传的一本古籍里夹着的一张纸片，上面画着这些符号。也不知是什么年代由何人放入的，一直没人懂得这些符号是什么意思，原本以为不过是一些毫无意义的随手涂鸦。传到我手里后，出于好奇，我查阅了不少资料，反复揣摩，觉得和考古界正在研究的'巴人图语'有些相像。我了解到，您是这方面的顶级专家，所以专程越洋而来，想请您看看，能不能解出它的意义。"

教授说："'巴人图语'至今仍属'千古之谜'，在考古界争议颇多，目前尚无人能解读。本人虽然倾注大量心血，试着解读了几个符号，也是半属猜测性质，未成定论。纸上这20来个符号中，大部分都在一些出土的巴国文物上出现过，应该是'巴人图语'无疑。但其中有不少我也是第一次见到，从线条风格看，活泼生动又不失严谨，应属同一符号系列。不过，仓促之间，也不便就下结论。"

来人说："那么，有劳您了。我明天再来见您？"

"好吧，我试试看。"

第二天，那人如约而来。

童教授拿出一张纸，先画出那些符号，然后对应着写出几个字来——

二三二二，洪水……虎……眼睛？

写完看了看，递给来人，摇摇头说："只能这样了。你看，这些具体的数字、实物图像，就像看图说话，望文生义，比较好懂。但要连成句子，还需要动词、形容词、连接词，而现已发现的符号中恰恰缺少这类词语。我想，这些符号或许是某位古人随意临摹的。如果有什么意义的话，有可能是古人为纪念某次洪水而写下的。"

那人小心地提示道:"它会不会是某种谜语?"

"谜语?"

02

"我是说,在这些符号表面的意思上,会不会隐藏着其他意义?"

"这我倒没想到。问题是,这些符号的表面意义现在都没完全弄清楚哩!"

"您看,要是将这些符号全部译出,会要多长时间?"

"全部译出?"

"报酬没问题,您可以开一个数。"

"不是这个意思。严格地说,目前'巴人图语'还是一种'死亡文字',还没有找到解读的关键钥匙。而我个人试着读出的那几个字,其实是一种很简单的望文生义法,那主要还得益于我本身是一个考古学家,对于刚刚从地下挖出来的那点有限的巴人历史比较清楚。至于解读的正确性,更需要进一步的验证。所以,短时间内我本人确实无能为力。"

最后,那人留下一笔不菲的润资,谢过教授,客客气气地离开了。

当天晚上,饭后不久,童教授坐在沙发上刚刚端起一杯茶,忽然感到一阵眩晕,像是被人抽去了魂儿似的,茶杯从手中滑落,"砰"的一声摔得粉碎。然后,浑身便如虚脱一般,面色苍白,大汗淋漓,连说话的力气也没有了。

就在家人惊慌失措之际,他又慢慢喘过气来,渐渐恢复如常。但在童教授心中,一直有种莫名其妙的惴惴不安,似乎将有大祸临头。

到了半夜,腹部绞痛起来。开始他以为是胃病发作,吃了几片胃痛药,毫无效果。家人连忙将他送进医院,初步诊断的结果,是急性肝炎。但有医生发现疑点,第二天上午又作了进一步的检查。复查的结论是:肝脏已经全部坏死!

于是医院征得童教授本人及其家属同意,紧急寻找肝源,准备换肝手术。

作为一名考古学家,童教授常年在野外工作,身体一直十分健康。就在不久前，他还购买了几种新式枪械，参加射击训练，为创作自己特别喜爱的惊险小说作体验。一年一度的身体检查，也从来没有发现肝上有过什么毛病。

怎么突然之间会肝脏坏死？！

童教授想起那个神秘来访的澳洲华人。刚见面时他给人那种阴冷的感觉，还有他离开时脸上一闪而过的那个诡秘的笑容，让童教授产生了一种不祥的预感。

于是，他拨通了郑若愚的电话。

望着眼前这位在考古学界声誉日隆的得意弟子，虽比自己年轻九岁，却已是两鬓挂霜了，童教授爱怜地说："一定要注意身体啊！可不要像我这样，病来如山倒！"

"恩师，我一直都羡慕您有一副好身体嘞！您不会有事的，手术过后会很快康复。"

"不会有好结果的。我怀疑，这——很可能是中了人家的巫蛊！"

"什么？！"郑若愚闻言大吃一惊，随即摇头说，"……不，这不可能！您是一个光明磊落、与世无争的学者，从未与人积怨结仇，谁会下此毒手？"

童教授惨淡一笑，无力地说："你知道，我这人直觉一向是很敏锐的。这也是我在学术和创作上能够取得一些成绩的一种关键因素。"

于是，童教授将前两天那位自称是澳籍华人请他破译一张神秘字符的事情，向郑若愚作了一番介绍。然后说："那人一来，我就感受到了一种阴森森让人压抑的气氛。直觉告诉我：这人并非善类。所以，有关图语的内容，我并没有告诉他真相。我猜测这人，可能是会一些巫术的，而且言谈之中，他对远古巴人的历史表现出一种异乎寻常的热情。不知他是从何处得到那些字符的，显然下过相当的工夫进行研究。倘若他知道那些字符的来源和背景，很容易猜测到那里面隐藏着与巴人有关的重大秘密。他后来……下蛊害我，大概是为了灭口。"

"您说这些秘符是……与巴人有关的重大秘密？"

"这是我的猜测，但极有可能！我叫你来，就是想让你接过这桩悬案，想办法解开它！为师现在是无能为力了，我已经听到了死神的召唤。"

"不，恩师，你……"

童教授摆摆手，轻声说："不，你不必说了！你还不知道，近来我的研究工作颇有进展，我找到了一把解开'巴人图语'的关键钥匙。"

郑若愚心中一惊，但看着导师发黄的面容，他耐心地劝导说："恩师，现在我们不说学术上的事情，那太费神。咱们先治病，待你康复以后，我再来请教。"

童教授说："你我一生都在和古人打交道，还忌讳死么！我相信自己的直觉，也没有心存侥幸，——不会有什么康复了！现在不说，我的这点发现就会被带进坟墓去了，我这眼睛会闭不上的，——那将是终生的遗憾啊！"

"……好吧，您慢慢说。"

03

童教授接过郑若愚递过的一杯开水，喝了一口，理了理思路，缓缓说道："我刚才所说，解开'巴人图语'的关键钥匙，就是纳西族的东巴文！这是目前仍在使用的一种象形文字，被称为远古文字的活化石。我发现，在东巴文中，有20个图符与'巴人图语'是相同的。经过长时间的对比研究，我认为，这就是解读'巴人图语'的关键钥匙。"

这话让郑若愚惊异得心跳不已。东巴文他是熟悉的，偶尔有个把字符与"巴人图语"相似，他也知道，但从未对此作过系统的对比研究。他不由惭愧地想到：这就是导师与学生的区别吧，自己或许永远也达不到导师那种天马行空的思维境界。

只听导师继续说道："……此外，甲骨文也是一条重要线索。我一直认为，甲骨文是由"巴人图语"脱胎而出的，虽然两者距离较大，但总有蛛丝马迹可循。文字最早起源于古代巫部落，是记录占卜内容的一种原始符号，是由巫师创造的。也是由巫师世代相承，加以发展的。巴人'俱事鬼神'与'殷人尚鬼'同出一辙，而巴人是巫文化的创始者。后来，这些记录符号随巫文化一起传入中原，经过不断的发展改进，便成了我们今天看到的甲骨文字。在巴文化的发展过程中，这些符号由祭祀记录逐渐发展到铭文、印章。同时，巴人盐业的大规模生产导致商业的兴盛，又使其进一步发展成为用于交流的文字。就像欧洲文字的最早发明者腓力基人一样，繁荣的贸易促使他们发明了文字。所以，我们说的'巴人图语'，不但是一套成熟完整的远古文字系统，而且是今人能够解读的。我们现在缺少的，就是一把打开这套神秘文字之门的关键钥匙。"

说到这里，童教授已是气喘吁吁了。

郑若愚连忙递上水来，童教授啜了一口，又轻声说道："……上面说的这些，只是我刚刚建立起来的一个思路，还没来得及搜集更多的资料去展开研究。我不能让它跟着我进坟墓，未竟事业，就由弟子去完成吧！"

郑若愚听导师条分缕析地说出自己的思路，感到心中一片亮堂，仿佛看到一把若隐若现的钥匙，悬挂在"巴人图语"那道闪耀着青铜光芒的神秘大门前，似乎伸手可摘。但导师最后的话却让他心中一阵悲怆，他轻轻喊道："导师！……"

童教授用手势阻止了他，继续说："现在，让我把纸片上这几句话告诉你，你一定记住了。你看，开头是一组数字，'二三二二'吧，照图符直译，这是比较明确的。这里，是'洪水'的意思。这是'虎'，巴人自称虎族，在特定情况下，虎族还专指王族。再结合后面的符号，你看，这是'洞穴'，这是'宫殿'，如果两个组合在一起，会是什么意思？……好了，现在我们没时间讨论这个了！留待你回去再慢慢研究吧。直觉告诉我，这幅图语，很可能是从某件出土文物上临摹下来的，你回去后，一定要设法找到这件文物，它本身所携带的背景信息会帮助你解开这些图符的真正含义。我认为，这些图符透露出的信息，一定与两千多年前神秘消失的巴人族群有关，它极有可能揭示了巴国王族的最后归宿。你若能解开这道谜语，那一定是史学界石破天惊的重大发现！等你哪一天揭开巴人失踪之谜，可别忘了祭告九泉之下的为师我啊！"

"恩师……"

"还要告诉你一件事情。三十多年前，我在三峡地区曾经听到过一个神秘的传说，是从一个土家族老人口中说出来的。说是当年巴王族在失踪前，曾秘密留下了五只石雕虎形器，虎形器上刻有神秘的图符。谁能找到虎形器并破译那些图符，谁就能得到巴人王族的黄金权杖。现在我想，这个传说也许并非空穴来风，这幅图语，或许就是刻在某只虎形器上的秘符。如果真是这样，破解巴人失踪之谜就有具体的线索可寻了！你青春鼎盛，正是大展宏图之时，一定要抓住这个线索。记住：'巴人图语'是了解和挖掘远古巴人文明的关键钥匙。一定要把它当做你一生最重要的事业去做！"

导师去世后不久，郑若愚回到他所在的重庆大学。

他将学术的重点锁定在巴蜀文化的研究上，并组建了由自己领衔主研的"重庆大学西南民族考古研究所"，多次承担国家重点研究课题，硕果累累。近几年由于三峡水库建设，对三峡地区藏量丰富的地下文物进行了大规模的抢救性考古发掘，出土了数十万件与巴人有关的文物和标本。郑教授欣喜地发现，在山险水恶、神秘莫测的三峡地区，往往揭开一层厚厚的泥土，就能感受到数千年前的历史余温。尤其是被称为"巴人图语"的大量神秘图符的出现，为郑教授的研究工作提供了大量鲜活的第一手资料。

远古的场景开始浮现，迷雾般的史实依稀凸显。

近些年来，在巴人文化的研究方面，郑若愚隐然已成一方泰斗。让他颇为自慰的是，总算不负当年导师的重托，通过长年艰苦细致的研究工作，他终于在"巴人图语"的破译工作上取得了重大突破。

然而，当年导师交给他的一项最重要的任务，——通过对那幅神秘图语的破译揭开巴人失踪之谜，至今仍然毫无头绪。图语的字面意义是解读了，但无论他如何殚精竭虑，对其隐藏的谜底却始终是一无所知。

几年前，他在三峡地区进行出土文物的现场研究时，再一次听到了有关五只石雕虎形器的古老传说。

他直觉地认为，当年童恩正教授给他的那幅图语，就是刻在某只石雕虎形器上的神秘信息。但他寻遍所有出土的巴人文物资料，都没发现有关石雕虎形器的任何记录。

郑若愚教授工作之余，常常一个人忧心忡忡地想：拿什么去告慰九泉之下的导师？倘若他老人家在天有灵，他会满意自己这些年的工作么？

第一章　机场邂逅

01

2006年8月26日上午9时。

广州白云机场。

夏日的阳光炙烤着一切。飞机、车辆、建筑物，都在烈焰之中扭曲着轮廓，欲融欲化。宽阔的候机大厅里，却显得凉爽宜人。里面人声嘈杂，各色人等，行色匆匆，来来往往。喇叭里，报告航班消息的声音在空旷的大厅里回荡着。

李虎穿过一拨拨人流，匆匆查看着电子显示屏上红色的滚动字幕，发现当天广州至重庆航班的票已全部售罄。

早晨，他在去办公室的路上，接到姐姐的电话，说父亲早上在卫生间摔了一跤，引发心肌梗塞，现已入院抢救，时昏时醒，情况危急，让他尽快赶回家去。还告诉他说，老爷子清醒时反复念叨的一句话就是"虎子！快叫虎子来！"

李虎心急如焚，——无论如何，今天必须得赶回家里！

他想起在机场工作的一个熟人老杨，由于业务关系曾在一起吃过两次饭。酒席上老杨曾经说过，以后购机票如有困难，可以帮忙。李虎这人热情开朗，很容易与人拉近距离，却不是一个轻易就请人帮忙的人。但是此时，已不容他多想了，于是拨通了老杨的电话。

老杨说，机票几天前就卖完了，目前还没有退票的记录，只有去候机厅等着，如有晚点乘客，可临时补缺，但这把握不大。另外就是半小时后有一架私人包机去重庆，人不多，看能否通融捎带一个。

李虎没办法，想先试试搭乘包机，实在不行再去等候补缺。

两人在候机厅外见了面，老杨领着他向一号贵宾室走去。李虎问包机的

第一章·机场邂逅

是什么人，老杨也说不清楚，只听说是一个不愿透露姓名的神秘大佬。

两人走到贵宾室外，正要进门，忽然被两个身穿黑色T恤的年轻人挡住去路。李虎由于走路速度较快，拦他的年轻人一下撞到他的胸上，李虎在猝不及防中体内自然生出一股反弹力，将那年轻人一下摔进了门内。

年轻人长得十分彪悍，刚一触地便反弹而起，嘴里惊讶地"咦"了一声，一只拳头已挟着劲风向李虎面门袭来。李虎脚下错开一步，闪身躲过迎面一击，同时伸手握住对方拳头。年轻人挟浑身劲力挥出的拳头，被李虎轻描淡写地握在空中，居然进退不得，不禁勃然大怒，另一只拳头立即向李虎肋下击去，企图解开被握拳头之围。不想被李虎伸出另一只手齐腕捉住，一时双手被捉，动弹不得。

这一切只发生在电光石火间。

老杨被这突起的变故吓得目瞪口呆，两腿打着颤，赶紧退到一边。拦住老杨的年轻人立即转向李虎，拳脚并施。李虎背靠墙壁，如玩木偶一般，举着手中的年轻人左支右挡，让进攻者一时奈何不得。

正不可开交，忽听一阵爽朗的笑声，门口出现一个魁梧的身影。

那人笑着说："年轻人好身手！听老朽一言，大家罢手如何？"

李虎原本是来求人帮忙，不想变起仓促，被迫出手，心中正不知如何收场，听到此言，便即放手，无言退过一边。

那被捉了双手的年轻人大概从未吃过如此大亏，感觉屈辱难当，站在一旁交替揉着自己的掌腕，对李虎怒目而视。

李虎细看立在门口那人，倒背双手，两腿八字而立，身着一件中式对襟黑衫。一颗硕大的头颅披着长而卷的黑发，隐然透出一股狮王般的霸气。一副宽大的墨镜架在鼻梁上，遮住了半个脸颊。虽然让人看不出真实面目，却仍能感受到从墨镜后面射出的两道锐利的目光。李虎迎着那目光望过去，忽觉一股凉气穿过脊髓，心中陡然一寒。但这莫名其妙的感觉很快就过去了。再看那老人，只见面容朗阔，似一中年人，听声音却略显苍老。

李虎一米八零的个子，立在那里，如铁塔一般，却生着一张清朗俊雅的书生面孔。但他目光宁定，浑身透出一股凛然正气。

那人透过墨镜，对李虎凝望有顷，开口说道："你们前来，必有事情！请进来坐吧。"

老杨面色苍白，迟疑着不知道是不是该进去。李虎望了他一眼，也不说话，从容迈进门去，在一张沙发上稳稳坐下。

偌大一间贵宾室里，就只有神秘老人和他的三个随从。除刚才门口见到的两个保镖外，还有一个十分漂亮的年轻女郎，不知是女儿还是秘书，正坐在贵宾室的电脑前"啪啪"地敲着键盘。见来了客人，连忙起身，带着一脸迷人的微笑，款款扭动腰肢，殷勤地为李虎和老杨奉上热茶。

李虎看着对面那面含微笑的老人，也大大方方爽然一笑，诚恳地说："刚才事起仓促，迫不得已，实出无心，还望海涵！"

说罢起身，向老人略一抱拳，复又坐下。

一直在认真看着李虎的老人，将身子往后一靠，呵呵笑道："我喜欢爽快的年轻人！小小误会，就不要再提了。说吧，找我有什么事？"

李虎说："老父病危，急欲回家探视，无奈没有买到机票，想搭乘您的包机去重庆，不知方便不方便？"

"嗯？"老人说，"这是孝道嘛，岂有不帮之理！这个顺水人情我做了！"

李虎一块石头落下心来，欠下身说："太感谢了！不知先生如何称呼？"

02

老人笑着说："你我萍水相逢，也算有缘。你就叫我老谢吧！"

"岂敢！"李虎说，"谢先生如此厚爱，实在无以为报。我叫李虎，在广州开了一家小小的广告公司，以后如有需要，一定鼎力相助！"

说罢取出一张名片，双手递了过去。年轻女郎接过名片，送到老人手上。老人认真地看了一眼，哈哈大笑，说："好好好！你叫李虎，公司又名飞虎，我们真是有缘！你知道么？我对虎也是一向情有独钟呢！"

李虎笑着说："也不是刻意要以虎为名。大概因为我属相是虎，父亲便为我取了这么个名字。至于公司名称，是因为合伙人名中有一'飞'字，注册时我们各取一字，组合而成。"

老人说:"哦,如此说来,这'飞虎'之名实乃妙韵天成,或许这就是天意!"

老人口中陡然吐出这"天意"二字,在李虎听来,似乎触动了他意识深处的某个刻意回避的痛点,感觉特别刺耳,先前那股莫名其妙的寒意又从他心间悄然掠过。

老人指指身边两个年轻人,笑着又说:"这两个小伙子,都是身负武功的。虽然学艺不精,寻常三五人也近身不得,刚才却被你轻描淡写就制住了!看你年纪不大,身手不凡,应是出自名师吧?"

李虎歉然说:"当时为求自保,不假思索就全力应付了。我其实并没有练过什么拳脚功夫,只是小时候跟人学过几天气功,养成习惯,这些年一直没有放下,仓促之间能使出几分力气罢了!刚才得罪之处,希望两位老兄不要见怪。"

老人又是一阵爽朗大笑,说:"早说过嘛!小小误会,还提它干吗?"

虽然老人对李虎十分友好,他那两位保镖却一直心存芥蒂。登机后,一路上始终对李虎冷眉冷眼,不理不睬。

他们乘坐的是一架庞巴迪挑战者850型喷气式商务客机。仅有20来个舱位,但另有酒吧、会议室等设施。老人一上飞机就径直钻进了一间大概是卧室的密舱。女秘书邀请李虎去酒吧坐坐,李虎笑笑谢绝了,独自坐在中舱临窗坐位上。两位保镖坐在另一边稍后点的位置,一言不发,似乎在监视着李虎。

面前摆着几本杂志,还有当天的报纸,李虎也无心翻看。窗外,透过偶尔飘过的几朵白云,是一片多姿多彩的锦绣大地。经过夏日葱茏的植被装点,无论是高山平原,还是大江小河,都在明媚的阳光下尽情展示着一年之中最绚丽的景色。

李虎不由自主地闭上了双眼,他又进入一种恍惚状态。

他感觉自己身轻如燕,朵朵白云从身边飘过。他在蓝天上飞翔着,在太空中遨游着,直向金色的太阳而去。灿烂的阳光照得他全身暖烘烘、懒洋洋的,欲融欲化。他听到了爷爷的喘息声,回过头去,看见爷爷就跟在身后,却总也赶他不上。他禁不住发出开心的笑声,大声叫道:"爷爷,你快点!"

"啊!"爷爷喘着气说,"我追不上你了。"

"嘻嘻嘻嘻……"李虎快活极了。

渐渐地,他又感觉自己是在宽阔无边的大海之中,如羽毛一般浮在水面上,时而被抛上浪尖,时而又跌入浪底,如晕如醉……

可是,爷爷呢?他为什么没跟上来?正着急时,他看见爷爷从前面的水中探出头来,笑着说:"虎子,快来追我。"

哦,又一个大浪腾来,虎子随之被抛向前去……

每次坐飞机,他都会随着飞机在空中的起伏颠簸,不由自主地进入这样的恍惚状态。这是他童年经常出现的梦境,美妙无比,终生难忘。

然而,此刻,他却强迫自己从这样的梦境中警醒过来。圆瞪双眼,目睹着窗外的景色,反复出现在他心中的,却是父亲那张威严冷峻的面容。

在他三十二年的人生旅程中,与父亲相处的日子并不多。童年的记忆里,最亲近的人就是爷爷了。在故乡小镇那个古朴陈旧的小院里,他和爷爷一起生活了十年,那是他一生中最快乐的时光。父亲在城里工作,一年难得回家几次,在镇政府工作的母亲又总是下乡,经常不在家里。比他大六岁的姐姐,自他开始记事的时候,就去城里上中学了。所以,是年迈的爷爷一直陪伴他走过了整个童年时光。在童年的记忆里,父亲只是一个让人有些害怕的陌生形象。

父亲一生忠厚老实,勤勤恳恳,把所有精力都用在工作上了。现在想来,竟记不起和父亲有过什么印象深刻的交流。读中学的那几年,虽然天天见面,印象中的父亲不是在看文件就是在看电视。由于成绩一直很好,父亲很少管过自己学习。所以,父子间平日连说话都很少。等到父亲退休,自己又工作在外,很少回家了。

李虎大学毕业后,曾在一所中学当过几年教师。尽管深受领导器重和学生爱戴,但教育环境的现状,却让他感到既无所适从,又无力改变,日子过得十分苦恼。尤其是眼看着那些生龙活虎的花季少年,在大考小考的深渊之中,苦苦挣扎,鲜活的天性被沉重的学习负担消磨殆尽,几多天资聪颖的少年因为不适应单一的灌输式学习方法,受到学校、家庭和社会的三重打击,自尊自信惨遭摧残,稚嫩的生命就像花儿一样,还没来得及绽放,就迅速地凋谢、枯萎了。而自己,被裹胁在这样的环境里,更是让他痛苦不堪。

后来,他的一位同学在广州办起一家广告公司,独力难撑,邀他过去一起创业,他欣然接受了。

这一去，就是六年。

03

六年间，回家的次数屈指可数。

头三年，公司发展处于最关键的时期，正如逆水行舟，半点也松懈不得，竟是一次也没有回去过。后来，经过几年艰苦打拼，公司进入稳定发展时期，业务做得风生水起，各项管理工作也走上正轨，人就相对轻松多了。即便这样，也只是每年春节回家几天。

如今父亲大限在即，自己竟没有尽到一个做儿子应尽的人伦之责，心中真是五味杂陈。

庞巴迪喷气式商务机在重庆江北国际机场着陆时，已经快12点了。

走出航站楼，李虎谢过谢先生一行，见他们钻进一辆早就候在一边的黑色奔驰一溜烟走了。李虎站在停车场外，四下搜寻，竟然没有见到一辆出租车。

正在焦急之时，一辆绿色都市贝贝"吱"的一声停在他的身边。车窗里伸出一张漂亮的脸蛋，向他展开一朵灿烂的笑容，问候道："嗨，你好！"

李虎意外地看去，觉得那张姣好的面容非常熟悉，一时又想不起是在哪里见过。但那明媚的笑容颇具感染力，李虎也情不自禁地笑了，点头说："你好。"

"是要进城去？"

"是的。"

那姑娘指指驾驶座旁的空位，说："上车吧！"

李虎想也没想，绕过车头，打开车门就钻了进去。私家车顺路带客人赚点油钱的事情，李虎见得多了，所以，上车就问："到汽车北站，多少钱？"

那姑娘笑着说："我看你一脸焦急东张西望，大概是要急着赶路，一时动了恻隐之心，顺带一程，不收钱！今天你别想等到出租车了，他们今天集体罢市，连市政府都惊动了！"

"原来如此。出租车为什么要罢市？"

"大概是和出租车公司为利益闹矛盾吧，看看今天的报纸就知道了。"

李虎从后视镜里发现后座上还有一人，扭过头去望了望。那是一位白发萧萧的红脸老人，满面书卷气透出高贵的学者气质。李虎不禁肃然起敬，冲那老人点了点头。

姑娘介绍说："这是我父亲。"

李虎连忙问候道："您好！"

老人露出和蔼的微笑，点头说："你好。"

李虎笑着对身边的姑娘说："真不好意思，让你动了恻隐之心！不过，我好像在哪里见过你？"

"是吗？"姑娘说，"我也觉得你有些面熟呢！你叫什么名字？在哪工作？"

"李虎，在广州一家广告公司工作。你呢？"

"我叫郑雯。我还真想不起来我们曾在哪里见过面。"

李虎凝神想了想，说："我也记不起来。"

说罢，两人同时发出一阵开心的笑声，觉得这事挺有意思。郑雯爽快地说："管他呢！现在不就认识了？"

李虎感慨道："今天我真是交了大运，净遇上好心人！"

"是吗？你还遇上了谁？"

"从广州过来，没有买到机票，我是搭乘一架私人包机过来的。"

"哦，私人包机！一定是某位显赫的大款了。是谁？"

"不知道。一个戴墨镜留长发的老者，连真实面目都看不清楚，只说自己姓谢，显得很神秘。"

"有钱人故作神秘，也不奇怪！看你急匆匆的样子，一定是有紧要事了！去汽车北站乘长途车？要往哪走？"

"云阳。"

"你是云阳人？"

"土生土长。"

"云阳是个好地方。"

"你去过云阳？"

白发老人一直坐在后面，静静听着两位年轻人的一问一答。此时开口说道："云阳的确是个好地方。尤其是新县城，非常漂亮！"

听老人赞美自己的家乡，李虎十分高兴。他扭过头，问道："这么说，您是去过云阳了？"

郑雯抢着说："不只他去过，我也去过呢！我们还去过云阳的故陵、高阳……"

"等等！"李虎说，"我猜猜，去故陵、高阳……嗯，你不是记者就是考古的。后面这位老伯，肯定就是一位考古学家了！"

老人呵呵笑了起来。

郑雯说："聪明！我在市考古队工作。后面这位，可是鼎鼎大名的考古学家郑若愚教授。"

李虎心中一惊，马上从座位上转过身去，伸手握住老人的一双大手，诚挚地说："您是巴人研究权威！早听说过您的大名，认识您非常荣幸！"

老人笑呵呵地说："在巴人研究方面，现在还没人敢称权威哩！我只不过是比别人多费了些工夫而已。看来，你对你的家乡很熟悉啊！"

"我从小就是在故陵长大的。"李虎说，"听说，那个小镇的历史比我们的老县城朐忍还要悠久，是这样吗？"

"是的。"老人说，"它曾是巴人进入长江流域后建起的第一个都邑，屈指算来，不会少于四千年的历史。"

李虎惊诧得张大了嘴，喃喃说道："我的天！看来我对故乡的认识是太肤浅了，对故乡的历史缺少应有的敬意。"

说话间，北站已到。

李虎下车，谢过父女俩，说了句"再会"，便向站门走去。走了几步，忽然想起，电话都没留一个，怎么再会呢？他立住脚步，回过身，看见那辆充满朝气与活力的绿色都市贝贝还停在那里，郑雯坐在车内，正笑盈盈地望着他。

李虎嘴唇动了动，却终究说不出口来，只好笑了笑，朝她挥挥手，然后转过身大踏步走了。

第二章　央视鉴宝

01

8月26日下午3时。

重庆市解放碑，某宾馆多功能厅。

经过一番布置，这里成了中央电视台鉴宝栏目的临时演播室。

著名考古学家郑若愚教授端坐在专家席上。

满头浓密银发，两条粗壮白眉，衬着一张古铜色的国字脸，再加上一袭紫色对襟短袖衫，让这位年过花甲的学者显得仪态高贵，超凡脱俗。

他刚去北京参加了一个学术会议，中午才回到重庆。节目组曾派车去机场接他，但他坚持让女儿送他去宾馆。昨天，专家小组已对入围文物进行了真假鉴定，他没能参加，只在电话上听人家简略地介绍过那个国宝级的神秘文物。

此刻，主持人已经说完开场白，第一位持宝人款款走上台来。

郑教授发现自己的手心在发热冒汗，心跳明显加快，呼吸也急促起来。

他紧张地看着年轻人怀里抱着的那个黑色匣子。

年轻人中等身材，长得结实精悍，走在台上，步态从容，气定神闲，棱角分明的脸上带着一副冷峻的神色，让人不敢亲近。

当年轻人打开匣子，从里面捧出一具黑色的石器时，郑教授感到自己内心深处某个坚硬的壳被打开了，他甚至能听到那清晰的碎裂之声。那是一个虎形器！

——它终于出现了！

自从美国回来，郑若愚教授就一直把对巴人历史、巴人文化的研究作为自己的学术重点，尤其是对"巴人图语"的研究，近年来取得了十分重大的

第二章 · 央视鉴宝

突破。

但他寻遍所有出土的巴人文物，都没发现有石雕虎形器。传说没有得到证实！

而眼前这只，是否就是他所期待的那个虎形器呢？那上面是否如童教授猜测的那样刻有神秘图符？

听到主持人叫出自己的名字，郑教授定了定神，深深地吸了一口气，然后走到台上。他首先注意到那个形状颇为怪异的木匣。拱形盖，平底，外形像是一具棺材。匣子是由一段原木一剖两开，内空竟是比着石虎挖成，上下两瓣，各有一个恰到好处的虎形凹槽，合在一起，正好是一个石虎的内空。非常精致的漆工，外黑内红，正是远古时期典型的红黑两色。匣子侧面一个不起眼的凹痕引起了他的注意，仔细一看，不禁大吃一惊：那是一个圆形的印章，某个远古显赫家族的族徽，这在出土的巴国文物上曾经出现过多次。

仅这只匣子，就已经是一个价值连城的上古文物了！

然后，他才屏住呼吸，小心翼翼地捧起那个沉甸甸的石虎。他期待这是一件浑身暗藏神秘信息的信符，是他多年来魂牵梦绕的巴人圣物！

此时，躺在他手上的，是一个二十多厘米长的石制虎形器，整体呈长方形，虎头和四腿微微凸出，腰部略略下陷。咧开的阔嘴，两边是森森虎牙，正中却凿了一个深深的圆洞，内大外小。虎尾雕成一个贴着屁股的圆圈，像个e字，圆圈外围刻有细细的毛纹。眼、耳、嘴均以单阴线刻饰，细致灵动；虎身则用流畅的卷云纹象征虎斑。做工精致，造型大方。虎身凸出部分大概由于摩挲把玩所致，颜色沁黑，黑里透出明光；而凹进部分则呈青灰色，尤其是那些生动细致的曲线，被青灰色衬显得玲珑剔透，动感十足。

翻过身，老虎的腹部是一面平板，上面正如他所期待那样，刻有两排似图非图、似字非字的符号，图形生动夸张，线条简洁流畅。乍一看到这些符号，教授只觉脑袋"嗡"的一声，随即一阵眩晕，感到面部有些发麻，明显缺血。

"巴人图语"——来自巴人先祖的手笔！

郑教授稍稍回过神来，仔细看去，这并不是童恩正教授给他的那幅，图语内容完全不同。但他可以肯定，如果传说是真，这就是那五只石虎之一，而两幅图语的内容应该是相互关联的。

漂亮的主持人露出精致的笑容，在一旁轻声提示。"郑教授？"

19

"啊？"

郑教授觉察到自己的忘情失态，立即舒出一口气，缓缓说道："不错！这是一尊虎形器，应该是出自远古巴国，2300年以上的历史了。虎形器是由非常坚硬的黑色玄武石精雕而成，气韵生动，浑然天趣，品相尤其高贵。真是不可多得的远古石雕艺术珍品。"

"是么？"主持人兴奋地说，"请您给出一个市场参考价吧！"

郑教授摇摇头，缓缓说道："真是抱歉，我没法提出一个具体的价格，因为它是无价的。据我所知，目前出土的巴国石雕艺术品十分稀少，而达到如此精美高贵的，可以说这是目前唯一仅见的。不仅如此，巴人号称虎族，虎是巴人的图腾物，这里面还含有十分丰富的宗教与文化内涵。在当年，这大概是巴国王族祭坛上供奉的圣物。"

郑教授一席话，让台下观众听得目瞪口呆。过了好一阵，才如梦初醒地响起热烈的掌声。

郑雯从机场接到父亲，就直接来到宾馆。此刻，她也坐在观众席上。由于父亲的影响，加上自己本身也是一个考古工作者，郑雯对巴国文物有一种近乎天性的爱好和天才般的鉴赏力。就连父亲，也是很尊重她的意见的。这也就是她今天要亲自送父亲到鉴宝会现场的原因。远远地见到石雕虎形器，再加上父亲的一番鉴定意见，她已是怦然心动了。

对于内行来说，听到台上郑教授的一番话语，简直就是如雷贯耳。但在前面一排的中间位置上，有几个人在那里不时交头接耳。这让她极为反感，同时也引起了她的注意。

02

坐正中的是一个披长发、戴墨镜的大个子，由于看不见脸，判断不出有多大年纪。左边两个黑衫青年，右边一个时髦女郎，不时将头凑到大个子跟前，小声嘀咕着什么。她忽然想起李虎说过私人包机的事情，前面那人披长发、

第二章·央视鉴宝

戴墨镜，身边还有两男一女三个随从，不正像李虎说的神秘老人吗？如果真是，他们从广州包机过来，难道是专程为了这场鉴宝会？

此时，那位时髦女郎用悦耳的声音大声说道："据说，这虎形器上刻有巴人图符，能请郑教授为我们解读一下吗？"

郑雯闻言，心中一惊："他们果然已经探知了有关石虎的信息！看来，这伙神秘人物是冲着巴人失踪之谜而来的。"

台上，郑教授也惊异地向这边望过来。不知为什么，他忽略了发出声音的那张姣好面孔，映入眼帘的是一颗狮子般的头颅和一副醒目的墨镜。他感受到，那墨镜后面有两道锐利的目光如青铜剑一般直刺过来，让人不寒而栗。

主持人立刻走过来，小心地从教授手中拿过石虎，翻转过底座，看见那一串串图符，向教授问道："上面这些符号就是'巴人图语'么？"

教授点头说："是的。"

"据我所知，"主持人拿起麦克风，面向观众说，"郑教授多年来一直是巴人历史和考古方面的权威学者，尤其是近年来对'巴人图语'的破译工作，更是取得了重大的突破。我看到，在这尊石雕的腹部，刻有一些符号，您刚才已经确认，这就是'巴人图语'。您能为大家解读一下吗？"

站在一旁的持宝人也满怀期待地望着教授。

郑教授再次翻转过石虎，认真地看了一会儿，面露难色，缓缓说道："我早就注意到了。这的确就是'巴人图语'，有几个字我也认出了。但对'巴人图语'的破译，目前仍处于研究阶段，学界还有不同见解。就我的一家之见，要将这些图符全部读出，还需要查阅一些资料，作进一步的研究。"

主持人卖弄地说："大家知道，'巴人图语'是我国现已发现的八种有待破解的神秘原始文字之一，因为无人能解，被形象地称作'天书'。难得郑教授今天来到我们节目现场，正好石雕上又有几个认识的图符，大家要不要请他为我们讲讲？"

现场立即响起热烈的掌声。

郑教授只好在荧屏上画出几个图符，然后向大家解释它们的含义。最后说："这些，只是我个人的研究心得，尚未形成学界共识，仅供大家参考。"

教授刚说完，郑雯前面那位姑娘又发话了。她说："据报道，郑教授近年来对'巴人图语'的研究已经取得重大突破，这是学界有目共睹的。既是这样，识读虎形器上的这几个图符，应该不是问题吧！但教授一再自谦，说只是一家之见，未成学界共识什么的，刚才又只对个别图符作出单个解读，不知是在卖关子还是有意搪塞隐藏？！虎形器既然已经现身在这鉴宝会上，让大家一睹风采，我们只想知道两千多年前的巴人究竟想通过它告诉我们什么。所以，不管是一家之见也好，学界共识也好，恳请郑教授不吝赐教，告诉我们那些图符到底是什么意思！"

郑教授尴尬地站在台上，脸都涨红了，不知如何回答。

郑雯心里明白，父亲是能够识读这些图符的。但他既然不愿当众说出来，一定是有他的用意的。她敏锐地想到，那些图符极有可能与那个神秘传说有关，隐藏着巴人失踪之谜的惊人信息。

郑雯知道，前面这姑娘如此咄咄逼人，为难父亲，不过是想要窥探有关巴人失踪的神秘信息！

看着父亲难堪，郑雯心里难受极了。她气愤地站起身来，大声说："刚才教授已经告诉我们，需要查阅相关资料才能全部译出！你如此无礼相逼，到底是何用意？！如对虎形器真有兴趣，何不买回家去，慢慢赏玩？！"

姑娘回过头来，笑容可掬地望着郑雯，用同样大的声音说道："这位姐姐，你别说，我还真有此意！"

然后，那姑娘又回过头对台上说道："只是不知道，台上那位持宝大哥愿不愿意出手？"

郑雯轻蔑地说："那要看你出不出得起价！"

"只要持宝大哥开得出，"姑娘以财大气粗的口吻，一口一个"大哥"亲切地说，"我就出得起！"

此时，台上持宝人走近不知所措的教授，向他耳语几句。教授点点头，又扭头对持宝人说了句什么。然后，持宝人退到一边，稳稳地站在那里，不动声色，对两位姑娘的口舌之争恍若未闻。

台下观众都被两位姑娘的争执吸引了注意力，纷纷扭头看热闹。台上两人的耳语原本是一个毫不起眼的小动作，却被台下一人清清晰晰地听进了耳里。宽大墨镜下紧抿着的嘴唇，露出一丝不易察觉的微笑。

眼看秩序就要乱了起来，主持人连忙出来维持。她避重就轻地忽略了台下的纷争，用十分亲切的态度对郑教授说："非常感谢郑教授为我们提供了十分专业的鉴定意见,同时也为大家展示了'巴人图语'的神奇魅力。您辛苦了,再次感谢!您请这边就座!"

说罢,她挽着郑教授的手臂,送回专家席上坐定。然后走回台上,对尚站在那里的持宝人说:"我要恭喜你了!你的宝物得到郑教授的肯定,很有可能要夺得今天的冠军哦!现在,请给大家说说你的得宝经过吧。"

年轻人接过话筒,虽有几分腼腆,举手投足却显得干净利索,训练有素。他只简单地告诉大家说:"没有什么得宝经过!这只石虎,不过是我家祖传之物。"

"那么,"主持人说,"你能不能向大家做个自我介绍?"

年轻人略一迟疑,含糊说道:"大家好!我叫沈立,是重庆市黔江人。"

第三章 临终遗言

01

　　云阳，位于重庆东北部的崇山峻岭间，长江横贯其中。
　　由于三峡水库建设，处于淹没线下的原云阳旧县城加上云安、双江两个千年古镇，组合搬迁到渝东著名的古代军事要塞——磐石城下，由汤溪河口迁到了彭溪河口，成为三峡库区一座独具地域特色的移民新城。这块自古以岩盐著称的巴国故地，正处于三峡水库——这个即将出现的人造地中海的腹心。碧水蓝天，两岸翠屏，山、水、城、林，浑然一体，风光旖旎多姿，是名副其实的"库区明珠"。
　　李虎赶到云阳人民医院时，已是下午5点。
　　正匆匆走在医院走廊上，迎面一人劈头叫道："虎子！"
　　李虎定睛一看，原来是身穿淡蓝色手术服的姐夫，一脸疲惫，显然是刚从手术室出来。姐夫姓胡，是医院的外科权威，一把手术刀被他玩得出神入化，因而人们送他一个颇具侠气的外号："胡一刀"。姐姐也在这家医院工作，是一名内科医生。两人原是中学同学，又一同考入医科大学，只是在选报专业时，一个学了外科，一个学了内科，后来又一起分配到这家医院工作，成了这家医院的两根梁柱。这两夫妇珠联璧合，倒是印证了一句传统的俗语：男主外，女主内。
　　李虎见到姐夫，也来不及寒暄，开口就问："父亲怎么样了？"
　　姐夫转过身说："跟我来。"
　　"胡一刀"领着李虎走进一间病房，一家人全在这里守着。李虎不及招呼，径奔床头，看见父亲身上插着各种管子，嘴上还套着氧气罩。父亲那张颇具威严的国字脸已经消瘦许多，面色苍白，双目紧闭。李虎蹲下去，在他耳边轻声叫道:"爸爸……爸爸,我是虎子,虎子回来看你了。"

母亲坐在床沿上,一手抚着虎子浓密的头发,泣声说:"中午还在念叨你呢,后来就一直昏迷着。"

姐夫摸摸父亲的额头,又探探颈上的脉搏,安慰说:"目前情况还算稳定,他会醒过来的。等着吧,不要去刺激他。"

刚上初一的小侄女阳阳削了一只梨子递过来,叫道:"老舅,给!"

李虎接过梨子,看着眼前已经长高的阳阳,故作惊讶地说:"哎哟,半年不见,阳阳都快长成大姑娘了!"

阳阳皮着脸在李虎肩上擂了一拳,说:"给我带什么礼物了?"

"走得太匆忙,什么都没带。你喜欢啥?明天上街买去!"

"这里买的有什么意思?不要了!"

"阳阳别闹了!"姐姐俯在床头说,"刚才爸爸的眼睛动了一下,好像要醒过来了。"

李虎又蹲到床头。父亲的眼睛慢慢睁开了,浑浊的眼珠转了转,最后停在李虎脸上不动了。李虎握住父亲的手,笑着说:"爸爸,你醒了。"

父亲动了动嘴唇,忽然感到氧气罩有些碍事,伸手便要拔去。李虎连忙挡住,说:"你千万不要动,有什么事慢慢说。"

姐姐说:"给他拿掉吧,不碍事的。不然,他会更着急。"

说着伸手摘去了氧气罩。

父亲胸口起伏着,眼睛变得有神了,脸上泛出红潮。

姐夫"胡一刀"一旁看见,严厉地说:"快,氧气!"

姐姐神情慌乱地拿过氧气罩,又往父亲嘴上套去。父亲伸手挡住,清晰地说:"不要。让我说几句话。"

父亲望着李虎,大口喘着,好不容易调匀气息,费力说道:"家里有一个黑色的木匣子,是祖传下来的,传了好多……好多代了……你爷爷当年去世前交给我,要我临终前再交给你。他说……他说这东西就……就着落在虎子身上了。让虎子打开匣子,拿着里面的东西去找……去找……"

父亲一口气上不来,脸色憋得通红。姐姐忙套上氧气罩,父亲吸了几口氧气,脸色渐渐平静下来,似乎又要进入昏迷状态,久久没有动静。

李虎望望姐姐,姐姐无可奈何地摇摇头,摸摸父亲脉搏,感觉还在正常跳动。李虎听了父亲未说完的话，心中着急，忍不住又轻声叫道："爸爸，爸爸。"

父亲缓缓睁开眼睛，看见李虎，动了动嘴，又伸手扒开氧气罩，艰难地喘息说："你爷爷说，那东西从远祖……传下来，已经有了……几百年了。它关系……关系到我们……我们家族的……一桩……一桩使命！他说，……让虎子打开……打开匣子，拿出……拿出里面的东西去找，去找七星……七星老人。"

"里面是什么东西？"

"不……不知道。谁也没有……打开过。"

李虎越发感到莫名其妙，心中涌出一连串的疑问："谁是七星老人？他住在哪里？怎么去找？"

父亲一双眼睛定定地望着李虎，喃喃说道："我去了，不要……为我耽误时间。你要快……快去找……七星……七星……"

接着，父亲的舌头似乎已经无力动弹，脸色由红变紫，嘴里"唔唔"两声，划向空中的一只手无力地垂下。

姐姐惊呼一声："爸——"

父亲瞳孔慢慢散开，胸口不再起伏。李虎叫了两声不应，探探鼻息，发现父亲已经停止了呼吸。

"老头子，"母亲俯身抚摸着父亲的脸，耳语般地说，"你就忍心丢下我，自己先走了？……嗯？你就不愿意再陪陪我？你让我今后……一个人怎么过？"说到最后，已经泣不成声，扑到父亲身上嚎啕大哭。

姐姐和阳阳也扑到床边，不停地叫着"爸爸"、"外公"，一时房内哭声大作。

李虎仍然握着父亲的一只手，他感觉到在父亲咽气的那一刻，自己的手被父亲反握了一下，力道很强，他的手掌甚至感到了一丝疼痛。此刻，父亲那散开的瞳孔仍在望着自己，里面似乎留有无限的遗憾和不舍。父亲弥留之际，到底还有多少话没有说出来？李虎心中留下很多疑问。但此刻他无暇多想，抽出仍被父亲握住的手，轻轻为父亲合上双眼。这样，父亲的面容便显得安详多了。

听着母亲和姐姐的哀哀哭泣，李虎的眼睛有些发潮。看着父亲那张苍白而平静的面孔，他发现自己并没感觉特别悲伤，他觉得这一切都像呼吸一般自然。就像在家里，父亲从一个房间走进了另一个房间，再平常不过的事情。他记起爷爷临终前的一句话："我只是住进了另外一个世界，并没有离开你们。"

他长长地叹出一口气，从病床边站起身来。

这时，姐夫"胡一刀"正站在病房的窗口边，对着手机大声说话，以他那外科医生训练有素的冷静性格，有条不紊地安排着一件件后事。李虎站在那里，心里被父亲临终前留下的一个个悬念淤塞着，一时感到无所适从。

病房墙上的石英挂钟，正好指向六点。

第四章 神秘跟踪

01

下午6点，鉴宝节目结束后，沈立小心翼翼地提着一只皮包，和陪同他的一个朋友随着尚在兴奋议论的观众人流，一起走出演播室大门。

走廊上，一个年轻人忽然伸过一只话筒来，连珠似问道："沈先生你好，我是《重庆晚报》记者，你能谈谈你家祖传宝物的经过情况吗？"

不待回答，另一位刚赶上来的记者又问："石雕虎形器的出现，对揭开巴人失踪的谜团显然是极有帮助的。作为罕见的国家级文物，你打算捐献给国家吗？"

沈立耐心地听完，然后冷冷地说："本人无意接受任何采访，请让开一下！"

说完扒开记者，大步向前走去。

两位记者不屈不挠，又赶上来，意欲强行拦住采访。沈立剑眉一竖，眼里露出两道寒光，说句"请自重"，脚步并不稍停，从两人间撞了过去。

两位记者被一股大力撞来，各自一个趔趄。好不容易站稳了，悻悻地立在那里，嘴里不禁咕哝出几句脏话，却再也不敢追了。

沈立匆匆走到了电梯口，他碰见先前在观众席上说话的那位漂亮小姐，笑吟吟地拦住他说："沈先生，能借一步说话么？"

沈立说："对不起，我还有事。"

"就一句话。"

"那好，就这里说吧。"

姑娘朝左右看看，略一迟疑，小声说道："我们老板是一位古文物收藏家，对你这石雕虎形器挺感兴趣。你能……开个价吗？"

第四章·神秘跟踪

"实在抱歉,这是祖传之物,我不能卖。"

姑娘似乎并不感到失望,电梯刚打开,她又递上一张名片,用十分悦耳的声音说:"请沈先生再考虑考虑,我随时等候您电话。"

沈立礼貌地接过名片,面无表情地说:"你永远不会等到我的电话的,我不愿让人家叫我败家子!"

朋友长得比沈立高大,走在旁边,形如保镖。但明眼人一看就知道,那只是一个徒具身坯的白大筒,中看不中用。在那张被酒色侵蚀过的脸上,一双眼睛虽然能够装饰出漂亮的热情,却难掩空洞和倦色,与沈立的清朗精悍形成鲜明对比。

两人走出电梯,穿过宾馆大厅时,沈立忽然感到有一股阴森森的气流从后面奔涌而来,贴着脊背如影随形,驱之不去。他下意识地朝后面望望,刚刚关上的电梯门外并没有什么人。他警惕地看了看手中的皮包,然后用目光在宽阔的大厅里搜索,除进进出出的行人外,吧台前站有几个人,正在登记或者结账。休闲区的沙发上坐着几个人,有两人正在专心地交谈着,另几个则把头埋在手中的报纸上。并没发现可疑的人,那令人背心发凉的阴森之气似乎也消失了。

从宾馆旋转大门出来,迎面碰上两个三十来岁的年轻人,都穿一样的黑色T恤,高的瘦、矮的胖,相映成趣。沈立一瞥之下,发现两人虽然体形各具特色,眉眼却有几分相似。两人正向大门走去,擦肩而过时,沈立忽觉手中皮包一紧,左边瘦子"咦"了一声,停下来惊诧地望向沈立。

沈立以为是手中皮包不小心撞了他,忙说声"对不起",与朋友一起快步向自己的车子走去。

朋友与沈立是战友,刚满服役期就退伍了。沈立在部队比他整整多待了十年。一年前,沈立退伍后在重庆再见到他时,惊讶地发现他已经是一个拥有千万资产的大老板了。朋友笑着说:"像我这样的,重庆街上一抓一大把,算什么大老板!"

朋友是一家知名建筑管材的重庆总代理,自己又开了两家餐馆。但朋友为人低调,天性好玩,几年打拼下来,有了一些积累,生意上的事情就不怎么上心了。整天东游西逛,沉湎酒色,据说还在外面偷偷养了小蜜。沈立的出现,让他如获至宝,千方百计将他拉进公司,立即就把总经理的位置让给他了，自己乐得做一个清闲的跷脚老板，坐享其成。但他不是让沈立给他打工，而是分给他一些干股，时下的流行叫法是"期权"，让沈立从每年的经营收益中分取一部分红利。

这是商业上的游戏规则，沈立一时没有其他事情可做，也就不客气地接受了。沈立当了十多年特种兵，原本是可以去公安系统或国家安全部门任职的，但他更喜欢自由自在的平民生活。一年下来，沈立将公司打理得井井有条，业务稳步发展，经营效益更是同比翻番。朋友笑得合不拢嘴，在外玩得更有底气了。

月初，沈立接到一个电话，回了黔江老家一趟。

几天以后，他带着一个毫不起眼的木匣子到了重庆，似乎一切都发生了变化。朋友听说他经常盯着木匣子发呆，对公司业务也疏于管理了，不禁有些担忧。几次向他打听木匣子的事，他总是淡淡地说："没什么，只是一件祖传的古董。"

朋友不过是担心公司的生意，对古董什么的倒无兴趣。看见匣子里躺着一只黑不溜秋的石虎，也见不出有什么宝贝之处。今天听说沈立报名参加了中央电视台的鉴宝节目，一时好奇，便上了沈立的车子，跟来看看。真是不看不知道，一看吓一跳。按照专家的说法，沈立匣子里那个黑不溜秋的什么石虎可就是一个价值连城的国宝了！

此时，他们钻进一辆黑色雅阁轿车，沈立启动引擎，缓缓驶出停车场，很快汇入解放碑拥挤的车流之中。

02

这车原是朋友送给沈立的。

公司效益好了，朋友换了一辆四个圈的新奥迪 A6，以前用过的这辆雅阁便给了沈立。这车买来不到两年，尚有七八成新，用起来十分称手。

上了车，沈立对朋友说："你去哪？我先送你。"

第四章·神秘跟踪

"送我？"朋友笑着说，"这么大的喜事儿，不请我喝一杯？"

"改日吧！今天我还有事。"

"是与石虎有关的事吗？你真的不打算卖掉？"

"真的不卖！"

"那你还要去哪里？干什么？"

"这事弄得有些复杂了，你最好不要知道太多！"

"怎么？难道还有危险了？"

"看看后面吧，我们好像被跟踪了！"

朋友立即扭头向后望去。由于是闹市区，车速很慢，后面的车子一辆接着一辆挤得很乱，各种款型，各种颜色，首尾相连，鱼贯而行。朋友看得眼花缭乱，毫无头绪，摇摇头说："你别是职业毛病吧，哪有什么跟踪的？"

沈立说："看到那辆带着红牌的黑色奔驰么？"

朋友又回过头，费力地在车流中找到那车，惊讶地说："你怎么知道那是跟踪的？中间隔着好几辆车呢！再说，那牌照好像也不是本地的。"

沈立平静地说："我可是在特种部队当过十多年兵的！好生看看吧，那是一辆挂着外省牌照的奔驰车，从宾馆出来就一直跟在后面的。"

"一直跟在后面？该不会是巧合吧？"

"不会有这样的巧合！"

"我们怎么办？像电影里面那样，甩掉它吗？"

沈立不说话，只把方向盘一打，拐上一条小道。

渝中区是重庆市老城区，楼房密集，马路狭窄，地势复杂，大街小巷密如蛛网。但沈立对这一地段的路径十分熟悉，他轻车熟路地穿过几条小道后，又回到大路，驶上了通往江北的嘉陵江大桥。

大桥还没走完，一直盯着后视镜的朋友忽然一声惊呼，气急败坏地吼道："先人板板！真是见他妈的鬼了！"

沈立早已发现，那挂着外省牌照的奔驰也不知是如何跟上的，一上大路便如幽灵一般又出现在他们后面，中间仅隔了两辆车。

沈立突然加速，沿内环高速向前冲去。奔驰车也随即提速跟了上来，中间隔着的车辆被一一超越，距离越来越近。朋友歪着头，紧张地盯着后视镜，甚至能够看清驾驶座上那张被一副宽大墨镜遮住的脸。

虽有墨镜遮住，沈立仍然觉得那张脸有些眼熟。他稍稍放慢车速，让后面那车再靠近一些。这次他看清了，心中不由微微一惊：后面驾车那人，就是刚刚在宾馆大门外被自己提包撞过的那位瘦高个儿。

回忆当时细节，沈立恍然明白过来，并不是自己的提包撞了那瘦子，而是瘦子在擦肩而过的那一刹那对提包做了手脚。他下意识地望望放在后座中间的提包，明白当时那人已经抓住了提包，他甚至感觉到那股向外拽的力道。然而，当时瘦子"咦"那一声又是什么意思？玩"猫捉老鼠"的游戏吗？但那人脸上那惊诧的表情却不是装出来的。

沈立平静地说："现在可以肯定，后面这车，就是冲着我这提包而来的！或者说，是冲着我包内的石虎而来的！"

"他奶奶的！"朋友被激起义愤，发起了重庆人的火爆脾气，骂骂咧咧地吼道，"你我本地佬居然被一外地车给咬死了，这要传出去，老脸还要不要了？今后你我在江湖上还混不混了？路径熟占不到他龟儿便宜，那就比比技术，看谁的盘子要得圆些！老虎不发威以为是病猫嗦？！特种兵，给他来点绝活！"

雅阁时速提到120码、130码、150码，见车即超，一路狂飙。

奔驰不甘示弱，紧紧咬了上来。

沈立全神贯注，瞄准一条岔道，保持车速，手中盘子缓缓扳动，车轮画出两条十分流畅的曲线，小车悄然转向，无声驶上岔道。那速度，那方向，端的是行云流水，圆满自然，车上人丝毫没有失重的感觉。

朋友禁不住拍拍沈立大腿，翘起拇指赞了一个："好球！"

后面奔驰车果然是猝不及防，发现目标溜走时已然驶过路口，那人下意识地来了一个急刹，结果车尾一横，猛地撞上防护栏，"噼里啪啦"，尾灯碎了一地。

朋友痛快地喊道："嘿嘿！赶快去修理行吧！"

随后，朋友又忧虑起来："看来，你有麻烦了！多半就是你那块石头惹的祸，就像书上说的怀什么之罪。你打算怎么办？知道是谁在跟踪么？"

"一无所知。难道，是递名片那女孩儿一伙的？"

"我看那女孩儿是大有来头，多半是连人带宝都看上了！这下你麻烦大啰。"

第四章·神秘跟踪

沈立无心开玩笑，让朋友在红旗河沟下了车，看看那辆奔驰并没跟来，便拨了一个电话，沿红石路向沙坪坝方向驶去。

傍晚时分，雅阁车悄无声息地驶进重庆大学校门，转过一排教学楼，穿过一段林荫小道，在一个绿树掩映、古色古香的小院前停下。

沈立提着皮包下了车，径直向院里走去。他注意到，小院门旁墙上挂有一块黄灿灿的铜牌，上面刻着两行古拙的黑色汉隶——

重庆大学
西南民族考古研究所

第五章 祖传密匣

01

父亲的遗体被连夜送去火化了。

从殡仪馆回来,已是半夜。大家默默地陪着母亲,都担心她伤心过度,身体承受不了。但母亲经过两场大哭,已经平静多了。她一回到家里,立即从柜子里捧出一只小木匣,交给李虎,沙哑地说:"这就是你父亲要交给你的那个匣子。"

李虎捧过木匣,没有想象中的那样沉重,大小如一部《英汉大辞典》,显得十分陈旧。摇一摇,里面毫无动静,似乎是空的。表面漆皮已有多处剥落,但未露出木质本色。四角包有铜皮,已经长出点点锈斑了,但在灯光下仍有光泽闪耀。最抢眼的是挂在前面的一把小巧的铜锁,虽然锁肚和锁杆都有铜光闪烁,但钥匙孔已经长满绿锈,变成一片模糊。

他问母亲:"钥匙呢?"

"听你父亲说,从来就没有钥匙。"

李虎举着匣子,四周查看,没有一丝破绽。他说:"那,只能强行开启了?"

"胡一刀"接过匣子,用他外科医生的眼光端详着,最后说:"还是从锁上着手,不然可能会损坏里面的东西。"

这时,姐姐已煮好一盆热气腾腾的鸡蛋面条。跟着累了一天的阳阳早已歪在床上睡着了。大人们经过一天折腾,早已是饥肠辘辘,但谁都没有食欲,好不容易互相劝着,才勉强围上了餐桌。

刚坐到桌上,端起碗来,母亲望着父亲坐过的那张空椅,眼泪又止不住地流了出来。大家劝慰着,结果自己也流出泪来。哭了一会儿,才想起明天还要去殡仪馆开追悼会。那是父亲以前工作单位安排的,还有县里一些老领

第五章·祖传密匣

导也要参加。此时天已经快亮了，又相互告诫着要睡一会儿。

但李虎却是毫无睡意！

他将自己关进书房，捣鼓着匣子上的铜锁。方形锁孔里被铜锈尘埃塞得满满的，他用一根细铁丝慢慢掏空，然后又找到一截收音机天线，伸进锁孔试探着。天线杆外圆中空，光光滑滑的，在锁孔里无牵无挂，直进直出，毫无作用。李虎想起小时候在乡下曾见过一把古旧的铜锁，杆状的钥匙上有两颗F状的小齿，哪去找到这么合适的东西呢？

其实，最简单的办法就是弄断锁上的铜杆，一把钢锯就行了，但家里并没有钢锯，这个时候也不可能去隔壁邻舍找人借。李虎气馁地站起身来，顺手将插在锁孔里的天线杆拔出。哪知由于角度不对，天线杆一时卡在里面拔不出来。李虎用力一抽，只听"喀"的一声，里面机括弹开，铜锁芯竟然松动了。李虎捉住锁芯，轻轻一抽就出来了。

无意之中，铜锁就这样被打开了。看着手里的锁芯，李虎忽然明白，这其实是一把无须钥匙就能打开的锁，只要一根小棍伸进去轻轻一顶，里面的机括就能弹开。几百年来，历代先祖都遵循"传给下一代"的遗训，从来没有人想过要去打开它。所以，这不过是一把象征性的锁，它锁住的是对先祖遗训的信念。

让人意外的是，匣子里面竟然什么也没有！内壁大红生漆，漆色如新，光亮鉴人，只是空空如也，连毛发也见不到一根。

这是怎么回事？难道是哪位先人有意开了一个玩笑？应该不会！如此慎重地一代代相传下来，绝对不会只是一个玩笑！

李虎将匣子提到耳边，用指头敲敲匣壁，斜眼望去，忽然发现匣子底板厚度不对，内外相差很大。再敲敲，果然声音中空。他用一把平口刀启开隔板，露出一个约两厘米的夹层，里面放着一个薄薄的油纸包。

李虎小心地取出油纸包，露出一本薄薄的小册子，他拿起册子，蓝色封面素净雅致，里面乳白色的宣纸上，写满蝇头小楷。

李虎看着那些文字，忽然有些紧张。他把书案擦干净了，拧开台灯，端端正正坐下。深深地吸了一口气，然后翻开第一页，却久久没有读下去。

他不知道，这个被历代先祖秘密传了几百年并指定要由自己开启的小匣子，到底要告诉自己什么，其中又记录了什么样的神秘指令。

李虎感觉自己就像站在一个神秘隧道的入口，久久不敢迈开第一步。

但，终归是不能逃避的！

小册子内容并不多，大概也就两千来字吧。刚刚看了第一行，李虎就被深深吸引住了。但是越往下看越是心惊，读完最后一个字时，李虎已是冷汗淋漓。

小册子第一页，就开宗明义写道，这是李家的一位先祖在明朝的天启六年写下的，并明确预言说，380年后，将由一位名叫虎子的李家子孙打开匣子，按照里面的指示去完成先祖遗留的使命。

读到这里，李虎心中一阵狂跳：380年前的指令？那时候就有人知道我叫虎子？！

他先不忙往下读，长长嘘了一口气，然后起身从书柜中找出一本《历史朝代纪年表》，查到明天启六年，换算成公元，就是1626年。380年后，不正好2006年？

李虎不禁打了一个寒颤，脸色苍白，全身阵阵发冷！

他仿佛看见冥冥之中一位至高无上的神明，手中舞动着一串闪着冰冷光芒的命运之链。而自己，就是那上面注定的一环。

"永远无法摆脱的宿命？"

——这话谁说的？是爷爷，还是漆大大？

这已不重要了。这句话从小就被烙进了李虎的心灵！

02

小册子中说，李家本姓巴，是巴国王族的直系后裔。

自巴亡国后，颠沛流离，历经艰辛，辗转来到武陵山的施南地区，在一片依山傍水的沃土上定居下来。后来，这地方便有了一个名称，叫做巴家塆。由于这里地处武陵山区，山恶水险，形成天然屏障，历朝历代少有战乱波及，是一块相对安宁的世外乐园。自汉唐以降，巴家在这里已经扎下深根，虽不算豪门显贵，却也是钟鸣鼎食，为一方望族。巴家身负神秘使命，世世代代守护着祖先留下的一个秘密，韬光养晦，静待天命。

300年前（李虎想，从写下这小册子到现在，应该再加个380年，也就是680年前了），一场意外的变故改变了巴氏家族的命运。

这场变故源于一个在长江三峡及武陵山区流播千年的古老传说。

据传说，当秦灭巴时，巴国国王率领族人神秘地消失在三峡地区。国王遗旨说，凡巴族子孙，谁能重振巴风，开疆立国，就授予他黄金权杖。黄金权杖里，蕴藏着巨大的远古神秘知识和力量，可佑他国运强盛兴旺、人民安居乐业；而有关黄金权杖的秘密，就掌握在一个被称做"坡吉卡"的巴人后裔手中。

在巴族语中，"坡吉卡"是钥匙或者开启的意思。

元朝末年，天下大乱，各路豪杰扯旗为王，竞相自立。时有湘西大庸土司向大坤年轻有为，胸怀大志。他审时度势，趁机在自己地盘上筑起王城，建邦立帝，自称向王天子。并以向王天子之名号令诸蛮，一时应者如云，声势浩大，四方百姓尽皆臣服。王城之地成为人们心中圣地，被人称做"天子山"，沿用至今。

当时，其军师李伯如，曾在黄龙洞潜修多年，自称鬼谷子转世，有通天彻地之能。他给向王天子建言说，天子山虽然险峻，毕竟偏居一隅，势孤力薄，若有"巴王权杖"为依，则可号令四方，问鼎天下，成就千古霸业。

向大坤自幼神勇盖人，器识不凡，军师之言深得其志，遂派心腹师爷四处搜寻传说中的"坡吉卡"。

也是家族不幸，造化弄人。当时，巴家家大业大，难免鱼龙混杂。族中有个名叫巴克言的不肖子弟，整天东游西荡，不务正业，恰好与向王天子手下一个文案师爷打得火热。一次酒酣耳热之后，自吹自擂，竟然说出了密守千年的家族之秘。

那位师爷如获至宝，立刻报告了上司。军师李伯如亲自出面，对巴克言许以高官厚禄，要他说出秘密来。

这巴克言酒醒之后，自知闯下大祸，只说是酒后胡言，抵死也不敢承认确有其事。软的不成又来硬的，他们将巴克言关在王城，然后派一能说会道的师爷，在施南地区巴家垮找到了时任"坡吉卡"的巴氏先祖凭德公。

那位师爷一见到凭德公，便行起大礼，自称是向王天子族人，奉命特来拜会。凭德公惊得离座而起，惶恐道："如此大礼，何以敢当！"

师爷说："我们都是巴人后裔，同为清江五姓。而巴姓乃廪君后裔、王族血脉，其余四姓，理当以臣礼相见。"

凭德公听得此言，更是心惊，反拜在地，说道："此话从何说起？小民虽然姓巴，不过一蜗居僻壤的普通百姓。而君乃天子一族，岂不折杀老夫！"

两人均以平礼相见后，方才落座奉茶。

师爷开门见山说道："如今天下大乱，真龙方出，向王天子就是遇时而动的真龙天子！这正是我们巴族子孙重振巴风，问鼎天下的千载良机。当年，巴王曾有遗旨，谁能开疆立国，就授予巴王权杖！我们知道，这权杖的秘密就在巴家的掌握之中。向王天子眼下开疆立国，急欲得到权杖相助。如凭德公交出权杖，向王天子夺得天下，必将与君分享！"

凭德公连连摇头说："流言无凭，绝无此事！"

那师爷冷笑道："凭德公就不必隐藏了！令弟巴克言，现今就在王城，被向王天子倚为心腹，这话可是他亲口对向王天子说的！"

凭德公手中茶杯"啪"地落地而碎，惊说："这浑小子！怎敢如此胡言？！"

最终，凭德公经不住师爷三寸不烂之舌的软磨硬缠，又想到均为巴族后裔，一时心软，便抱出一个木匣子，对师爷说："这是先祖以秘术封存，传诸后世代代守护至今！天时未到，谁也没法开启。匣子有禁咒守护，如强行开启，恐遭天谴！你如想试试，可要三思而行，别怪我言之不预！"

那师爷也是颇通几分巫术的，并不信邪，接过匣子来，费尽九牛二虎之力，最终未能打开。次日，师爷无端暴病身亡。

巴家由此惹来大祸。师爷死后，向大坤立即派兵围了巴家大院，声称若不交出并打开匣子，即将巴家大院满门屠尽，鸡犬不留。

03

凭德公一念之差，招致灭门奇祸，悔之不及，遂使下缓兵计，去后堂祭告先祖，秘密打开匣子，看见里面有一尊石雕白虎和十片刻满神秘字符的陶简。

他将陶简和白虎腹部的字符做了拓片，唤来自己的三个儿子，嘱咐说："为父轻信人言，惹火烧身，如今强行打开匣子，已中先祖咒语，命不长久。我死不足惜！累及家人，玩忽先祖使命，实在罪孽深重！眼下，唯靠你们担起家族重任了！看这情势，也顾不上家眷了，待我走后，你们带好这些拓片，星夜潜逃，要在向大坤势力之外另寻生息之地。向大坤乃乱世枭雄，并非真命天子，早晚覆亡。你们安定后，首要任务是延续香火。待天下太平后，这些匣内之物，一定要让后世子孙设法寻回。"

然后，凭德公将匣子原样封好，抱在怀里跟向大坤去了。

到了向大坤的王城，凭德公装模作样地沐浴熏香，祷天告地，祭神拜祖，费了两天时间才把匣子打开。向大坤见到匣内之物后，为怕走漏消息，连夜派兵将巴家大院数百口人尽数杀尽灭口，然后一把大火将连片屋宇烧得干干净净。

向大坤因为解不开虎符密码，并未得到黄金权杖。

但他有白虎和陶简在手，整个武陵山区四处传说，向王天子曾得白虎神托梦授权，又得到张良仙师"天书宝匣"一部，四方乡民信之不疑。

明洪武十八年，朱元璋一举根除陈友谅等心腹大患，平定天下，扎实根基，遂着手清理如向大坤这样盘踞边区的癣疥之疾。朱元璋命周德兴、邓愈为征南将军，率大军前往征剿。向大坤以天子山为轴心的小小山寨，终因寡不敌众，率残部投进了神堂湾。三十二年的向王天子梦，就这样一朝破灭。

先祖凭德公自去土司王府后便再无消息，多半凶多吉少。

在那兵荒马乱的年月，巴家逃出的兄弟三人，沿途历尽艰辛，吃尽苦头，翻过了九十九座高山，涉过了九十九条河流，山恶水险，强人出没，珍贵的拓片遗失过半。大哥被流寇重伤而亡,小弟摔下绝壁被洪水卷走。最后仅剩老二一人,翻越巍峨险峻的齐岳山,辗转来到了长江边上的一个小村镇。

他疲劳已极,实在是无力再逃了,自忖已经脱离了向大坤的魔爪,便在江滨小镇故陵置下几亩薄地,从此安居下来,隐姓埋名,改称李姓。

这就是巴国王族后裔走过一千七百年,历经劫难硕果仅存的"坡吉卡"。他必须好好地活着,并将家族香火延续下去。

在其后的三百年里,李家一方面谨守"韬光养晦、静待天命"的祖训,勤劳持家,固本培元,努力恢复家族生机;另一方面,又历经数代人的努力,不遗余力地秘密打探当年被向大坤夺去的白虎和陶简。

自向大坤在神堂湾兵败身亡后,只有白虎托梦和张良授书的传说在民间广为流传,再无其他消息。据估计,白虎和陶简都被带到神堂湾去了。三百年来,先后有三位"坡吉卡"去了千古禁地神堂湾,其中两位无功而返,另一位却是一去不回,杳无音讯。

直到明朝末年,李家一位小后生偶遇奇人,学得一身先天功,长大后又获神授巫术,能够通神驱鬼,被神选成为一位"比兹卡"。他以天纵之才,按文王八卦演算,得知还须再过三百八十年,天命方出,神物自现。

于是,写下这段家族变故,连同仅存的几页拓片,放入一自制密匣内,代代秘传,留待那个名叫虎子的巴氏后裔开启。

最后,这位先祖写道,密匣开启者首先要弄清拓片上字符的意义,然后找回白虎,按照字符的指示去完成神秘的使命。

李虎翻动小册子,果然发现后面还夹有几张印满神秘字符的拓片。拓片是用纤维质很强的宣纸做成,拓得非常细致,字符十分清晰。纸质柔韧度尚好,拓片却有几分残破,折痕和边角磨损明显,其中一张甚至只剩下参差不齐的半页,可以想见当年那几位出逃的先祖一路的狼狈与艰辛。

李虎望着摊开在书桌上的小册子和纸质发黄的拓片,仿佛穿越历史的尘埃走进了另外一个时代。这是一个金戈铁马,充满血腥传奇的年代。而他的命运,就与那个邈远的年代紧密相连,紧密得连自己都无力挣扎。

他自言自语道:"这么说来,我就是一个'坡吉卡'了?"

那"比兹卡"是什么意思?什么又是神选?

李虎依稀记起,在武陵山区,如今的土家人都自称是"比兹卡"。 在土家语中,"比兹卡"就是"本地人"的意思,这与那位神选的先祖"比兹卡"会有关联吗?

还有,拓片上那些神秘符号,是否就是被称做"巴人图语"的上古文字?那上面记录的又是什么内容?

窗外,一缕朝阳将阳台上一盆盛开的月季映得灿烂夺目。李虎熄掉桌上台灯,起身揉揉眼睛,又踢腿伸臂舒展一番身体,放眼窗外明媚的世界,恍若一梦刚醒。猛然想起上午还要去殡仪馆,为父亲举行追悼会。

第六章 密码初现

01

鉴宝会结束后,郑若愚教授谢绝了节目组的挽留,与女儿郑雯一道,开着那辆绿色都市贝贝往家里驶去。

看上去满头银发,其实郑教授年纪并不大,刚刚年满62岁。这在考古行业,正是经验、学识都达到顶峰的黄金年龄,是在学术研究上结出累累硕果的金秋岁月。但近来郑教授忽然觉得自己似乎已经很老了,竟然对女儿产生了一种从未有过的亲情依赖。只要有可能,他都尽量和女儿聚在一起。除了亲情交流,他们还在学术上具有充分的交流空间,这让父女俩的相处十分融洽。

郑雯的母亲与郑教授是大学同学,都是童恩正教授的得意弟子。后来又一起分到重大教书,然后恋爱结婚,生下郑雯。夫妻俩在生活上相亲相爱,在学术上激励切磋,日子过得虽然平淡,却十分美满。

也许是天妒良缘,十多年前,一场病魔夺去了郑教授爱妻的生命。那时候,郑雯刚刚小学毕业。中年丧妻,乃人生大不幸,如果不是因为女儿,郑若愚真不知道那段时间能否挺得过来。后来,郑若愚将所有精力放到学术上,在短时间内异军突起,成为学界翘楚。女儿初中毕业那年,他得到一个去美国做访问学者的机会。当时,自己的恩师童恩正教授正好也在美国。师生有机会再度重逢,这让他感到十分欣喜。但看到年幼的女儿,马上就要进入高中,正是奠定人生基础的关键时期。所以,他决定放弃这次机会。女儿知道后,极力鼓励父亲前往,说自己已经长大成人,能够照顾好自己。并与父亲相约,在分开这段时间内,看谁在学业上进步更大。

郑雯和她母亲一样,性格开朗乐观。母亲的去世对她打击很大,但她和父亲一起挺了过来。她没有食言,在父亲离开的两年时间里,她不但生活自理,

第六章·密码初现

学习成绩也由中等偏下挤到了全班十名之内。后来更是以优异成绩考入父母亲当年的母校——四川大学，并选报了与父母同样的专业——考古系。这并非是为了安慰父母，而是她从小受家庭环境影响，耳濡目染的结果。

在车上，郑雯仍为父亲在鉴宝会上受到不明身份女郎的逼迫感到愤愤不平。她说："爸，她如此相逼，显然是急于想知道字符的含义！你说，她这样做……目的是什么？她是不是也知道了关于石虎的传说？"

"看她年纪轻轻，只不过是一个代言人，可能那戴墨镜的老者才是真正的后台。这是一股神秘力量，恐怕觊觎的不只是传说中的黄金权杖！你想想，一个被埋藏了的王朝，那会留下多少宗室重器！每一件都是无价之宝啊！"

"我怀疑，他们就是上午李虎说的，从广州包机过来的那一伙人。那可是一个财大气粗的神秘集团！"

"但仅从一只石虎的只言片语，他们也得不到什么。"

"恐怕他们还知道更多的信息，比我们知道的还多！"

"嗯，如果真是这样，那一定处心积虑很久了。"

"那持宝人会有危险吗？他们会不会铤而走险，采取极端措施？"

"有这可能！但我看那小伙子十分机警，也不是好对付的。他在台上曾悄悄对我说，希望向我单独请教两个问题。"

"你同意了？"

"嗯。我也想多了解一些有关石虎的情况。"

正说着，教授的手机响了。是沈立打来的，他问在什么地方见面。教授让他直接去重庆大学，到他的工作室去，并告诉了工作室地址。

教授让女儿买了两份快餐带到工作室，两人边吃边等。

吃饭时，郑雯问："如果传说是真，石雕虎形器上的信息就至关重要了！那些字符说的是什么意思？"

教授抬起头，望着女儿调皮地笑笑，说："你知道我全都认出来了？"

"深信不疑！知父莫如女嘛。"

教授看着女儿那张充满朝气的漂亮脸蛋，心中百感交集。这些年来，自己研究"巴人图语"，给自己启发最大的竟然是自己的女儿，她甚至都成了自己的半个老师。他怎么也想不明白，女儿对"巴人图语"的识读天赋，究竟是从哪里来的？有很多字符，自己绞尽脑汁都想不出来，她往往能在第一时间给出准确的答案，经过验证，很少出错。但她自己也说不出答案究竟是怎样冒出来的，她解释不清自己的思路，知其然，不知其所以然。所以，有时候教授希望能以他们两人的名义发表论文，遭到女儿的坚决反对。她说，自己这说不清的灵感，实际也是受到父亲的启发，是父亲潜移默化的影响在起作用。她甚至说，自己是上天派来为教授磨墨的小使女。

教授在一张纸上画了几串符号，递给女儿，说："就是这些，你自己看吧。我估计持宝人要向我请教的，也是这个问题！"

郑雯接过纸张，用笔在每一个字符后面加上对应的译文，然后连成了四句话：

暗渡伏流
金猴反手
先闯阴曹
再赴苍龙

字符都译出了，意思却在云里雾里，让人捉摸不透。

她递过纸张，想让爸爸看看有没译错。

教授不接，只说："我知道你不会译错。"

郑雯不禁问道："那这些话，是什么意思？"

郑教授摇摇头，叹息一声说："我也一直在琢磨，总是想不透。或许，与传说的巴人失踪之谜有关？如果真是这样，那就可能是一组暗语，或者说密码。"

"密码？"

"嗯，解开巴人失踪之谜的密码。"

"您也相信……"

一阵敲门声响起，打断了两人的谈话。

02

　　来的正是沈立，手中提着一个沉甸甸的皮包，狐疑地望望为他开门的郑雯。

　　教授说："你不必介意，这是我女儿郑雯。"

　　沈立和郑雯打过招呼，从包里抱出匣子，打开，取出石虎，小心地放到郑教授面前宽大的工作台上，然后说："我想请郑教授，把这上面的字符翻译出来。我会给您报酬的！"

　　"报酬？"

　　郑教授心中一惊，猛然想起导师童恩正教授讲过的那个神秘的澳洲籍华人。九年前，在美国，那人拿着一张画有巴人图符的纸，让童教授翻译，也说过要给报酬。

　　教授说："你说这石虎是你们家祖传之物，那么，关于石虎你都知道一些什么？"

　　"您是指……？"沈立不解地问。

　　"比如说，它的来历、用途，甚至有关传说等方面。"

　　沈立犹豫一下，说："……一无所知。"

　　"这是你父亲交给你的？而你父亲又是从你爷爷那里接过来的？"

　　"不！是我父亲一个月前从地下挖出来的。是这样，我们家在解放前是一个大户，有一片很大的庄园。解放后，庄园被二十多家农户分住了。不久前，我们家在旧庄园的遗址上盖新房，在挖地基时，挖出一口地窖，发现里面藏有一些东西，其中就包括这只匣子。那些东西经过辨认，确是我们沈家之物。这匣子自然也不例外了，只是没有人能打开。看上去严丝合缝的，以为只是一段外形像小匣子的普通木头，但不知道为什么又漆得如此精致。家里人拿不准，便让我回去看看。我拿在手中翻来覆去地查看，也没有找到窍门。后来，不知是怎么弄的，无意中就把它打开了。"

　　郑教授沉吟着说："石虎上的那些字符已经译出，举手之劳，我也不会收你什么报酬。你先看看吧！"

沈立接过郑雯递来的纸，看了看，说声"对不起"，又从工作台上拿过石虎对照着看。嘴里轻声念着："暗渡伏流，金猴反手，先闯阴曹，再赴苍龙。"

最后，他抬起头来，一脸茫然地望向教授。

教授问："你能弄懂那是什么意思吗？"

沈立摇摇头，说："那是什么意思？"

教授说："我也弄不懂这些话的含义，所以才问了你前面那些话。"

郑雯忍不住对他说："鉴宝会上，那位嚷着要买你石虎的姑娘，和她一起的还有几个人，可能对你手中石虎怀有不良企图，你可要有所警惕！"

沈立仿佛从沉思中警醒过来："啊？哦，谢谢，我会小心的！"

教授说："你还有什么要问的么？"

"您是巴文化研究权威，对这石虎，您一定还知道更多的内容。"

"我能够说的，下午在鉴宝会上都说出来了。"

"您见多识广，在巴国出土文物中，见过与这同样的石虎么？"

"没有。鉴定时我曾说过，像这样的虎形器还是第一次出现。"

沈立无语了，脸上露出沉思的表情，似乎在肚内搜索还有什么需要请教的。

教授说："你能让我对石虎拍几张照片么？作研究用的。"

"可以，您请便！"

教授从不同角度对石虎拍了十来张照片，然后交给沈立，说："谢谢！"

"不！应该是我对您说谢谢，真的是非常感谢您！我就告辞了。"

沈立小心将石虎放入匣子盖好，又将匣子装进皮包，提着走到门口，忽然想起似的，回身问道："教授，您知道七星老人住在哪吗？"

"七……星老人？"

沈立点点头，两眼满是期待。

"对不起，从没听说过这个名字。"

"哦，对不起，我随便问问。"

望着沈立离去的背影，教授沉思说："我发现，这年轻人对我们不太信任，并没有把他知道的都说出来。"

"是的。"郑雯说，"我也有这样的感觉。不过，好像他也不比我们知道得更多,他的眼神很茫然,好像在寻找什么。他最后问到七星老人,更是让人奇怪。你为什么不把有关石虎的传说告诉他?"

"你要记住,我们是专业的研究工作者,对于那种还没有事实依据的传说,只能姑妄听之。如果再从我们的口中说出,往往会对人产生误导。再说,从与他对话中判断,他似乎已经知道了这个传说。"

教授说罢,又在一张纸上画了几串符号,让郑雯译出来。郑雯这次思索了很久,才全部译完。然后递给父亲,说:"你看看,是这样吗?"

教授接过一看,上面仍是四句偈语——

二三二二
洪水弥漫
虎族子孙
秘宫觐见

教授点头说:"嗯,就是这个意思。这就是导师当年画给我的那幅图语,我一直怀疑这也是从某只石虎上描下来的,是传说中的五只石虎之一。现在我们看看,它和前面这张之间,能不能够找到某种联系。"

两人思索半天,找不出个头绪来。看看墙上挂钟,已经十一点过了。郑雯说:"您今天很累,我们该回去休息了。"

回头一瞧,不禁吓了一跳。只见父亲半靠在皮椅上,双手捂着肚子,脸色苍白,额头上已经涌出大粒大粒的汗珠来。

郑雯大吃一惊,连忙过去扶住父亲,问:"哪里不舒服?"

教授无力地说:"腹痛得厉害。"

父亲身体一向健康,什么"三高"之类的从来不曾有过,连感冒都很少有过。有人还为此开玩笑说,郑教授在学术上锐意进取,身体却不能"与时俱进",别人不是这样"高"了,就是那样"突出"了,他却一点动静也没有。所以,无论在家里还是工作室,只备有少量的常规感冒药。

情急之下,郑雯拨了120,然后给父亲倒了一杯白开水,让他先喝下。

第七章 深夜密探

01

暑假期的大学，已经没有平日那种繁忙热闹的气氛，但仍有不少滞留在校的学生装点着冷清的校园。夏日的深夜，在校园的树林里、花丛间，还有不少年轻人，男男女女，成双成对，或牵手漫步，或相拥而坐。喁喁情话，被凉爽的夜风轻轻传递着。

在"考古研究所"小院外的林荫道上，两个黑衫人并排而行，高的瘦，矮的胖，相映成趣。看样子，却不像学生。

高个儿向四周望了望，然后伸手向空中缓缓一挥，路灯慢慢暗了下去。

两人就在那一小段路上来来回回，缓缓漫步，不时朝小院灯火通明的二楼望望。那高个儿还不时看看手表，然后嘴里嘀咕几句什么。

11∶45分，一阵凄厉的警报声划破宁静的夜空，由远而近，直向"考古研究所"小院响了过来。两个黑衫人吓了一跳，慌忙藏进树丛之中，偷偷向外窥视着。

两人虚惊一场，发现那只是一辆救护车，直接开进了小院里。几分钟后，又重新响起警报，驶出考研所小院，一路呼啸而去。

藏在树丛中的两人从黑暗中探出身来，发现小院二楼的灯光已经熄灭。两人朝四周望望，然后向小院大门走去。矮个儿轻轻一拂，小院铁栅门应手而开。两人悄无声息地闪了进去，径直走上二楼。

来到郑教授工作室门口，矮个儿故技重施，用手一拂，防盗门却是毫无反应。

矮个儿"咦"了一声，咕哝道："妈个巴子，邪门了！"

高个儿"哧"的一笑说："斜门在墙上。"

第七章·深夜密探

矮个儿移步到墙边，伸手在墙上画了一个框，砖墙上果然出现一个斜斜的门洞，矮个儿习惯性地朝黑黑的门洞内探了探头，然后一闪身进去了。

高个儿随后跟进，不想脑袋"乓"地撞在门洞上方的墙上，痛得他"嗷"了一声，两眼直冒金花。原来那洞是比着矮个儿个头画的，高个儿忘了弯腰。他怒气冲冲骂道："奶奶个熊！就不能画得高一点？"

矮个儿回过头来，将食指放在嘴唇上，轻声说："记住了，想高点就自己画！"

"这可不是我的强项。"高个儿捂着额头，默不作声地想。

两人进了宽敞的工作室，先是张开鼻孔，四下使劲嗅着。远处有淡淡的灯光透过窗子映进来，朦朦胧胧中，高个儿问："你说他来没来过？"

"来过，绝对来过！"矮个儿用力吸吸鼻子，肯定地说。

"是的，我也闻到了他的气息。"

"咦！"矮个儿惊喜地说，"这里还有一个娘们儿的气息，真好闻哩！"

高个儿警告说："娘们儿！娘们儿！你总有一天要栽在娘们儿手里！"

矮个儿仍陶醉在那气息里："嗯，我敢说，这就是鉴宝会上和小娘抬杠的那娘们儿。妈个巴子！那模样，那身段……"

说到这里，矮个儿不禁"咕"地吞下一口口水。

高个儿厉声说："你又提到小娘！找死么！"

这话让矮个儿一个激灵，浑身打了一个寒颤，连忙掩嘴。

两人亮起小手电，室内四处照了一周。高个儿在工作台上发现了两张画有一些奇怪符号的纸，矮个儿看了看说："妈个巴子！乱七八糟的什么玩意儿？"

"这不是写得有字么？"

"嗯。二三二二，哈哈，这我认识。还有这个，这个是'水'字，这一个嘛……妈个巴子，咋想不起了？"

"奶奶熊的算了吧！这些字认得我，老子却不认得它！你跟老子一样，斗大的字认不到一担，装个什么象？！不看这破玩意儿了！"

矮个儿忽然灵感一闪，理直气壮地说："妈个巴子你懂啥！教授桌上的东西总会有些名堂的。我看这个……"

"你看个铲铲！既是有名堂，何不拿回去给老爷子看看？！"

矮个儿一拍桌子说："奶奶熊的，就这么办！"然后折好，揣进了自己的裤兜。

高个儿转过身，忽然指着墙角说："看，保险柜！"

矮个儿走过去，抓住把手，嘴里嘀咕着轻轻一扭，保险柜门并未像期待的那样应声而开，反而有一股细若游丝的电流通过手指传到心脏，如铁锤般猛地一击。矮个儿抽搐着倒在地上，口吐白沫，人事不省。

02

高个儿蹲下身子，骂一句"奶奶熊"，然后抡起巴掌，"叭叭"两声扇在矮个儿脸上。矮个儿"嗯"了一声，悠悠醒来，摸摸肿胀的脸，恶狠狠地说："妈个巴子你扇我？！"

"扇了！怎么样？不扇你就死过去了！"

"你忘了？我是哥！你怎能对哥下手？"

"奶奶熊，少给我装哥！也不过早了几分钟，摆什么臭架子？！"

"几分钟咋了？一分钟一秒钟都是哥，给我记好了！"

"奶奶熊！我就不明白了。你说，天高还是地高？"

"当然天高。"

"那，凭什么你要叫谢天？你有我高么？"

"妈个巴子！这……这，不是老爷子当初这样安排的么？关我什么事？"

"要我说，当初根本就是搞错了，我是哥，你是弟！"

"放你妈的狗屁！你敢说老爷子错了么？"

"他又没看到我妈生我们，怎么知道是哪个先出来？"

"看你那熊样！长得跟晾衣竿似的，你配当哥么？"

"熊样？有我这样的熊样么？五大三粗的，你那才叫熊样！"

"再看你那脑袋，又长又尖，茑茄子似的，能装啥东西？"

"你那脑袋呢？肉嘟嘟的，胖猪头一个！又是什么好东西了？"

第七章·深夜密探

"放你妈的狗屁!我这是……虎头,虎头虎脑!"

"哼哼!见到血就尿裤子的,还虎头虎脑……"

"或者当初,我根本就要长得比你高!不然,老爷子咋会安排我是老大?只是后来,我为人低调,就朝这个……这个横向……啊发展了。"

"好了!活过来了就说正事儿吧!打不开柜子怎么办?"

"怎么办?凉拌!"

谢天说罢,翻身爬起,向外走去,谢地默默跟在后面。

两人蹑手蹑脚走出小院,穿过林荫道,钻进停在角落的一辆小车。高个儿启动引擎,也不开灯,将车子无声地滑出校园。

凌晨四点。

重庆缙云山。

一处隐秘的山坳里,茂密的丛林掩藏着一座古色古香的欧式别墅。这是大师在全国各地的十多处别墅之一,被他的手下私下称做"行宫"。

一辆黑色奔驰伸出两根强烈的光柱,将浓浓的夜色撕开两道白花花的口子,从盘旋的上山公路拐进密林中阴森森的入口小道,无声滑行 500 米,来到森严的别墅大门。两根光柱陡然熄灭,夜色四合。

昏黄的门灯映照着门前竖着的一块铁牌,蓝底白字写着——

私人领地　不得擅入

黑暗中忽然鬼魅般地闪出一个人来,伸手在车头一摁。副座上的矮个儿忙摇下车窗,伸出头,露出一个笑脸。

那人挥挥手,一闪,又没入黑暗之中。

车里人拿出一个遥控器按了一下,铁大门无声地滑开了。车子缓缓驶入,大门在身后自动关上。

轿车驶进车库停好,车上下来两人,高的瘦,矮的胖,相映成趣。

两人雄赳赳气昂昂,步调一致并肩走进大厅,习惯地在一面镜子前理理衣服。矮个儿忽然指着高个儿的脸,大笑起来。

高个儿莫名其妙地摸摸自己的脸,然后对着镜子一看,发现额头上鼓起一个青包,像小牛犊刚长出来的角。他气急败坏地指着矮个儿说:"奶奶熊!都是你那矮门洞搞的!"

矮个儿幸灾乐祸地说:"一再给你说,为人要低调!谁叫你长这么高?

哈哈……真是活该！"

高个儿不停地用手指在舌头蘸了一些口水，涂在青包上。不一会儿，青包消了下去，但额头上仍留下一块淤青。

矮个儿看见，忍不住又笑了起来。

高个儿一脸的不快，愤愤说："你笑个铲铲！"

两人收敛笑容，换上端庄的表情，齐步走上二楼，在一间房门外站定，叫道：

"大师！"

"大师！"

房门内传出一个闷闷的声音："谢天谢地，你们来了？"

"是，我是谢天！"

"我是谢地！"

"进来吧！"

03

30年前，在那场罕见的大雪里，积雪将湘西崇山峻岭中一间简陋的茅屋压垮了。里面的大人都死了，却奇迹般地留下了一对嗷嗷待哺的双胞胎，被路过的大师救起，为他们起名叫谢天、谢地，并将他们抚养成人。

小时候，两人都管大师叫"爸"。后来，随着大师的威望越来越高，两人心中的敬畏胜过了亲情，也改口跟着众人叫大师。当然，在背地里，两人为了顺口，也偷偷地称"老爷子"。大师对此从来不说什么，顺其自然。两人智商原本没有问题，只对人情世故总是弄不大明白，待人接物方面，常常闹出一些洋相。所以，大师因材施教，便教他俩一些旁门左道的功夫，专做一些偷鸡摸狗之事。大师家大业大，总有用武之处。两人学起艺来倒不含糊，尤其可贵的是，对大师忠心耿耿，绝无二心。

老爷子说过，这几天，有事随时可以求见。刚刚在下面看见，老爷子起

第七章·深夜密探

居室里还亮着灯,知道他还没睡。此时,高个儿谢地伸手抓住门把,被矮个儿谢天白了一眼,又极不情愿地放开手,嘟着嘴让谢天走在了前面。

这是一间陈设豪华的宽敞起居室。老爷子半靠在柔软的布沙发上,长长的卷发已经取下,光溜溜的脑袋瓜在柔和的灯光下闪着油光。两个漂亮的小姑娘正在给他捶腿,老爷子闭着眼睛,一脸舒坦。

谢天、谢地进去后,随手关好门,然后就在门边站好。此时,秘书小梁正好从里屋走出来,穿着薄薄的粉红色睡衣,手里抱着一个文件夹。谢天一眼看见,如遭雷击,忙低下头去,全身不由自主地打了一个寒颤。

在弟弟面前一向趾高气扬的谢天,此时低眉顺眼,头不敢抬,忙低下头去,忸怩地抚弄着衣角,大气也不敢出。直到老爷子说"坐吧",两人才歪着屁股靠着旁边沙发拘谨地坐下。尤其谢天,好不容易才调匀了自己的气息,再也不敢朝"小娘"看上一眼。

老爷子也不睁眼,轻声问:"说吧,有什么消息?"

"我们……"谢地一开口,便遭谢天狠狠瞪了一眼,只好委屈地噤了声。

谢天只要眼里不望小梁,说话也就自然了。他说:"姓沈的那小子有点邪门!我们在宾馆门口打算顺手牵羊拿走他包里的匣子,谁知那包像是通了电似的,一触手便发麻,麻得谢地差点瘫倒在地上。后来我们跟踪他,又在路上被他甩脱了。等我们修好车赶到大学里,他已经走了。妈的,像条滑不溜手的泥鳅,捉不住。"

"修车?为什么要修车?"

"啊?!"谢天自知失口,连忙伸手掩嘴,但已晚了。

谢地朝谢天白了一眼,惴惴不安地说:"跟踪时,转弯不及,车尾撞在护栏上,坏了尾灯。"

老爷子睁开眼睛,伸手挥开两个小姑娘,从沙发上直起腰来呵呵笑道:"知道你们跟踪的是谁么?那是刚刚退伍的中国特种兵,连美国佬都要对他们竖大指拇的!哪样技术不比你们高强?!只坏了尾灯就不错了。他找到那老头了吗?"

"找到了!"谢天见老爷子心情不错,不安的脸色才恢复自然,连忙说,"救护车走后,我们去了老头的办公室,在那里闻到了他的气息。"

"救护车?哪来的救护车?"

"不知是哪来的。"谢地终于抢到一回说话的机会,快嘴说道,"他们把老头抬上车后,就呜呜地开走了。"

"老头?"老爷子睁大眼睛,警觉地问,"你是说,那姓郑的老头被人抬上了救护车?看准了吗?"

"是的。"谢地说,"我们亲眼看到的。"

"我们并没亲眼看到。"谢天不满谢地抢他的话头,有意拆他的台,如实地说,"我们听到警报声就躲到树丛中了,救护车走后,我们进去,那地方就……人去……这个楼空了,灯也熄了。我们猜想,可能是郑老头上了救护车。"

老爷子复又躺下,不满地说:"即使是郑老头上了救护车,也不一定就是他病了!站在旁边,连这点事情都没弄清楚,还有啥用?!"

谢天、谢地脸上青一块红一块,半晌做声不得。

老爷子平和了气息,又问:"后来你们进了办公室,都发现了什么?"

"噢!"谢天忽然想起,忙从裤兜里掏出两张纸来,抖抖颤颤地递给老爷子,说,"这是从老头桌上看见的,我想也许您会有用。"

老爷子接过一看,眼都睁大了。叫秘书取过眼镜来,然后戴着老花镜又仔细端详半天,忽地挺起身来,大声说:"快!文件!"

秘书小梁十分默契地从文件夹中抽出一份复印件来,老爷子迫不及待地抓在手里,将那上面弯弯拐拐的符号与谢天交给他的纸仔细对照。

此时,谢天抬起头,目光不由自主地投向"小娘",——他哥儿俩在背地里一直是这样叫小梁的。他发现"小娘"正似笑非笑地望着自己,不由得红了脸,忙低下头,全身颤抖了一下。

谢地用手臂捅捅谢天,嘴向老爷子那边努了努。他们发现老爷子脸色有些不好,光头上那两道显眼的浓眉,皱得越来越紧。兄弟俩渐渐紧张起来,不知那纸片是怎么惹恼了他。

04

　　只听老爷子自言自语说道："不错！就是这张了！……这都是些什么鬼话？让人捉摸不透……嗯，这张又是哪来的？会不会就是沈小子的那张？……又是什么意思呢？……"

　　谢天嗫嚅着说："我们，我们只是看见有字儿，就顺手拿过来的。"

　　老爷子说："嗯……或许，真是一些暗语，郑老头只是照实译出罢了。看来，要弄明白还得费一些工夫啊！"

　　谢天、谢地忙站起身来，谢天结结巴巴地说："我们……我们也不大认得那些字，所以就……就拿回来了，也不知……"

　　老爷子抬头看见谢家兄弟，猛地一拍沙发，呵呵笑道："好！你哥儿俩干得不错！今晚大有收获。这叫'踏破铁鞋无觅处，得来全不费工夫'。几十年来苦苦求解，甚至远渡重洋去向人求教，都未能如愿！不想被你这两个宝贝轻易得到了！而且一下得到两张，真是大功一件！就凭这两张纸，可以抵消你俩所有过错。小梁！"

　　那漂亮的女秘书，立刻站到旁边，脆生生地说："大师吩咐！"

　　"给他哥儿俩记上，大功一件！按律给赏！"

　　"是！"

　　谢天、谢地刚才还紧张得要命，此刻时来运转，不禁兴奋得脸色发红，两眼放光，你望望我，我望望你，一个劲儿地搓着双手，扭捏而笑。

　　谢天乐呵呵地问："接下来，我们干啥？还是去寻找姓沈的小子？"

　　"不！"老爷子说，"你们不是他的对手！他的事不用你们管了！你们还是去教授那边……"

　　说到这里，老爷子眉头又皱了起来。忽然，他抬起头来，眼里射出两道精光，厉声喝问："你们是不是对教授做了什么手脚？"

　　谢天、谢地正乐得合不拢嘴，被这劈头一喝，吓得脸色发白，连忙站起，颤声说："没没！我们，我们是在他走过后才……才进去的。"

"唔。"老爷子目光柔和了，他不无担忧地说："如果被抬上救护车的真是郑老头，这事儿还真是蹊跷！他可别像美国那姓童的啊……你们俩可记住了：有关郑教授的消息，一定要打探确实了再告诉我！"

"是！"

"是！"

两人离开老爷子，如获大赦。走出房门，只觉得全身每根汗毛都自在起来，呼吸也通畅多了。想到刚刚立了大功，还有丰厚奖金，两人一蹦老高，出掌互击，嘴里情不自禁地喊道："耶——"

郑教授被送进西南医院急救室，诊断结果很快就出来了：急性结石性胆囊炎，必须立即手术治疗。

"雯雯！"

临进手术室前，教授抓住女儿的手，绝望地叫了一声。

"爸！"郑雯安慰说，"你不要害怕，这是一个小手术，很快就结束的。"

教授说："我不是害怕。我是担心，记得你童爷爷的事么？九年前，在美国……"

"你说什么？"雯雯吃惊地说，"童爷爷？他可是肝脏……"

"不！我怕是中了别人的……"

郑雯早听父亲说过，童爷爷可能是被人下了巫蛊，才不治而亡的。但父亲怎么会？

"是的，"父亲说，"太巧合了！当年，你童爷爷也是破译了一幅……"

"我知道。"郑雯说，"但你不会！今天，从你下飞机那一刻，我一直就在你身边……"

"我有那种感觉！我不知道是谁，但是我真有那种感觉，非常强烈的感觉！让我难受的，不止是疼痛！"

"不可能的！难道你怀疑沈……"

"我想，不会是他吧！在他身上，有一股正气。我怀疑，是在演播室，我曾感觉到一种眼神，让人全身发凉……"

"那位戴墨镜的神秘人？"

"……"教授无力地点点头。

"不，不会。如他真有不良企图，现在他也不会……"

第七章·深夜密探

医生急匆匆地走来，强行打断说："不能再耽误了！赶快进去！"

教授仍不松手，向医生说："让我再说一句！"

然后定定地望着女儿，平静地说："雯雯记住，如有不测，你一定要把我送回老家，那里给我留有位置。"

"爸，你不会有事的。我在这等着你，啊！"

郑雯说不清楚，人的直觉从何而来，但有时候它准确得让人害怕。父亲患的原本是一种极其寻常的疾病，但正如他自己的预感，他没能走出手术室。

两个小时后，医生出来，非常遗憾地告诉郑雯，她父亲已在手术台上停止了呼吸！原因是：脾脏急性坏死。当医生打开教授的腹腔，意外发现脾脏坏死时，已经来不及做任何补救措施了。

那时候，刚好凌晨三点。

第八章 寻找七星老人

01

从殡仪馆回来，已经快到中午了。

李虎和姐姐一起，好不容易劝母亲到床上躺下，自己却一点也不觉得累。他来到书房，又取出那本小册子，看着纸上那一个个笔力遒劲的蝇头小楷，仿佛置身梦境。

他很难相信这是真的。尤其是对自己凭空冒出的这个被称做"坡吉卡"的神秘身份，一时难以接受。

三十来年走出的人生格局，在这短短的几个小时内发生了逆转。就像在洒满阳光的高速路上自由行驶的车辆，忽然拐入一条幽暗不明的神秘隧道，一时很难转过这个弯来。

突如其来的种种变故，让他思绪一片混乱。他来到阳台，在一张木椅上盘腿坐下，调匀呼吸，气沉丹田，渐入忘我境界。

中午，当一家人聚在一起的时候，祖传遗书成了一个转移悲伤情绪的话题。

姐夫"胡一刀"很是不以为然，用他惯常的外科手术思维分析说："恶作剧而已！这恐怕是你们李家哪位老祖宗闲来无事，一时心血来潮自编的一段神话，再以这种类似智力游戏的方式留给后人们欣赏。"

小侄女阳阳也看了那小册子，她认真地说："向王天子的故事可是真的。我们历史老师去张家界旅游回来给我们讲过，史书上都有记载哩，说向大坤是土家族农民起义领袖。还说神堂湾是什么千古禁地，神秘莫测，没人敢去。"

母亲说："自我嫁到李家来，就一直觉得这个家庭有些神秘。你爷爷临终前将匣子交给你父亲的事，我就一直不知道。前几天，你父亲突然抱出这

第八章·寻找七星老人

个匣子，让我收好，说是祖传的，到时候要交到虎子手上。我当时哪会想到，他这是……提前在为自己安排后事了……"

说到这里，母亲又泣不成声了。

李虎说："现在首要的，是要找到七星老人。但这无头无绪的，又上哪儿去找？"

"七星老人……"母亲喃喃地说，"七星老人，我好像在哪听到过这名字。心里隐隐约约有那么一点印象，一时又想不起来。"

李虎回想父亲临终时说过的话："你爷爷说……拿着里面的东西去找……七星老人……"

那么，爷爷知道谁是七星老人吗？

小时候，爷爷常在半夜带着虎子坐在自家后院的石凳上，仰望星空，教虎子辨认北斗七星。从斗身上端开始，到斗柄的末尾，爷爷按顺序一一说出这些星星的名字，什么天枢宫贪狼星君、天璇宫巨门星君、天玑宫禄存星君、天权宫文曲星君、玉衡宫廉贞星君、开阳宫武曲星君、瑶光宫破军星君。爷爷指着斗身的第二颗星说："看到了吗？那就是虎子，虎子是天璇宫巨门星君。"

虎子听了，觉得十分好玩，问道："那你呢？爷爷，你是哪颗星？"

爷爷笑着说："爷爷和你隔着两颗星呢，你看，在斗柄的第三颗，那叫玉衡宫廉贞星君。"

"为什么你是那颗，我是这颗呢？"

"那是因为我们出生的时间不一样。你是亥时生的，我是申时生的。"

但爷爷却是在子时走的，那是他自己选定的时间。

虎子十岁那年，一个寒冷的冬夜，一向睡得很沉的虎子突然从梦中惊醒，发现楼下灯火通明，并有嘈杂的人声。他翻身爬起，穿好衣服，向楼下走去。刚到楼梯口，就听母亲说："去把虎子叫起来。"

爷爷说："不用叫，他马上就来了。"

来到楼下的厅屋，看见父亲、母亲，还有姐姐，进进出出的，好像在忙碌着什么。爷爷端端地坐在正中一把古旧的太师椅上，稀疏的白发梳理得整整齐齐，长长的银须垂在胸前。神情飘逸，貌若神仙。只是，爷爷穿着一身新衣服，黑面红里，显得很庄重，却让虎子看着怪怪的，心里隐约感觉有些不祥。

爷爷问:"什么时间了?"

爸爸说:"还差二十分就圆钟了。"

"哦,时间不多了,我就要走了。"

爷爷平静地说。然后看见虎子,将他拥进怀里,在头上轻轻抚摸着。虎子觉得爷爷那手好温暖,全身被一股融融的暖流浸透了,十分舒畅。

后来爷爷又拿起他的左手,仔细看着他拇指上生出的那个小枝指,轻声问:"碍事么?"

虎子懂事地摇摇头。

"嗯。"爷爷笑着说,"习惯了就好。这是你的一个记号,它让你与众不同!"

虎子听说刚生下来时,爸爸妈妈见了这个多余的指头,曾打算割掉它。爷爷坚决阻止了,说虽然只有一节指骨,那也是父精母血,不可损伤的。又说那不过是一个小小记号,就像人身上的胎记一样,很正常的事情。

02

虎子问:"爷爷,你要去哪儿?"

爷爷呵呵笑道:"爷爷要出远门了。"

姐姐却在一旁呜呜地哭了,她说:"爷爷要死了。"

爷爷揽着虎子,看看周围的人,认真说道:"爷爷只是到另外一个世界去了,不会走远,我会常来看你们的。"

虎子对爷爷的话似懂非懂,他曾见过邻家死人的事情,想起爷爷也将硬翘翘躺在那里一动不动的样子,最后还要被装入棺材埋进土里,禁不住哭了起来。

"好了,不要哭了。还记得我的那颗星么?"

虎子点点头说:"是玉衡宫廉贞星君。"

第八章·寻找七星老人

"好。"爷爷笑着说,"想我了,就看看那颗星。"

说罢,爷爷不再理会家人,轻轻把虎子推出怀抱,然后理理衣服,两手在腿上放好,轻轻地闭上了眼睛。

那一刻,墙上的自鸣钟"当当"响了十二下,那声音清越、悠扬,穿透漆黑的夜空,响彻整个宇宙。

虎子仿佛看到,爷爷随着那钟声飘向空中,一直飘到他的那颗玉衡星上去了。他把目光投向窗外,什么也没有看到。那天夜里很黑,天上没有星星。

爷爷死得很有尊严!

爷爷的死,是虎子受到的第一次有关生命与死亡的教育。这为他日后的人生观定下了一个自然洒脱的基调。他非常平静地接受了爷爷死亡这一事实,认为一个人停止呼吸就和闭眼睡觉没有多大区别。

爷爷死后的第二年春天,李家旁边一间空置的小屋里住上了一位衣衫单薄的白发老头,每天挑着一担草药到镇上叫卖。

那时候,爷爷刚去世不久。虎子每天放学后,厌倦了与其他孩子一起打闹游戏,喜欢孤孤单单地在房前屋后独自玩耍。

卖草药的老头每天早晚都在屋内开着房门闭目打坐,颇像爷爷练功的样子。虎子好奇,观察两天后,依样画葫芦,也在老头身边盘腿坐下。老头并不介意,打完坐便起身自顾自地做事,而虎子也不言不语,起身自行回家。

一连几天,皆是如此。

有一天,老头终于开口问道:"娃娃,你坐在这干啥?"

虎子反问道:"你坐在这干啥?"

"我练功。"

"我也练功。"

"你知道怎样练功么?"

虎子想了想,然后摇摇头说:"不知道。"

老头呵呵笑道:"嗯,诚实,有悟性。"

说罢,老头把虎子叫到跟前,用手在他全身上下又摸又捏。虎子被捏得痒痒的,禁不住呵呵笑道:"你这是干什么?"

老头满脸欢容,赞道:"确实是练功的良材美质!"

最后老头的手在虎子小腹上停下,轻轻按了按,露出惊异的表情。然后闭上眼睛又按了按，自言自语说："哦，这小子真是大胆！"

虎子没听明白，问："你说什么？"

"我是说，你爷爷用心良苦，功力也还精纯。"

"你认识我爷爷？"

"神交罢。"

"他死了。"

"我知道。"

说着话，老头让虎子站好，一只掌心贴着小腹，一只掌心贴着后背，运起功来。

虎子一时不明所以，只感觉如坠蒸笼，酷热难当，大汗淋漓，全身颤抖不已。他想喊叫，又觉身不由己，少气乏力，张不开嘴，发不出声，只能无望地忍受这火刑的熏炙。

渐渐地，酷热退去，清风徐来，浑身轻飘飘如在云端。沉沉浮浮间，眼皮越来越沉重，最后无可奈何地跌入美妙无比的黑暗之中。

醒来后，虎子只觉全身精气弥漫，心情畅快无比。他想问问老头这是怎么回事，老头却说天色不早，让他赶快回家。

此时，天已黑尽，他慌忙回到家里，支吾搪塞一番，并未说出他和老头练功的事。好在母亲亦未责怪。

此后，老头说他姓漆，虎子便叫他"漆大大"。当地方言，"大大"就是"爷爷"的意思。

漆大大后来告诉他说，他爷爷因阳寿所限，没法亲授，临终前以自己的精纯之功贯入虎子气海，在他内宇宙中先置下一枚太阳，为他培元固基。

03

其实，那天漆大大是在运功为他打通经脉，气流便在他体内循环流转，了无滞碍。此后，漆大大从最基础的口诀和方法教起。虎子天资聪颖，加之

第八章·寻找七星老人

根基扎实,一点便通,进展颇为神速。

漆大大除每日督授功课之外,还常常童心大发,与虎子嬉戏玩乐一阵;游玩之中,还不时穿插一些天文地理、逸闻趣事。虎子也怪,不愿和同龄伙伴玩耍,与一老人相处,却如鱼得水,甚是相宜。

有时下雨天,老人便和虎子盘腿坐在床上,中间摆着象棋,在悄无声息中燃起漫天战火。虎子从小跟爷爷学下象棋,已有相当基础,再经漆大大的调教,更是棋艺大增。一次,漆大大摆出一局名为"七星聚会"的古棋局,双方各有七只棋子,寓意北斗七星,其图势美观严谨,蕴含深奥精妙,变化繁复多端,引人入胜。此后,两人时时演练此局,竟然乐此不疲。有次漆大大讲解"七星聚会"的寓意时,虎子想起和爷爷一起观看北斗七星的往事,问漆大大属什么星君,漆大大说:"你猜猜?"

虎子睁大了眼睛,定定地望着老人不言语,心想这怎么能猜。

漆大大笑着说:"我听我娘说,我是在半夜时候出生的,你能猜出来么?"

虎子记起爷爷教他的天干地支排列方法,再与七个星君相配,试探说:"子时生,是天枢宫,贪狼星君?"

漆大大哈哈大笑,说:"小娃儿不错!让我也猜猜你的星君?"

"你说!"

"你是天璇宫巨门星君,我猜你爷爷是玉衡宫廉贞星君。"

虎子惊讶地问:"你是怎么知道的?"

漆大大没有回答虎子的问题,而是眼望着远处,沉思般地说:"有一天,这七个星君会聚到一起的。'七星聚会'不远了。"

虎子不解地说:"七个星君会聚到一起么?可是,爷爷已经死了。"

"会有人替代他的。"

寒来暑往,一晃两年过去。每日的早晚功课,已成为虎子呼吸般的本能;如有一次未做,就觉憋得难受。在漆大大的循循善诱、日日督导下,虎子已如璞玉精雕,杂质尽除,功力虽浅,但根正苗壮,假以时日,必入上乘之境。这时,虎子已长成一个又高又壮的少年,即将进入中学读书了。

放暑假前的一天,虎子放学后又去那间小屋,却已人去屋空。四处寻找,不见踪影。漆大大如飞鸿渺渺,无迹可循了。

两年的朝夕相处,在虎子的情感世界里,漆大大已基本取代了爷爷的位置,让他产生了深深的眷恋之情。老人的突然离去,让虎子失落了整整一个暑假。后来,李虎进城读中学,日子被日新月异的学生生活塞得满满的,才渐渐从这种失落之中走了出来。

如今回想起和漆大大一起下棋时说的那些话,李虎觉得与漆大大的相遇,绝非偶然。当时年幼无知,听过并未放进心去。现在想来,漆大大那些话中,却是蕴含深意,心中不由蹦出一个念头——

莫非漆大大就是七星老人?

这念头让李虎一阵激动,但随即又泄气了,——即使漆大大真是七星老人,又到哪去找他?再说,二十年过去了,漆大大要还活着,恐怕也是超过一百岁了。

第二天,他向母亲问道:"漆大大,你还记得么?"

"哪个漆大大?"

"在故陵老家旁边,那个卖草药的老头。"

"就是你整天和他泡在一起的那个干瘪老头?唉,说起来我们倒欠着人家的恩情呢!教你两年功夫,我们懵然不知,也没谢过人家!这么多年没有音讯,恐怕早就没在人世了……说起草药,我倒想起了,还是你爷爷在的时候,有一个从巫溪来的人,也带着一些草药,在我们家住过几天。我就是听他和你爷爷谈话时,提到过七星老人。就不知那人还在不在,如还活着,恐怕也快八十了。"

"我咋记不起来?"

"你那时还小。"

"那人叫啥名字?"

"那人红光满面的,不但个子大,酒量大,饭量大,说话嗓门也大,给人印象很深的……好像是叫……什么大炮,对!叫谭大炮,你爷爷就是这么叫他的。"

"谭大炮。在巫溪什么地方?"

"盐厂!他就说他是巫溪盐厂的。"

李虎知道,巫溪有两个盐厂:一个是与云阳交界处的田坝盐厂,一个是大宁河畔的宁厂盐厂。不过,好像这两个盐厂现在都已停产关闭了。

谭大炮是在哪一个盐厂呢?

第九章 逃避追踪

01

从郑教授那里出来，已经是晚上十点过了。沈立驾着车，缓缓穿过一条树林掩映的校园小道，从重庆大学一处旁门驶出，直接上了沙坪坝正街，将雅阁车汇入了马路上的汽车洪流之中。

从下午三点进入鉴宝节目现场开始，他就走进了一连串的意外之中。现场观众席上突然出现的那几个神秘人物，毫不掩饰他们对石虎的企图，在他们那文质彬彬的外表下，沈立明显感受到一种莫名其妙的威逼。后来宾馆门口出现的那两人，明明是想抢夺自己手上的提包，为什么又突然收手了？甚至还做出一副惊异的表情？后来驾车追踪又是什么意思？他们与鉴宝现场那几个神秘人物是一伙的吗？

这些问题让沈立一时理不清头绪。他确信没人跟踪后，回到了自己在龙溪镇的住处。听到肚子里的一阵"咕咕"声，想起还没吃晚饭，他草草地泡了一碗方便面吃了，倒头便睡。

第二天，他在办公室忙了一整天。他得为自己腾出一段时间！

昨天的经历，让他感到一种紧迫的压力，同时又觉得疑问重重，理不清头绪。他现在唯一的线索，就是那个虚无缥缈的七星老人。以沈立的思维，他原本是不会相信那些凭空而来的无稽之谈的。但经过昨天下午一连串的事情以后，他不禁自问：真有七星老人这么一个人吗？他又在哪里？

下午快下班时，他接到一个电话，是市文物管理部门打来的。电话中，对方首先祝贺他私藏的巴人石雕虎型器被专家鉴定为国宝级文物。然后主要向他讲了三个方面事情：第一，作为珍贵文物，希望他向文物管理部门申请登记注册。这样，如果万一发生丢失、被盗的情况，国家将负责协助追查。

第二，如要出售，须到文物管理部门指定的单位办理，不得向非法经营文物的单位或个人出售，更是严禁文物出境。第三，即将建成的重庆巴人博物馆预计将于年底开馆，如果方便，希望能将虎型器借到博物馆展出一段时间。

"你放心。"对方最后说，"我们将履行完整的借展手续，届时一定会完璧归赵。"

沈立谢了对方的及时提醒，对于出借的事，他表示将认真考虑。最后他问："你们是从哪里知道我的电话的？"

对方笑着说："这事很简单，中央电视台鉴宝节目组就留有你的电话。"

想到昨晚被跟踪的情况，沈立开始回忆自己向外透露了多少个人信息。他在鉴宝节目组登记的只有身份证和电话号码，他们并不知道自己在重庆工作。身份证是退伍后刚刚办理不久的，上面的住址是黔江市区，他父母在那里有一套房子。但平常父母总是住在乡下的老家，他偶尔回家自然也是住在乡下。这些信息，即使被跟踪者掌握了，也起不了多大作用。

但晚上回到自己住处，他却大吃一惊！——白天有人进过自己住房。

在龙溪镇的这套房子是他年初才买下的，刚刚住进去不到半年。除了公司那位朋友来过，没谁知道这里。尽管室内布置恢复得很好，门窗也没有任何痕迹，他还是在进门处的地板上发现了别人的足迹，而且是两个人的足印。那是他多年职业生涯养成的谨慎习惯，稀释的摩丝水喷在地上，干后毫无痕迹，在光线下从四十五度的角度斜着望去，任何接触过地板的物体都会留下清晰的印痕。进门玄关处约两个平米的区域，是进出房的必经之地，却是自己的禁区，他从不踩踏。从足印大小判断，两人身高差不多，都在一米七五左右。

检查一遍室内物品，几样他特别心爱的东西：一个"博士能"特种兵数码望远镜，一把米克战狼爆破刀，一把美军现役D80军刀，还有笔记本电脑，都有被动过的痕迹，但并没有什么东西丢失。

这反而让他倒抽一口冷气！

一般小偷入室，是不会空手而去的。从脚印看，不会是昨晚跟踪自己那两人。但肯定与他们有关，一定是他们的同伙干的！

在这么短的时间内，他们是怎样知道自己住处的？

他原想找小区物管处，试图从监控录像上寻找线索。转念一想，又觉徒劳。

换了自己，也不会留下什么让人生疑的把柄。

事情已经非常明显，对方登堂入室不着痕迹，是一伙受过特殊训练的专业人员，其技术恐怕不会比美国联邦调查局的特工人员差多少。而且，他们的目的就是直奔石虎而来。他们到底是谁？

对方不但有备而来，而且势力强大得让人生畏！

02

28日早晨，沈立收拾好一只军用背包，来到公司办公室，意外地发现这里也已经有人光顾过了。

他问秘书小刘，昨天晚上有没有人进过他的办公室。小刘说："我是和你一起离开公司的，还是我锁的大门哩！忘了？！有什么问题吗？"

"哦，没什么，"沈立淡淡地说，"我就随便问问。你忙去吧！"

中午下班后，他约出朋友，两人在一家茶馆要了一间清静的雅室。沈立喝着一杯茶，一直默默不语。

朋友沉不住气了，说："看你样子，是真有麻烦了？"

沈立掏出车钥匙，递给朋友，说："我要请几天假。"

朋友睁大眼睛说："这是干什么？你有事，不正好用得着车吗！再说，这车早就过户到你的名下了。"

"这车已被人家盯上了。"沈立无可奈何地说，"你就暂时替我保管着吧。"

"麻烦大吗？"朋友关切地问，"我能帮你什么？"

沈立摇摇头说："不！你什么也帮不上。如果几天后我还没回来，你还是先回公司照看着。目前公司运转很正常，近几天的业务都已作好安排。"

"你去哪里？要多长时间？"

"找一个人，多长时间说不准。"

"有危险吗？需不需要向有关部门……？"

"不！你知道我能应付的！"

……

"哦，我这电话号码，从下午起就不会用了。"

"那，我怎么找你？"

"有事，我会给你打电话的。"

"你这神神秘秘的，真让人担心！"

"放心吧，不会有事的！"

……

饭后，沈立让朋友驾着车，捎了自己一程。

在一个热闹的路段，沈立下了车，然后拦下一辆出租车，向杨家坪驶去。

沈立在一片脏乱的货场外下了车，顶着炎炎烈日，钻进一条由石棉瓦夹成的肮脏小巷，在炙人的热浪之中七弯八拐，来到一片彩钢屋面的货棚。货棚被各种货物塞得满满的，到处弥漫着刺鼻的味道。

沈立穿过一堆零乱的纸箱，看见几个人赤裸着上身，正在一片狭窄的空地上打着麻将，头顶上一把吊扇摇摇摆摆地转动着，发出"呼噜呼噜"的单调声。他走过去问道："沈鹏在吗？"

一个嘴里叼着烟的汉子扭头看了他一眼，在烟雾缭绕中问道："找他干啥？"

沈立说："我是他二叔。"

"哦！"叼烟的汉子立即丢下手里麻将，站起身来，热情地说："跟我来。"

沈立随那汉子来到一幢陈旧的楼房，上到三楼，推开一道虚掩的房门，说："请进来。"

沈立走进去，慢慢从昏暗的光影中适应过来，发现客厅里一片狼藉，闷热浑浊的空气中充斥着烟味、汗味，让他感觉呼吸困难。

那汉子在一间寝室门上敲了敲，里面传出闷闷的声音："哪个？"

汉子说："鹏哥，是二叔来了！"

不一会儿，房门打开，一个赤膊的年轻人走出来，又随手关好门。

年轻人笼着一条宽大的裤衩，身上肌肉一块块的显得很是壮实，两条粗壮的胳膊上各文着一条醒目的青龙。

房门打开的时候，沈立一眼瞥见里面床上还躺着一个穿睡衣的女人，不禁眉头一皱。

年轻人见到沈立，不好意思地说："立二叔，您有事吩咐一声就是，何必亲自跑来，这地方，您看……"

"我是有急事才来的！"沈立不耐烦地说，"都安排好了？"

沈鹏连忙取出一张电话卡，递给沈立说："这是您要的卡，是让我……女朋友去办的，用她的名字。您看，号码还不错。"

沈立掏出手机，立即换上了新卡。他郑重地对沈鹏说："这号码，你……你们把它忘掉。"

"是。"

"车呢？"

"正好有一车货要去黔江！但这车上午才从陕西回来，司机这会儿正睡觉呢，原准备明早走的。"

"货装好了么？"

带路的汉子插话说："鹏哥先打过招呼，这会儿早装好了。"

"那好！"沈立说，"把司机叫起来，我们马上出发，我来驾驶！"

"这……"沈鹏犹豫地说，"大车，您能开么？"

"放心吧！没有我不能开的车。"

03

沈鹏不敢怠慢，立即派人去叫司机。又说："二叔还没吃饭吧？我们去外面吃点东西！"

"我已经吃过了。"

沈立说罢，忽然想起，又问："哦！你妹妹的病现在没事了吧？"

"您也知道我妹妹病了？不过，现在好了，没事了。谢谢您关心！"

这沈鹏是沈立的一个远房侄儿，从小不务正业，东游西荡。后来家里让他去学了驾驶，原想借钱买辆车，让他有个正经事做，也好成家立业。不想他却与一帮小混混儿搅在一起，经常打架滋事，家里也拿他无法。三年前，沈立从部队回家探亲，正碰上沈鹏与一群小子在镇上打群架。沈立三下五除二，将两边人马全部放倒，却没让一个人受伤。然后对他们说，有不服的尽管再来。

当时，沈立穿着便衣，操的又是一口本地土话，一群小混混佩服得五体投地，全部伏倒在地，愿拥他为老大，从此听他调遣。

"那好！"沈立说，"你们各自回家，去找个正事儿做做！如果再在外面为非作歹，我没看见便罢，看见一次打一次，再不会有今天这样的好果子吃了！沈鹏留下，其余的都滚！"

沈鹏战战兢兢地跟着沈立，却发现沈立带着他来到了自己家里。他不禁疑惑地问："你是哪个？怎么知道我的家？"

不待沈立回答，他父亲吼道："狗东西！今天遇到克星了？！这是你宝爷爷家的立二叔，还不快叫！"

"是立二叔？"

沈立虽然只比沈鹏大几岁，却是乡亲们眼中的传奇人物，是不少年轻人崇拜的偶像。他高中未毕业就参军入伍，很快就被选进特种部队，受过非常严格的特殊训练，曾多次出国执行秘密任务。身经百战，屡立战功。

沈鹏一直默默崇拜着他的这位堂叔，同时又觉得自己资质愚钝，无法与人家相比。但在混混儿们中，他又常常认为自己流着英雄的血液，讲义气，不怕死。这又为自己赢得了一些追随者，让他在江湖上享有一定的威望和地位。此时，面对这位自己心目中的偶像，他自觉惭愧，无言地低下了头。

沈立其实也欣赏他的耿直和胆量，希望他能自立一番事业。经过一席交谈，沈鹏说出了自己心中的打算。原来，他早就想和朋友一起去重庆开一家货运公司，只是苦于没有本钱。

"这好办！"沈立说，"我去给你宝爷爷做点工作，让他给你出钱！"

宝爷爷就是沈立的父亲，名叫沈进宝，原是村上的会计。为人耿直磊落，在族中辈分高，威望大，是个说一不二响当当的角色。眼下经营着两家煤矿，积下数百万的家产。他听了沈鹏的创业计划，果然资助他在重庆开起了一家货运公司。而沈鹏也不负众望，第二年就还清所有本钱，现在已拥有四五台货运车辆，也算是一个小小的老板了。最近又刚刚拿钱让家里盖起了新房，父母在乡邻面前也算有头有脸了。

第九章·逃避追踪

一年前，沈立到了重庆。他只和沈鹏通过一次电话，让他知道自己在干什么。此后再无联系，两人各忙各的，也一直没有见过面，沈立甚至连公司的货运业务也没有让沈鹏参与。所以，在重庆，几乎没人知道他们两人的关系。他现在放心地找到沈鹏，确信追踪他的人是不会找到这条线索的。

从重庆到黔江，由于沿途不时在整修路面，四百余公里的里程，载重车整整跑了八个小时。到黔江时，已是晚上十一点钟了。一路上，都是沈立驾驶着，司机躺在后排呼呼大睡。沈立将车子一直开到市内长途车站外面，叫醒司机后，独自下车走了。

虽然已经是半夜了，长途车站外，停放着很多摩托车。司机们三五成群，或者吹牛聊天，或者在路灯下面玩扑克牌。他们大多是附近的农民，以载客为生，通宵等候在这里，旅客可以随到随行，极为方便。

沈立的家还在十多公里外的乡下。他叫了一辆摩托车，二十多分钟便到了。这是一个独立的小院，高大的围墙，宽敞的庭院，别墅似的小洋楼。

铁栅门内一条高大的狼狗猛地扑过来，两脚搭在铁栅上，差不多和沈立一般高，嘴里发出低沉的吠声，伸出嘴来，要和沈立亲热。沈立叫声"大虎"，又摸摸它毛茸茸的大脑袋，"大虎"趁势用嘴在沈立手上蹭着。

看门的大叔为他打开院门，惊讶地说："你怎么这时候回来了？"

沈立说："搭乘一辆便车。爸爸在家么？"

"他和你妈今天一早就去城里了，"老人说，"一直没有回来。"

"哦，"沈立说，"您休息吧，我上去睡觉了。"

沈立草草地冲了个凉，倒在床上就睡着了。这也是他多年训练出的习惯，为了随时保持旺盛的精力，任何时候，立地可睡，而且能在预定的时间准时醒来。

第十章　遗弃的古镇

01

8月28日，已经是李虎回到家里的第三天了。

一大早，他就坐上了去巫溪县城的班车。他决定先去宁厂寻找谭大炮，他凭直觉认为谭大炮应该是在宁厂。

其实，真正让李虎决定去宁厂的，还是宁厂本身隐藏着的远古的神秘。

两年前，李虎在广州认识了一位来大陆做生意的马来西亚华侨。听说李虎来自三峡，那人眼睛一亮，热情地向李虎打听有关三峡的情况，其中就特别提到了宁厂。那人说，他的祖籍就在三峡巫溪，先辈去国外已一百多年了，他一直有一个愿望，就是去三峡作一次寻根之旅。遗憾的是，这些年来总是被生意羁绊着，不只是抽不出时间，关键是难得一份宁静的心情。他说被掩藏在深山之中的宁厂，是巫咸古国所在地，华夏文明的发祥地之一。

李虎听了这话，心中暗暗吃惊！自己老家与宁厂近在咫尺，竟然对此一无所知。于是，他搜罗相关资料，对宁厂作了一番详尽的了解。真是"不看不知道，一看吓一跳"。在《山海经》中，记载远古有一个巫咸国，就位于现在的宁厂一带。巫咸国的人民"不耕而食，不织而衣"，那是一个深山峡谷中的远古极乐世界，一个美丽的东方伊甸园！有人说，这主要就得益于盐资源的开发。"一泉流白玉，万里走黄金"，"吴蜀之货，咸荟于此"。一些学者认为，巫咸国是远古巴人最早兴盛起来的一个部落，廪君五姓就是从这里走出去的早期巴人后裔。宁厂后面那座大山名叫宝源山，山上除盐外，还有一样起死回生的神药，叫做丹砂。所以，这里不止是巴人发源地，也是华夏文明的发祥地之一。

如今，李虎知道自己就是巴人后裔，听到宁厂二字，更是心旌摇动，对

第十章·遗弃的古镇

那个孕育巴人文明的神秘之境向往不已。所以，此番去宁厂，不只是寻人，更是想去那个"上古盐都"、"巫巴故里"作一次寻根之旅。

班车路过夹在大山沟的田坝盐厂旧址时，李虎还是忍不住下车向一个坐在屋檐下抽着旱烟的老太婆打听。

老太婆耳朵有些背，好半天才听清了，翻起一双浑浊的眼睛瞪着李虎，摇摇头，用含糊不清的声音说："从没听说过这么个人。"

李虎提示说："大概七八十岁了，是一个草药医生。"

老太婆仍然摇摇头，嘟嘟哝哝说道："那时候多热闹啊，大灶小灶热气腾腾，男人女人来来往往……二十年呐，厂子垮了，镇子也败了……"

李虎望望破败的厂房，还有那些大门紧锁、铺满灰尘的民居，只好无奈地上了车。

到巫溪城后，李虎在小摊上吃了一碗面条，问清路径，然后换上一辆长安小面的，沿大宁河峡谷蜿蜒向北而去。

峡谷幽深，清流湍急。李虎将头伸到窗外，仰面观看两岸夹峙的峭壁。同车的当地人见他是初来乍到，便热情地向他指指点点介绍沿途风景，什么"剪刀峰"、"十八罗汉"，他还没有看出个名堂，车子就一晃而过。

约莫二十来分钟，车子在一座桥头停下，司机说声到了，丢下李虎，调头走了。

李虎孤零零地站在路边，望着两岸蜿蜒排列着一些古旧、简陋的房屋，难得见到一个人影，河水哗哗流淌的声音，让这古老的小镇显得格外的寂寞、冷清。

此时，才下午三点，峡谷已被阴影笼罩着，要仰头才能从对岸的半山腰上见到一抹阳光。阵阵清凉的河风吹来，倒是让人觉得爽快。

李虎不禁自问：这就是五千年前赫赫有名的巫咸国？！深山峡谷中的极乐世界？！

一股荒凉、沧桑之感弥漫在李虎心中，让他多少有些失望。

一道索桥横跨在河面上，小镇在索桥的另一端，车辆过不去。这似乎形成了一个有趣的隐喻，——这个因盐而生的远古国度拒绝现代文明的侵入！它将自己裹藏在陈旧邈远的历史迷雾之中，面对光怪陆离的现代尘嚣，以衰败、萧条、孤寂的外表，来展示自己与生俱来的高贵和骄傲。

过了索桥，沿着号称"七里半边街"的小巷走着。街上冷冷清清，两边陈旧的木板门被无数风霜雪雨染成黝黑的色泽，门上都挂着一把锈迹斑斑的铁锁，"铁将军把门"，守护着的，是房内蛛网纠结的苍凉。木门、木墙、木柱上斑斑驳驳地写满了时光的印痕。脚下的青石板路，被古往今来无数的脚板鞋底摩擦踩踏，已被磨得凹凸圆滑，闪着青光。临河而建的木板房，下面斜立木桩，柱上支撑着凌空半悬于河面上的吊脚小楼，东倒西歪的样子，似乎随时都有倒塌之险，但到现在早已废旧弃置了，却仍无倾覆之忧。

李虎听着自己的脚步在街上发出单调的声音，走了好长一段，也没有看见一个可以问路的行人，甚至连小狗小猫也没见到一只。偶尔有只小鸟停在屋檐"吱吱"两声，然后又扑腾一下飞走了。

这镇上的人都哪去了？

难道这竟是一座死城？

02

正疑惑间，忽从一小巷里闪出一个人来，迎面拦在道上，嘴里胡乱叫道："大河朝南，边鱼上树！"

那声音沙而尖，仿佛金属刮擦，在这空寂的街道上听着格外刺耳。

李虎禁不住打了一个寒颤，不由自主地立住了脚步。

只见那人大热天里穿着一件洗得发白的蓝色中山服，扣子扣得严严实实，一双肥大的裤管在腿上晃荡着，一头长长的乱发披散在脑后，却分明是一个男人。

那人手中挽着一条两尺长的小蛇，那蛇通体血红，三角形脑袋却是红里透黄的琥珀色，发了叉的粉红信子从嘴里不停地卷进弹出。李虎自幼对蛇有一种天生的畏惧，而这样怪异的红蛇更是从未见过，不由得倒抽冷气，退了几步。

那人脸上笑嘻嘻的，露出一口白牙，说："不怕不怕！这赤蛇可是灵物。"

第十章·遗弃的古镇

说着，不知从什么地方拿出一只黑不溜秋的布袋子，将红蛇装了进去，然后回身走开，晃荡着肥大的裤腿，不知消失到什么地方去了，只听到一个缥缈的声音在空气中振荡——

"大河朝南，边鱼上树！"

那声音让这死寂的小镇显得更加的神秘、诡异。李虎别无选择，只能一边听着自己的足音，一边继续朝前走去。

好不容易看到一个窄窄的小弄堂里有一个人，走近一看，却发现躺在竹椅上睡着了，袒露着的大腹上搁着一把裂了口的陈旧蒲扇，喉头发出轰轰的鼾声，嘴角流出涎水。李虎只好叫醒了他，问他知不知道镇上有一个叫谭大炮的人。

那人睡眼惺忪的，似乎很不高兴别人将他从美梦中唤醒，也不坐起身来，随手拿起肚子上的蒲扇摇着，搜肠刮肚地想了一遍，说："可能是你记错了！我们这里只有一个名叫谭炮的。那可是一个有名的人物，快八十岁的人了，喉咙大得赛钢炮，说起话来能把人耳朵震麻，方圆百十里，连小娃儿都认得他。驱邪镇鬼，续筋驳骨，那是样样在行！"

李虎听得心中一喜，忙问："他是草药医生？"

"对呀！他治病只用草药，药到病除！西药那是他从来瞧不上眼的。今天你可来巧了，他家里正在办丧事。你往前走，有锣鼓响的那家就是。"

李虎惊问："难道他……死了？"

"不是谭炮，"那人躺在竹椅上，闭上眼睛说，"是他家在外地一个当什么官的亲戚死了，送回来安葬的。"

李虎谢过那人，朝前走了几步，又倒转身问道："请问，这镇上，怎么到处都锁着门？人都上哪去了？"

那人很不耐烦地睁开眼睛，摇起蒲扇说："二十年前，这可是一个上万人的热闹镇子！这不，好端端一个盐厂，国家喊停就停！这镇子失了生计，谁还待得住？年轻人都去外面刨食去了，只有走不动的还留在家里，老的老小的小，全镇如今也就还有两百来口人。你要是去谭炮家，今晚可见到全镇一多半的人口哩，他们都要去凑热闹的。"

李虎向前走出不远，果然隐隐听到一阵锣鼓声。

他循声来到一个临河小院，小院的平坝上搭起了一个灵棚，白幡飘飘，香烟缭绕。几个锣鼓手嘴里含着香烟，无精打采地敲着手中的响器。临河的平台上，有几个妇女正在那里洗菜切肉。炉子架在露天里，锅里热气腾腾，阵阵肉香弥漫。

忽听一声大喝："狗日的几个拿出点精神嘛！死样活气的，到老子这儿混饭吃来了？！"

那声音嗡嗡的竟盖住了锣鼓声。李虎被这声音吓了一跳，转眼看时，只见从屋里走出一个身材高大、满面红光的白发老头，手里拿着几包香烟朝几个锣鼓匠丢去，同时也丢去一句话："你几爷子再磨洋工，老子可要出手段了！"

几个锣鼓匠皮着脸傻笑，不敢怠慢，手里加劲儿，紧锣密鼓地敲了起来。

李虎见到老人，心想，这就是谭炮了？正要过去招呼，忽见灵堂中钻出一个人来，满面悲戚，一身素衣，李虎心中惊诧极了，一时竟说不出话来。

那人见到李虎，也是愣在那里，显出一脸的意外。

"你？"

"你？"

两人几乎同时发出心中的疑问。

原来，那人竟是李虎几天前在机场遇见的郑雯。几天不见，她已瘦了许多。此时，神情悲伤地立在那里，脸上挂着泪痕，说不出的楚楚动人。

李虎紧走几步，来到郑雯面前，关切地问："你这是……？"

李虎一句话没问完，抬头看见那幅挂在灵堂中间的遗像，大吃一惊："是教授？"

03

郑雯无言地点点头，眼里涌出泪水来。

"几天前不还好好的！到底是怎么……？"

"是……急病！"

第十章·遗弃的古镇

"你……"李虎一时不知该如何安慰她。想起自己也是刚刚失去父亲,眼睛有些发潮,只简单地说,"这是没办法的事,你可要坚持住!"

"你,不是回云阳吗?来这干什么?"

"我是来找谭炮的。"李虎说罢,扭头四顾,刚才说话那白发老头却不见了踪影。

郑雯惊讶道:"你找他干什么?那是我姑父,他这会儿正忙着呢!"

两人的谈话被一阵热闹的嘈杂声打断。院外涌进一群人来,郑雯看见,对李虎说了声"对不起",便快步过去迎接去了。

李虎走进灵堂,看见正中灵床上放着一个大理石匣子,知道那里面就盛着郑教授的骨灰。再端详壁上挂的照片,那双智慧的眼睛,那张慈祥的面孔,是几天前才在车上见到过的。音容笑貌,历历在目。"人生无常"这样的话,亦不足以形容李虎此时的心境。

一个老妇人坐在那里,埋着头呜呜咽咽地哭着,一头白发有些乱了。她抬起头,瞪着一双红肿的眼睛,朝李虎认真地看了一眼。李虎发现,这女人风韵犹存,被白发笼罩着的那张脸很白净,甚至看不出有多少皱纹。那模样,居然酷似郑雯。或者,可以说是老年版的郑雯。李虎想,这一定是郑雯的母亲了!

正不知该如何招呼,那女人又低头呜呜地哭了起来。

李虎默默地燃起一炷香,再烧了一叠纸,望着墙上遗像默祷几句。然后他走出灵堂,信步来到河边,独自望着哗哗的河水发呆。

三天前,当从祖传遗书中得知自己是巴人后裔时,他十分惭愧自己对巴人历史知道太少。那时候,他曾想到过郑教授,尤其是那几幅"巴人图语"拓片,也许只有郑教授能够破译。但遗命却是让他去找七星老人!难道七星老人也能破译图语?还有,找到七星老人的途径是先找到谭炮,而谭炮竟是郑雯的姑父,这之间到底存在着一种什么样的联系?机场邂逅?偶然之中会有某种必然吗?

一连串的问号就像河里的浪花,在他心中不停地跳跃着……

"你专程找我姑父,有什么事?"

李虎回头一看,郑雯不知什么时候已来到身边。

"我是……来询问一个人的。"

"谁？"

李虎望着郑雯，不知为什么，他对她有一种似曾相识、一见如故的感觉。而且，他心中那一连串的问号，也总是与郑雯父女俩牵涉到一块。所以，他毫不隐讳地告诉她说："七星老人。"

郑雯心中一惊！她这是第二次听到有人提起这个名字了。先是沈立向她父亲打听，现在又是李虎来向姑父打听。她不禁问道："七星老人到底是什么人？"

"我也不知道。只是听说，二十多年前，有一个叫谭大炮的人曾在我家提到过这个名字，也不知道是不是你姑父。不过，从我所知的年龄、特征和住址来看，这个人无疑就是你姑父了！"

"去找一个连你自己也不知道是谁的老人，到底是为了什么？"

"为的是……一个遗命。"李虎望望郑雯，为难地说，"说来话长，但你……教授的事，现在这么忙……"

郑雯眼睛红红的，忧伤和疲惫让她显得很憔悴。她说："我其实没什么事，都是姑父在操办。我原本打算，今天一到就去安葬了，但姑父说老家规矩，送亡人上山，是要先坐夜的，好让亲朋好友再陪陪他。我对这些规矩一窍不通，姑父说，我只在灵堂陪陪父亲就行了。现在，几个表姐来了，灵堂里人很多，烟雾又重，我就出来走走。你说吧，我也很想知道，这七星老人到底是个什么人。"

李虎看着她，虽然说话间眼里又涌出泪水，但一直显得很平静。他长长叹出一口气来，轻声说："我陪你走走吧。"

04

两人踩着河边的卵石，沐浴着凉爽的河风，缓缓向前走着。河里细浪腾起的水花，不时溅到他们身上。李虎从他在广州接到姐姐的电话说起，一直到今天赶到宁厂镇，这几天的所有经过，包括祖传遗书的内容，都毫无保留

第十章 · 遗弃的古镇

地告诉了郑雯。

最后他立住脚步，回身望着郑雯说："我匆匆赶到医院，不到一个小时父亲就去世了。他一直弥留着不愿咽气，就为了要告诉我这些话。他其实知道得很少，他没有看过遗书，只是在机械地执行那不可违抗的祖命。这几天，我就像是做了一个荒诞不经的怪梦，感觉自己已经脱离了现实这块坚实的大地，轻飘飘地浮在一团迷雾之中，却又无力自拔，不由自主地被宿命之手牵着向前。有时候，我不禁自问：这一切都是真的么？但又没有办法证明它是假的！"

郑雯听了，并没有如李虎预想的那样吃惊。她只是倾听着、沉思着。待李虎说完，她问："你说的那些拓片，都是'巴人图语'？"

"我想是的，似字非字，似图非图，但又不能肯定。"

"带着么？"

"哦，都在这里。"

李虎打开手中提包，从匣子里小心地取出那些拓片，递给郑雯，满怀希望地问道："你能认识这些字符么？"

"我试试吧。"

郑雯接过那些拓片，一张一张地仔细看着，眼睛越睁越大，最后抬起头来，看着李虎厉声问道："你这些拓片真是几百年前祖传下来的？！"

李虎吓了一跳，连忙取出那本小册子，递给郑雯说："你看看这遗书吧！这种事情，是做不来假的。"

郑雯看了那遗书，又看看那些拓片，不禁失声说道："我的天！从这些字符透露的内容看，它所记录的似乎是巴国灭亡的经过。如果不是伪造的，一旦破译出来，公之于世，那可要引发史学界的一场地震！"

李虎也很吃惊，他说："祖上说这是由王室传出来的，那肯定不会是伪造的了！"

"仅凭这几张拓片，现在我们还没法确定它的真伪。但其中这一张，我是见过的！它应该是从其他石雕虎形器上拓下来的。"

李虎几乎不敢相信自己的耳朵，惊问："你是在哪里见到的？"

"我父亲那里。"

"教授？他……又是从何而来？"

郑雯向他讲了父亲的导师童恩正教授的故事，她说："根据遗书记载，你家石虎在六百多年前被人抢走，那它上面的字符流传出去也就不足为奇了。而且，正是因为那幅字符泄露的消息，已经有人很早以前就开始寻找巴国失踪的王室了。"

"很早以前？除了几百年前的向大坤，还有谁这么做了？"

"你想想，当年去找童恩正教授破译字符的人，是从哪里得到这些字符的？如果不是知道那些字符的出处，又怎么会杀人灭口？"

"你是说，那些字符就是由我家丢失的石虎上泄露出去的？"

"绝对无疑！你听说过巴人石虎的传说么？"

李虎摇摇头，说："以前，也读到过一些有关巴人的零星史料或神话传说，总感觉一个失踪的民族，那不过是一些十分遥远而渺茫的故事。只是最近几天，才第一次认识到巴人不但没有消失，而且离自己是那样近，近到能够感受到他们的脉搏，倾听到他们的心跳。"

郑雯说："当年童教授在三峡地区听到一个传说——当年，巴国王室在流亡途中神秘失踪了。但他们留下了五只石虎，并在石虎上留下了神秘信息。谁要是让五只石虎聚齐，并破译那些神秘信息，谁就能解开巴人失踪之谜。两年前，我父亲在三峡，也听到了同样的传说。这个传说，与你家这份遗书中记载的，几乎一模一样。"

李虎听得怦然心跳，激动地说："如此看来，这个传说是有依据的！我家被抢走的那只白虎，肯定就是传说中的五虎之一了！"

郑雯说："你们家被抢走的是一只白虎？"

"是的。"

郑雯停下脚步，眼望着峡谷深处，长长吐出一口气来，缓缓说道："几天前，我见到过一只黑色石虎，与你家那只白虎应该是一起的，都是传说中的那五只石虎之一。"

李虎只是怔怔地望着她，说不出话来。他忽然觉得，站在自己眼前的这位姑娘，是冥冥之中上天派来为自己引路的一个使者！她比自己知道的要多得多，她甚至能够破译"巴人图语"！自己所遇的难题，几乎都有可能从她这里找到答案。难道仅仅因为她是一个考古工作者么？还有，他和她的相遇，难道仅仅是个巧合？

他不禁问道："那五只石虎现在都藏在什么地方？还有，我家遗书中所说的家族使命，到底指的是什么？"

05

郑雯说："你的这些问题，我没法回答，我们也是无意中被卷进来的。事实上，我父亲的死，很可能就与此有关！那天，我们在机场相遇，就是我接父亲去参加由中央电视台在重庆组织的一个鉴宝节目……"

郑雯从8月26日的下午3点，中央电视台鉴宝节目现场开始，一直讲到了沈立到访，父亲突然发病，最后死在医院手术台上的整个过程。她特别提到了坐在她前排中间的那几个神秘人物，问道："你说，这几个人是不是私人包机上的那几个？"

李虎说："你说的这几个人，还有他们的衣着、特征，与我见到的私人包机上的那几人一模一样，极有可能就是他们。"

郑雯问："他们都是些什么人？又是从什么地方来？"

李虎茫然摇头，说："我和他们只是在机场偶然相遇的，对你的这些问题也是一无所知。不过，那个戴墨镜的老者，我第一眼见到他的时候，就莫名其妙地产生了一种寒彻骨髓的感觉，至今还记忆犹新。这人藏头露尾、行踪诡秘……的确是有些莫测高深！"

郑雯说："急性结石炎，只是一种十分常见的普通病。但在进手术室之前，父亲就非常强烈地预感到，他会下不了手术台。就像他的导师童恩正教授当年在美国的遭遇一样，他感觉到自己像是中了巫蛊。十分巧合的是，童教授是在为一澳籍华人破译一幅'巴人图语'之后发病，而父亲是在为沈立破译一幅'巴人图语'后发病。"

李虎听得心中发凉，问道："会是谁下的手呢？是那位前来请教授破译秘符的沈立？"

郑雯叹口气，摇摇头说："但父亲认为不是沈立！他凭直觉，认为沈立为人磊落，一身正气，不会是下蛊之人。他怀疑是在演播室，被那个戴墨镜的长发老人做了手脚。他说，他在台上作鉴定时，曾与那老人墨镜后的目光相遇，当时就莫名其妙地产生一种全身凉透了的感觉。为什么会这样，父亲也说不清楚。"

李虎回忆起自己在白云机场第一次见到长发老人时，也无缘无故地有过那种凉风透过脊髓的感觉，此刻心中又是一寒，惴惴说道："那长发老人一行，确实是有些神秘莫测。"

"从那一伙人在演播室的表现看，他们对沈立的那只石虎是怀有明显企图的。父亲甚至怀疑，九年前在美国，拿着你家泄露出去的那幅石雕图语去找童教授破译，并因此而杀人灭口的，就是这伙人。如果真是这样，那伙人一定听说过五只石虎的传说，他们一定会想方设法找到五只石虎，然后破译密码，揭开最终的秘密。所以，根据这个思路，我找不到他们要对父亲下毒手的理由，因为他们还需要有人破译密码，而父亲可以说是唯一的人选。你是见过那个人的，你说说看，他会那样做吗？"

李虎的思维，被郑雯一席话引进了漩涡急流之中，他忽然感到前途陷阱重重，充满危险。他说："虽然我们同机而行，但对那个自称姓'谢'的神秘老人，印象非常模糊。我们曾在机场贵宾室有过短暂会晤，但一副宽大的墨镜遮住了他的大半个脸，我甚至连他长什么模样都不大清楚。所以，我无法对此作出任何判断。"

"如果从逻辑上推断，沈立是最有可能的，因为父亲刚刚为他解开了石虎上的图语之谜；但父亲坚持认为不会是他！"

"沈立拥有如他所说的祖传石虎，就应该是巴人后裔，也很有可能具有和我同样的家族使命。如果真是这样，他是绝不可能去杀人的！除非……除非他这石虎不是家族祖传，而是来自其他的渠道……"

"你是说……"郑雯心中一惊，"那沈立是通过……非法占有石虎？他也和那长发老人一样，是一个神秘的探寻者？！"

"当然有可能。"

郑雯出神地看着河里的浪花，沉默良久。后来她把手一挥，脚一跺，烦躁地说："算了算了！就凭我们现在掌握的情况，想破脑壳也得不出个结论！可以肯定的一点是，父亲绝非正常死亡！我也曾问过姑父，他说人既已死，

第十章·遗弃的古镇

事后也没法作出确切的判断。我现在想的是，一定要想法查清父亲死亡的原因，为他讨回一个公道！回重庆后，第一个要找的就是沈立，我要向他问问清楚！"

"这事可要三思而行，"李虎担忧地说，"你千万不可贸然行动！"

"对了！"郑雯忽然想起，"沈立也曾向我父亲打听过七星老人。或许，找到七星老人，就是解开所有谜团的一把钥匙？"

"是吗？"李虎惊异地说，"他也在找七星老人？"

郑雯点点头，说："看来，这七星老人就是解开石虎之谜的一个关键人物！"

"不知你姑父是不是真的知道七星老人的下落。他现在这么忙，也不便去打扰。"

"既然找到了他，也不忙在一时。明天一早，待我父亲上山安葬完毕，就可以问他了。"

"我是担心，万一不是这个谭炮，你姑父并不知道七星老人下落，接下来我该怎么办？又到哪里去寻找七星老人？"

说话间，他们来到一处河湾。湍急的河水从对岸直冲过来，被陡峭的崖壁挡住，溅起高高的浪花，澎湃有声，然后被迫拐弯，驶入平坦的河床。

河滩已到尽头，他们登上一坡石梯，沿临河的青石板街道往回走。

郑雯说："姑父这人，除了脾气不好，本事倒是不差！他可不是浪得虚名，年轻时，他以拳术、医术号称'宁厂双绝'。后来，不知什么时候，他又学会了神秘的巫术，有人又给他加上一绝，就成'宁厂三绝'了。你想，小小一个宁厂，能有几个这样的谭炮？"

李虎惊异地问："他还懂巫术？"

"是啊，连我父亲都很佩服呢！"

"你父亲也信这个？"

06

　　"我是在高中毕业时，偶然听说姑父懂得巫术，还能和鬼神交流，感到十分不屑，认为不过是骗人的把戏。但父亲告诉我说，凡事不能简单地给予否定，不理解的事情并不等于不存在，一定要经过认真的观察和思考之后才能给出结论。他说，所谓巫术，主要是与神灵、鬼魂沟通的一种能力，并能够运用这种能力调和阴阳、造福苍生。姑父在这方面做得不错，所以应该受到尊敬。"

　　"这么说来，一个堂堂大学者，也相信有鬼魂？"

　　"父亲认为，这世界上确有灵魂存在。那是一个无形的国度，超越了我们现实的世界，但与我们的日常生活同时并存。一个清醒的人是感觉不到这个世界的，但某些人可以通过类似催眠的方法改变意识状态，从而可以和神灵、祖先乃至死人进行灵魂交流。全世界有不少心理学家都在研究这个问题，甚至还由此生出一门学问，叫做'心灵学'。父亲说，以我们现有的认识水平，人类精神所具有的力量仍然还是一个谜。事实上，在现实生活中，听说确有一些具有通灵本领的人，尤其是在偏远宁静的乡村，不少人以此为业。他们是沟通有形世界与无形世界的媒介，只是因为与主流观念相悖，自诩为文明的现实社会很难理解和接受，所以，往往处于隐蔽的地下状态。灵魂的实体有过去的，也有将来的，因为在灵魂的国度，并没有如我们现实世界所规定的空间、时间的限制。我们所谓空间的三维度，时间的线性，都是人类智者创造出来的一种概念。尤其是对时间的线性规定，实在是人类亘古以来最大的一场骗局。人们常说时间是凌驾于我们之上的一条河，从过去流向未来，永无休止。其实在灵界，是没有时间这个概念的，更没有过去、现在、未来这样的区别。人们之所以要创造出时间与空间的概念，是因为它能够让人们对现实世界找到一个合理的解释；但它同时又禁锢了人类的精神世界，使人类成为时间与空间的囚徒。现实的物质世界，实际上是非常狭隘、简陋的。所以，人们只相信技术和暴力，并把它当做解决问题的主要方式。就像现在

第十章·遗弃的古镇

很多人热衷于大脑的开发,而忽略了对精神力量的运用,人们总是离不开对看得见摸得着的物质世界的依赖。正是人们对奇技淫巧的过分仰仗,绝对唯物的思维,以及由此产生的种种分裂与破坏,将我们赖以生存的地球引向一条万劫不复的不归之路。人类正在自毁家园。如果一个人能够进入灵性的领域,就会发现精神的能量真的是无穷的,从而对这个世界的真实性会产生更加全面、更加深刻的认识。"

郑雯这一番宏论滔滔讲来,让李虎听得心旌摇动,他不禁摇着头说:"我的天,这样的观点简直是惊世骇俗!倘若郑教授把这种观点运用到学术上,那岂不是要动摇我们现行的唯物主义理论基石?!那恐怕是要招致共愤,群起而攻之的。"

"父亲在正式场合是很谨慎的,这些只是他私下的观点。当然,他有时在学术论文上会变着花样抛售一些这样的观点,标新立异,见人所未见,发人所惧发,对许多陈年旧案提出新解,引发了一波又一波的争议。可以说,在目前的考古界,父亲是争议最多的一位学者。他就像一个老顽童,看到一些道貌岸然的学界老朽气急败坏,他却乐得手舞足蹈,只可惜,他刚刚迈入学术上的黄金时代,许多种子刚刚播下,还没来得及收获,就……"

看着郑雯又流出泪来,李虎安慰说:"在我十岁那年,我曾亲眼目睹我爷爷的去世,他是自己穿戴整齐、看准时辰后才断气的。临死前,他十分平静地对我们说:我只是去了另外一个世界,并没有离开你们。郑教授……你父亲应该是知道这个道理的。或许,他本身就懂得一些巫术。"

"不。"郑雯说,"父亲对巫术的了解,主要是通过与姑父的交流,再加上一些考古疑案的印证。或者说,他只知'道',不懂'术'。姑父曾多次说父亲很有灵根,要教他一些基本的巫术符咒,父亲就是坚决不学。姑父偷偷地给我们家的大门,还有父亲工作室的大门和保险柜,都施了预防歹人的咒语。父亲后来知道了,也只一笑了之。"

"我想,"李虎说,"教授对巫的这种态度,大概是出于一种真诚的虔敬。因为敬,所以不贪。"

"父亲说,巫,是巴人的国教;而这里,父亲的故乡宁厂,就是巫的最初发源地,也是巴人的最初发源地。五千年前,这里叫做巫咸国,包括了整个宁河流域一大片云掩雾罩的土地。据《山海经》记载,巫咸,是古代卜筮文化的发明者，精通天文历算，能测知过去、未来，是沟通人与自然及鬼神的灵媒。黄帝与炎帝都曾移樽就教，求其指示休咎。当年，黄炎二帝为争夺中原统治权，曾一度处于严重军事对峙状态。巫咸应黄帝之请，为其卜筮，教其'占而后和'。著名的涿鹿之战后，得胜的黄帝遵巫咸神示，与炎帝结成炎黄联盟，这就是中华民族的由来。巫咸也因此备受尊崇，被视为卜筮文化的始祖。巫咸还是一名神医，远古洪荒与战乱频繁，民不聊生，黄帝就委任他主持医政，拯救万民于水火，功业卓著。后来，被尧帝封在产盐之地，就是今天的宁厂，巫咸国就由此而来。宁河，上古时候应该是叫灵河吧，还有巫溪、巫山，整个宁河流域都是因巫得名。因此，对于颇通巫术的姑父，父亲有一种发自内心的敬重和佩服。"

"我也是不久前才知道，宁厂就是传说中的巫咸国所在地。今天一见，如此逼仄破败，哪有一国的气象？倒是有点失望。"

"不，你是刚来，对宁厂了解太少。"

李虎又回到原来的话头，感慨说："能让一个知名学者真心敬佩的人，必定具有某种强大的精神力量。你姑父，不是一个寻常人。"

07

"听说，我姑父年轻时候，凭着一身本事，走遍三江四海，结识了不少江湖豪杰。后来，娶了我姑姑之后，他却变得醋味十足，担心姑姑红杏出墙，整天守在家里，很少出门了。在姑父娶姑姑之前，盐厂曾有一个技术员追过姑姑。后来姑父一见那人就要红眼，如有深仇大恨。弄得那人都不敢在盐厂上班了，想方设法调了出去。但那人老家是宁厂的，偶尔回家如同做贼，提心吊胆的怕被姑父看见。"

"你姑姑一定长得非常漂亮。"

"是啊！有人说，宁河自古出美女，我姑姑就是宁河美女中的美女了。姑父娶了她后，不准别人多看她一眼，更不让别人和她单独说话。姑姑那时

第十章·遗弃的古镇

候是盐厂职工医院的护士，又经常参加厂里组织的各种文娱活动，有人为了多看她一眼，不是装病去医院，就是泡在排练室里不肯走。姑父发现后，醋劲大发，不少人因此被他打得鼻青脸肿。因为姑姑有一副好嗓子，县文工团多次想调她去当演员，都被姑父阻止了。到现在，姑姑七十岁的人了，看上去还是那么风姿绰约。"

"你姑姑应该在家吧？等会儿一定要见见了！"

"你没看见么？她一直在灵堂里哭得很伤心哩。"

"哎哟！是不是满头白发和你长得很相像的那位？我一直以为是你母亲呢。"

郑雯黯然道："……在我十二岁那年，母亲就去世了。"

李虎心中又是一惊。第一次见到郑雯时，那一脸灿烂的笑容，那爽直透明的天性，让李虎觉得这是一个生活得十分幸福的姑娘。没想到，竟是这样的家世！如今，她又失去了父亲，岂不成了一个真正的孤儿？他心中不禁生出无限的同情与怜爱，柔声说："对不起！我不知道……"

"你不用安慰我。"郑雯平静地说，"如今我也相信，注定的命运是不可逆转的。对死者最好的告慰，就是好好地活着！你不也刚刚失去了父亲么？但你已经走在路上，开始去完成家族的使命了。"

两人正说着，忽从旁边蹿出一个人来，宽大的裤腿一晃一晃的，嘴里如咏如诵地叫道："大河朝南，边鱼上树！"

两人猝不及防，吓了一跳。

李虎认出正是刚进镇时遇见的那人，只是手中那条红蛇不见了，取而代之的是一条黑不溜秋的布袋子。

那人径直走到两人面前，笑嘻嘻地露着一口白牙，武断地说："看看手相，男左女右！"

两人觉得莫名其妙，对望一眼，却又乖乖地同时伸出手来。

那人倾头认真地看着，一脸的肃穆。他摸摸李虎那根小小的枝指，又碰碰郑雯腕上那串黑曜石手链，然后朝天一笑，说："哈哈，六指小子！女娃子手上这石头也不错！记住了：心好命就好！害人之心不可有，防人之心不可无！逢凶化吉，遇难呈祥，吉人自有天相！哈哈，不错不错！"

说着，不知从什么地方掏出一样东西，往李虎手里一塞，便从旁边挤过身去，往后走了。两人听到身后又传来那歌谣似的声音——

"大河朝南，边鱼上树。"

李虎看看手中那东西，竟是一块圆圆的石头。似玉非玉，温润细腻，半透明的乳白色里透出一丝丝血筋般的红线。状若鸭蛋，大小正好轻轻一握。奇在中间有三个凹痕，形如指印，握在手中，正好与中间三个指头吻合。另在石蛋一头，还有一个深深的小孔，看不出是天生的还是人工凿成。

郑雯拿过石蛋看了看，说："不过是块普通的鹅卵石。"

李虎笑笑说："可能就这河坝里捡的吧，还是挺好看的。"

郑雯问："他那些话什么意思？"

李虎耸耸肩："谁知道？！"

"看这人疯疯癫癫的，不像是这镇上人。"

"我进镇遇见的第一个人就是他哩！当时他突兀地吼出一句什么'大河朝南，边鱼上树'，手中又挽着一条红蛇，吓我一大跳。"

"红蛇？"

"是啊，这会儿多半是装在他那布袋里。当时他还说，这赤蛇是什么灵物。"

郑雯听了，若有所思，不再言语。

李虎觉得这事凭空而来，简直匪夷所思。说的那些话既莫名其妙，又若有深意。心想，既来之则安之吧！便把那石蛋郑重地收进了包里。

第十一章　来自远古的呐喊

01

　　郑雯与李虎两人回到姑父家时，院子里已摆好了十来张桌子，一盘盘热气腾腾的菜肴，正流水般地往上端。

　　一位长相漂亮、已略为发福的中年妇女，正在那里风风火火地指挥着，话语不多，声音清脆。时而碗筷，时而酒水，安排得井井有条，干净利索。她扭头一眼看见郑雯，大声叫道："过来雯雯！你跑哪儿去了？"

　　雯雯来到她跟前，说："我们去河边走了走。这位是我朋友，叫李虎，是从云阳专程来找姑父问个事情的。"

　　回头又对李虎介绍说："这是我表姐。"

　　表姐满脸狐疑地望着李虎，说："什么事？我爸这会儿可忙着！"

　　"这事不急，"郑雯说，"等姑父忙过了再说。"

　　"那行！等会儿你招呼他吃饭。"

　　表姐说罢，又转过身忙去了。

　　郑雯领着李虎来到灵堂，她偎到白发老妇身边，叫道："姑妈。"

　　姑妈伸手搂住郑雯，说一句"我可怜的儿"，又呜呜哭了起来。哭几声，忽然止住，抬头看了李虎一眼，问雯雯："是你朋友？"

　　雯雯点点头。

　　姑妈又向李虎望一眼，点头说："小伙子不错！"

　　郑雯脸上一红，也不说什么，拿起一叠纸在火盆里烧了起来。

　　晚饭时，郑雯姑姑只说吃不下，一直守在灵棚。郑雯陪着李虎，看着满席菜肴，也只象征性地吃了几口。李虎几天来一直没有好好吃过一顿饭，此时胃口大开，当着郑雯的面狼吞虎咽，一气吃了三大碗。吃到后来，自己都觉得有些不好意思，当着因悲伤坏了食欲的郑雯胡吃海喝，似乎太没心肝了。

郑雯对此却是毫不介意，她望着一群赤膊的老头在那里划拳吆喝，斗酒逞强，显得心事重重，目光茫然。

饭后，院里多出很多人来，连灵棚都挤满了，大人呼小孩叫，到处一片嘈杂。

郑雯被人群挤得东让一下，西躲一下，感到无所适从。看看天色还早，她对李虎说："我带你去看看龙君庙。"

"龙君庙？"李虎问，"那是什么地方？"

郑雯说："就在前面不远。是专为白鹿泉修建的，现在只剩一个遗址了。"

"白鹿泉我知道，就是宁厂最著名的盐泉。"

"那可是宁厂古镇的命门所在，也是五千年前巫咸国的立国根本。"

两人从人群中挤出，沿着河岸的水泥便道，穿过一排排闲置的旧房，不一会儿听到响亮的水声，郑雯说："到了。"

龙君庙位于镇北宝源山麓，就在著名的白鹿泉洞口。

洞口有一石龙，盐泉便从龙嘴喷出。龙头已在四十年前的那场"文革"中毁去，龙君庙如今也只剩下一个裸露的屋架、几根光秃秃的木柱了。

两人站在木柱下，眼望着白花花的盐泉从山腰洞口挂成一道亮亮的银瀑，跌入青苔斑斑的龙池，然后白白地流入大宁河。

尽管如此，在李虎看来，也仍然无法掩盖这涌流不息的盐泉在历史上曾经有过的辉煌岁月。"不耕而食，不织而衣"，一瀑盐泉，在这里曾经流出一个伊甸园般的神秘古国，流出人神交通的神秘巫文化，也流出了这大山沟里"吴蜀之货，咸荟于此"的五千年繁华。

郑雯感慨地说："一泉挂白玉，万里走黄金。如今白玉犹挂，黄金安在？"

李虎仰头向高大神秘的宝源山望去，被山石挡住了双眼。他看着源源涌出的盐泉，心想，这山真是宝源呢，这盐泉不知喷涌了多少万年，仅被人类发现利用就已五千年历史了，如今还在汨汨涌出。

他伸出手，掬了一把飞溅的盐瀑，送到嘴边，用舌头舔舔，咸中带有苦涩的余味。当年最初的发现者尝到的也是这滋味吗？

郑雯说："五千年了，这可是华夏文明的发祥地呢。"

"寻根之旅！"李虎富有深意地说，"我终于见到了源头。"

第十一章・来自远古的呐喊

"对了！"郑雯看着李虎说，"作为巴人后裔，这地方可真正算是你寻找的源头了。"

"是的，巴人有名有姓的先祖就是武落钟离山的廪君五姓了。据史料记载，廪君五姓又是从巫地迁入清江流域的。巫地，应该就是巫咸国这一带吧。只是不知道，以史前时期的交通条件，这两地间隔着险山恶水，他们是在什么时候，又是通过什么方式到达武落钟离山的？现在这问题有答案吗？"

"即使有答案，那也只是一种假说。有人曾根据巴陵这个古地名猜测，廪君五姓的先祖可能是驾独木舟出三峡，先在巴陵，也就是今天的岳阳、洞庭湖一带定居，然后再沿清江溯流而上到达武落钟离山的。"

"看来，船，就是巴人纵横天下的利器。他们是御水的高手！难怪他们总是逐水而居，甚至连死后的棺材也要做成船的形状。"

"巴人不只是能在水面如履平地，悬崖峭壁之上他们同样健步如飞。"

李虎惊讶地说："是吗？悬崖峭壁也能健步如飞？"

02

郑雯指着对岸陡峭的崖壁，说："看见山崖上那些黑黑的石孔么？那是古栈道遗迹，大宁河两岸的千里古栈道就从这里开始，这可是巴人留下的千古奇迹！"

李虎见状，一笑说道："原来如此！不过，这大宁河总共不过几百里的长度，怎会有长达千里的古栈道？"

郑雯介绍说："从这里开始，栈道是沿着峡谷向四面八方伸展的。向南，由宁厂镇至巫山县的龙门峡口；向北，则从这里沿大宁河北上，直到陕西境内的镇平县；向东，接湖北竹溪县的桃园河；往西北方向，还可到重庆城口县亢河及陕西小榆河一带。栈道连接山路，纵横交错，总的里程加起来，恐怕是不下于千里。三四千年前，就是这样一个庞大的栈道网，沟通了古代秦、楚、巴三个国家，形成了四通八达的山地交通格局。其距离之长，规模之大，地势之险，工程之艰，都堪称古栈道之最。"

李虎咋舌说："如此巨大的工程，都是在三四千年前由巴人开凿出来的？"

"这是毫无疑问的！只是，对于只有青铜技术的巴人，他们是用什么方法、什么工具来完成如此庞大的工程的，至今还没有一个能令人信服的答案！"

"在当时，大概这就是所谓'万里走黄金'的盐运通道吧？"

"当然！不过，这些栈道除盐运外，也被后人当做了十分重要的军事通道。比如后来宋太祖出师平蜀、薛刚反唐、张献忠入川，都曾经走过这个栈道。据传说，这也是当年诸葛亮伐魏的通道——诸葛亮屯兵城口，伐魏时，沿栈道出巫峡，来时在石孔中插上木桩铺上木板，便于军队通行；撤退时，一边走一边撤除木桩和木板，使敌人无法追击。"

李虎说："史料上说，当年武王伐纣，实得巴蜀之师相助。那时候，北有秦岭横亘，东有三峡阻隔，巴蜀之师要北上中原，恐怕走的也是这深山峡谷中的秘密栈道吧。"

说话间，抹在山巅的最后一缕阳光在不知不觉中熄灭了，蓝天泛出青光，暮色从两端峡口涌出，视野开始迷蒙起来。

"天都快黑了！两个娃儿还在这里？"

两人被这声音吓了一跳。回头一看，是一个老头提了一件衣服，急匆匆地走来。郑雯依稀认得，就是晚饭时在桌上赤膊划拳的一位老头。

那老头说："你是小翠的侄女吧？快走！等会儿就要摸黑了。"

"小翠是谁？"李虎轻声问郑雯。

郑雯说："是我姑妈的小名。"

两人跟着老头沿着古老的石板街道快步回走时，忽听朦胧的夜空中飘飘忽忽传来一个阴森森的声音——

"敢娃子，回来噻——"

另一个声音幽幽答道："回来哒！"

"敢娃子，回来噻——"

"回来哒！"

……

郑雯听得毛骨悚然，忍不住问道："这是什么声音？"

同行的老头不以为然地说:"叫魂。"
"叫魂?"
"西头李家屋的娃儿这几天病了,蔫蔫的,请端公来看了说,是走了胎。"
"什么叫走了胎?"
"看你们城里人真是什么都不懂!走胎嘛,就是娃儿的生魂跑去投了新胎,所以要在晚上打着灯到野外去把娃儿的生魂叫回来。两个人,一个叫,一个答。"

正说着,迎面走来两个人,一团昏黄的手电光在地上一晃一晃的,从他们身边走过。喊声在身后渐渐远去——

"敢娃子,回来嗦——"
"回来哒!"
……

李虎听得心头戚戚的,好久没有回过神来。

刚走回姑父家灯火通明的热闹小院,就听到一声大吼:"向老八你这老龟孙!死到哪去了?就等你一个!"

与李虎他们同来的老头赔着笑说:"晚上熬夜,回去拿件衣服来。"

"怕不光是拿衣服哟!"一个光头老汉打趣说,"抽这时间赶回去,多半是看老婆子在家偷没偷人!"

"嘿嘿!"被称做向老八的老头回敬说,"你妹子哪来那德性?"

先前发出吼声的白发老头黑着脸说:"好了!你几爷子莫光耍嘴皮子了!不然又要遭谭炮理麻了。都过来站好,还是向老八起头!"

03

此时,灵棚外面已空出一块平坝,七八个老头在坝子里站成一排,周围站了一圈看热闹的人。看那些老头,有的赤裸着上身,有的穿着无袖短褂子,每人肩上都搭了一条三尺来长的白布汗帕子。

那边灵棚里的锣鼓还响个不停，丧歌调子也高一阵低一阵地唱着。看热闹的人却在外面坝子里围成一圈，看着中间的一群老头儿在那里指手画脚，站队排班。人群中不时有人大声催促"快点嘛"，显得极为兴奋。李虎不知这是要干什么，向郑雯投去询问的目光，郑雯也是莫名其妙地摇摇头。

"给你们说哈！"一头白发的黑脸老头又吼道，"今天可是给谭炮的舅老倌坐夜，老哥们几个吼两嗓子凑凑热闹。你几爷子可要打起精气神来哦！喉咙唱嘶哑了，那边酒有的是，啤的白的管够，喝了又来！"

看热闹的人群显得不耐烦了，有人喊道："快吼嘛！哪来那么多的淡话！"

那些老头儿不再言语，都把目光投向中间的向老八。忽然，一声高亢雄浑的吆喝拔地而起，划过天空，如焦雷般炸响，在暮色弥漫的峡谷中震荡——

哟—嗬—嗬……

哟—嗬—嗬……

一声号子我一身汗，

一声号子我一身胆！

……

李虎吃惊地发现，这声音竟是从向老八的嘴里发出的。这么一个其貌不扬的老头，平时说话也是瓮声瓮气的，竟能吼出如此高亢有力的歌声。

伴随着歌声的，还有那些老人奇怪的姿势。他们都是左手在后，右手在前，一手一头拉着肩上的汗巾，然后弯腰驼背，脚踩弓步，身子前倾，显出吃力的模样，脖子上、手臂上，鼓出一条条青筋来。

从最初吼出的那一嗓子，李虎就被深深地震撼了！他感受到，那姿势不是做出来的，而是生命最强劲的张力；那歌声也不是唱出来的，而是激情最自然的爆发——

西陵峡上滩连滩，

崖对崖来山连山，

青滩泄滩不算滩，

最怕是崆岭鬼门关，

第十一章 · 来自远古的呐喊

船过西陵我人心寒，
一声号子我过了青滩
哟—嗬—嗬……
哟—嗬—嗬……

李虎如遭雷击，立在那里，再也动弹不得。

郑雯表姐大概已经忙完，此时也走过来挨郑雯站立，在她背上轻轻一拍。郑雯扭头看见，问道："表姐，他们唱的是川江号子么？"

表姐说："对呀！他们吼的就是峡江里的船工号子。这些老头都是以前的船工，在峡江的险滩急流中提着老命摸爬滚打了几十年，现闲在家里，闷得慌，就经常聚在一起，吼几声号子过过瘾。"

一曲吼完，几位老人队形略变。那位黑脸老头站到了前面，只见他脖子一梗，白发随之颤动，一个激越清迈、撕心裂肺的声音从喉头迸出——

哦嗬哦嗬吆哦嘿啦哦嗬—

开始，那声音宛如一只扑腾着飞出林子的云雀，笔直冲向高天，向远方滑翔而去。真个是裂石穿云，撼人心魄！

接下来，一人领唱众人和，长啸与短吼互相呼应，相互交织，惊心动魄、高亢尖利、气势夺人——

要得夫妻，嘿哟！
不离伴，嘿哟！
除非嫁一个，吹哦吆吆嗬！
打鱼汉啰，吆嗬嗬里嗬！
要得夫妻，嘿哟！
同相会，嘿哟！
除非王爷，吹哦吹吹嗬！
来助威啰，吹嗬嗬里嗬！
吆嗬也吆嗬，拿下来！

吆嗬也吆嗬，爬下来！
哦嗬！
哦嗬！
吆哦嘿啦哦嗬
……

04

随着铿锵的音调和紧促的节奏，李虎感觉心跳加快，呼吸急促，紧张得缓不过劲儿来。从远古奔流而来的血脉被感染、被激活，在体内如峡江激流翻腾奔涌，浑身肌肉如胀满的风帆，鼓足了劲儿，不由自主地随着节奏颤抖，眼里含着的热泪终于止不住夺眶而出。

有人搬来几箱啤酒放在旁边，老人们唱完一曲，提起瓶子，"咕咕咕"灌下半瓶啤酒，接着又唱：

夔府开头把梢出，
臭堰溪摆的八阵图。
燕窝石，两铁柱，
粉壁墙，孟良梯，
倒吊和尚半岩里。
推黑石，望黛溪，
一声号子下猫须。
油渣溪，鲤拐子滩，
错开峡，在南岸。
桫椤树，斩龙台，
烧火佬对门升子岩。
龙袍拖肚上马滩，

第十一章·来自远古的呐喊

红石娘娘望巫山。
巫山有个箜望沱,
喊不得号子打不得锣
……

唱到后来,或许是老人们激情已过,体力不支,歌声渐渐平和起来,多是旋律舒畅、悠扬动听的情歌,打情骂俏,诙谐逗人。

今天出门好灵光,
看到幺妹洗衣裳。
手中拿根捶衣棒,
活像一个孙二娘。
打得鱼儿满河跑,
打得虾爬钻裤裆。
唯独对我眯眯笑,
笑得哥哥我心发慌
……

李虎见郑雯和她表姐正小声交谈着,而灵棚、院坝里都挤满了人,便独自走开,来到院坝外的河坎边,在一块青石上坐下,望着河水中摇曳着倒映的灯光,内心还沉浸在那荡气回肠的川江号子里。

不久,郑雯找了过来,说:"你困了吧,找个地方去睡会儿。"

李虎说:"我没事。困了,打会儿坐,就能恢复过来。倒是你,大概几夜没睡了吧,该去休息会儿了!"

"反正也睡不着。"郑雯也在旁边坐了下来,声音已经有些沙哑了,"我先看你流泪了,是听了川江号子?"

李虎有些难为情,说:"那实在是太震撼了!"

"我父亲也很爱听川江号子,他说这是积淀了深厚民族历史的千古绝唱。"

"其实,小时候在长江边,我就经常听到这样的号子声。那时候习以为常,听着也没啥感觉。没想到，现在再次听到，竟是撕心裂肺般的感受。我是在想，这些年老的船工，他们成了被遗弃的人。被时代遗弃，被进步的科技遗弃，也被日新月异的生活遗弃。险滩没了，急流没了，纤夫也没了。船工号子成了千古绝唱，这些风烛残年的船工，也不过是几块仅存的峡江船工的活化石，正被时光快速地风化着，一切都无可挽回地走向消亡。所以，船工号子成了他们唯一的精神依托，成了他们最神圣的宗教。他们在风烛残年还尽情地吼着，实在是为船工号子，为峡江船工，也为他们自己唱上一曲无可奈何的悲壮挽歌。"

"不过，川江号子不会被遗忘，我听说，现在已被列入了国家非物质文化遗产，正在加以抢救和保存。"

"但是，"李虎说，"那不过是被放入博物馆的文物，只能是一种曾经存在过的传统艺术，即使能在舞台上进行最精致的演绎，那也失去了粗放、原生态的鲜活力。因为，它生存的土壤已经没有了。"

郑雯说："历史车轮，滚滚向前，顺我者昌，逆我者亡。时间就是一把温柔的刀，它会把一些旧的东西毫不留情地劈割在身后。这也是没办法的事情，历史在进步的过程中，不知遗弃了多少珍贵的东西。"

李虎还能感受到体内血脉澎湃的余波，他有些激动地说："刚才，我忽然想到，巴人是一个亲水的民族，他们在三峡地区聚居几千年，靠的就是盐利和舟楫。峡江里流淌着巴人的精魂，险滩激流，激发了他们骨子里最强悍、最坚韧的旋律，从胸腔中迸发出生命的呐喊与放歌，这就是我们今天听到的撕心裂肺、荡气回肠的川江号子吧！"

"我父亲也认为，川江号子最先就是从巴人口里吼出来的。这可能是我们今天唯一能够见证到的充满巴人生命张力的鲜活遗产！"

李虎望着远处茫茫的夜色，长长吐出一口气来，感叹地说道："今天，就在这短短几个小时内，我不仅见到了巴人发祥的源头，也听到了巴人从数千年前发出来的拼搏强音！它不但穿越了时空，也穿透了我们的灵魂！"

第十二章 以梦传灵

01

29日凌晨，沈立没有按预定时间睡到六点，提前就醒了。

他是被一个梦惊醒的。在梦中，他又一次见到了那个老头，手拄一柄龙头拐杖，一身紫色长袍，满面慈祥，白发飘飘。

他依稀记得，还是在自家老屋前那棵古老的桂花树下，老人用手杖敲敲那老皮斑驳的粗壮树干，喃喃说："嗯！长大了，长大了！"

沈立好奇地站在一旁，心想，这老头怎么又来了？

那老头回头望见沈立，面色一端，严厉地说："你怎么还在这儿？"

"什么？"沈立一时没反应过来，莫名其妙地问道。

"你那石虎呢？"

沈立双手捧着木匣子，说："在这儿呢！"

老人望望匣子，说："怎么还没去找七星老人？"

"七星老人？"沈立想起，这是几天来一直萦绕在心、困扰得他心神不宁的一个谜题，"他在哪？"

那老人用手指点点沈立，恨恨地说："你呀！"

沈立觉得这老头严厉之中不乏亲切，陌生之中又特别熟悉，却总想不起他是谁，想不起是在哪里见到过。

老人走过来，对着沈立认真地看了两眼，然后挽住他的手，拐杖在地上狠狠一杵，说声："跟我来。"

沈立被那老人拉住手，轻轻一带，只觉全身轻飘飘的，仿佛脚踏云絮，背负青天，在崇山峻岭间腾飞穿越。穿过一团团迷雾般的白云，飞越一座座城堡般的山峦，瞬间来到一个去处。但见一畴绿油油的平野上长出一个个竹笋般的独立山峰，青苍苍的直逼人眼。数一数，刚好七座，错落排列，恰似北斗七星。

老人指着这些山峰，说："记住了，这就叫七星山。"

"七星山？"

"对！七星老人就住在对面山顶的一块大石下面。"

沈立四处搜寻，说："在哪儿？"

"看见了吧？"老人指着前面横亘的山峰，峰顶果然有一耸立的巨石。

沈立说："那样的巨石，下面怎能住人？"

老人笑笑，忽将他轻轻一推，说："自己看看吧！"

沈立脚下陡然一虚，一下失去重心，身子向下坠去。

慌乱之中回头一望，老人正在竹笋般的峰巅向他挥手致意；而他下面，却是深不见底的万丈深渊……

沈立在惊恐中醒来，习惯地抬腕一看，鲁美诺思美军军表的时针刚刚指向"5"字。这块军表，还是他某次在国外执行任务时的战利品，美军海豹突击队专属品牌，几年来从没离开过他的手腕。

他起身来到阳台，放眼望去，碧空中星辰俱隐，一抹曙光已在东边亮起。晨风吹来，让他倦意顿失，忍不住做了几个伸展动作。

但他脑子里仍然萦绕着刚才的梦境，甚至一遍遍回忆着梦中的每一个细节。

这是他第二次梦见这个身着紫衫的白发老头了！

几天前，就在中央电视台鉴宝节目演播的前一天晚上，他第一次在梦中见到那老头。也是在老屋前那棵古老的桂花树下，老头用手杖敲着树干，轻声咕哝什么"长大了长大了"。沈立曾听老人们说起，那桂花树还是一百多年前沈家一位先人亲手种下的，一直被沈家当作吉祥树，爱护有加。所以，当看到有人敲击树身，沈立心怀不满，立即走过去直问："喂，你要干什么？"

那老头回头望见沈立，亲切地说："立娃子，拿到石虎了？"

沈立望望手中的匣子，心中一惊：他怎么知道这里面装的是石虎？而且能叫出自己的乳名？

老头见沈立无言，将手杖在地上咚咚地杵着，厉声说："你不要去参加什么鉴宝会，那会招来麻烦！你要马上带着石虎去找七星老人！"

第十二章·以梦传灵

沈立被他说得怦然心动，忙问："七星老人？"

02

"只有七星老人，"老头说，"才知道这石虎的秘密！"

"石虎的秘密？"

"时间太久了，古老的祖先在这石虎上留下的秘密信息，已经被我们忘掉了。你要找到七星老人，他会告诉你该怎么办！"

"七星老人在哪儿？怎样才能找到他？"

那老头瞪着一双老花的眼睛，吹了吹胡子，却并不答话。

沈立又问："到哪去找他？"

这老头似乎十分清楚沈立的心事。自从得到这只神秘的石虎，他心中就装满了种种疑问，困扰得他寝食不安。可是，谁是七星老人？到哪去找他？

正要开口再问，那老头却已不知去向。

这个梦，让沈立一直忐忑不安。但他不是轻易就放弃主意的人，他仍去参加了央视主办的鉴宝节目，并意外地从郑教授那里解读了石虎上的神秘字符。

但这次冒险，也确实招致了意想不到的麻烦！梦中老头的警告得到证实，这让那奇怪的梦更显得神秘诡异！

十多年的军旅生涯，让沈立形成了一套严谨的思维方式，从不相信什么灵异、玄幻之类的事情；但郑教授破译了石虎上的图语，却并未让他明白那信息的意思。他想到了梦中听来的七星老人，甚至忍不住向郑教授打听。在他看来，那实在无异于一个溺水者眼中的稻草，尽管知道无用，仍然忍不住要伸手去抓一抓。

郑教授的回答让他更加迷惘，原有的一丝希望似乎彻底破灭了。沈立重新陷入困境之中，他不知道下一步该迈向何处。

他现在的处境是：前无出路，后有追兵！

两天来，他左思右想，曾设想了两条出路。

一是回过头去，反噬追踪者。追踪者之所以追踪，一定知道有关石虎的秘密；但现在自己在明处，追踪者在暗处。而且对方背后，显然有一个神秘的强势集团作支撑，准备充分，势力强大。自己匹马单枪，势孤力薄，对对方一无所知，双方一旦咬上，结果很难预料。所以，不到万不得已，是不能走这步险棋的。

第二条路就是回家，从石虎出现的源头去寻找线索。二十天前，当他在家里打开匣子，看见石虎时，父亲显得特别惊讶。当时，父亲向他讲了巴人留下五只石虎的传说，并认为，这只石虎很可能就是传说中的五只石虎之一。

沈立曾经问道："如果真是这样，那其他四只又在哪里？"

没人能够回答这个问题。

父子二人拿着石虎翻来覆去看了半天，想不出个所以然来。最后决定，沈立将石虎带去重庆，找适当机会向外界昭示，希望以此引出其他四只石虎来。一到重庆，沈立就千方百计寻找机会与文物古董界人士接触。恰好遇到中央电视台到重庆组织一期鉴宝节目，结果，石虎不但被选进节目，而且轻松夺冠，一鸣惊人。

这一切似乎都是水到渠成，自然而然。但仔细回忆每一个细节，却发现处处都是巧合，甚至包括石虎的出现。

关于石虎的来历，沈立一直没有对人说真话。倒不是其中有什么不可告人的东西，而是有一些说不清道不明的因素，难以向人解释。石虎的确是在沈家祖宅的地下挖出来的，也确实可以证明是沈家之物。但发现的过程却充满神秘与巧合，让人难以置信。

03

春节时，沈鹏提着大包小包到沈立家，说是给宝爷爷拜年。

这孩子懂事，自从去重庆办起货运公司，这就成了他每年春节必不可少

第十二章·以梦传灵

的礼节。用他的话说,做人不能忘本,这叫"吃水不忘挖井人"。席上喝酒时,沈鹏说出一大堆轻松搞笑的废话之后,又提起家里房子太矮小太陈旧,想要为父母盖一幢新房。

他"咕"地吞下一杯酒,红着脸说:"父母住上新房子,我们做子女的偶尔回次家,不但住着舒服,别人看着也脸上有光彩啊!"

当时沈立也在家,听了这话笑着说:"说去说来,还是在为自己着想嘛!"

沈鹏说:"当然,首先还是让父母安居享福。只是,我们这儿虽说是乡下,一幢小洋楼下来,少说也要个小二十万吧!我这手头,现在……"

沈立的父亲沈进宝,六十来岁人了,留着板寸头,胡须刮得干干净净,显得精神十足,看上去不过四十多岁样子。他爽朗地笑着说:"呵呵,你这娃儿,新年大节的,打我这儿要钱来了嗖!这事儿,得找你宝奶奶去!去年你还的十万,还在她那儿没动呢。"

沈鹏兴奋得站了起来,擎着酒杯说:"有宝爷爷这句话,这事儿就算大功告成,万事俱备了!我要敬宝爷爷,哦,还有宝奶奶,我要敬您二老一杯!"

在乡下,盖新房讲究看风水。沈鹏父亲找来风水先生,最后选定的宅基,就在原来沈家庄园的后花园里。

这沈家庄园已有三百多年历史了。据说,在明朝末年,沈家先祖曾是著名女将军秦良玉手下的一员得力干将,随秦良玉南征北战,立下赫赫战功。论功行赏时,他听了一个道士劝告,不要朝廷官职,只要了这块背靠宝福山、前临黔江河的风水宝地,在这里购置田地,建起庄园,做了一个逍逍遥遥的田舍翁。经过数代经营,沈家人畜兴旺,成为一方望族。

到了清朝末年,沈家与当地权贵发生一场官司,输了之后从此家道渐渐中落。到民国时期,上百人的钟鸣鼎食之家终于散开,偌大一个庄园也被分得七零八落。解放后,原主人被赶出庄园,里面住进了几十家农户。

几十年来,庄园早已破败不堪了,不少房屋已经坍塌。作为明代古建筑,改革开放后,当地政府曾一度打算恢复旧观,开辟成为旅游景点,为地方增加收入。后来发现耗资太大,与重建一个庄园都差不多了,也就不了了之。

也正因为这样,沈鹏家也才得以在早已成为菜地的原后花园里建起新房。

沈鹏一家在端午节那天,喜气洋洋地搬进了新居。

住进后不久,沈鹏的妹妹,一个正在读高二的小姑娘,抱怨说她那张旧的木架床不好睡，晚上总是睡不踏实。父亲进城为她买了一张带席梦思的新床，睡了几天，小姑娘仍是睡不好觉。经常在晚上睡着后，迷迷糊糊地听见一个苍老的声音在她耳边叫唤："哎呀，好累啊！压死我了！"

但醒来后，仔细听，却什么也听不见。小姑娘也没怎么在意，她想，可能是平日学习太紧张了，才导致晚上有这样的幻觉。

可这样的事情总是发生，有时她还能听到若有若无的呻吟声。日子久了，小姑娘就变得精神恍惚，身体也一天天消瘦下去。家里为她四处求医，吃了不少药，不但毫无效果，反而越显萎靡，甚至连学也没精神去上了。

有一天，小姑娘懒洋洋地倚在一棵树下发呆，被一个过路人见到，停下步子仔细瞧了几眼，问道："小姑娘，你住哪里？"

小姑娘只向自家的新房指了指，也懒得搭话。

那人在新房外面转了转，又问："你家大人呢？"

"在家哩。"小姑娘有气无力地说。

那人喊出姑娘父亲，对他说："你家这房子恐怕不太干净！"

沈鹏父亲说："刚砌的新房，怎会不干净？"

那人说："看看你女儿，都什么模样了？"

小姑娘父亲听得心惊，知他说得有理，忙问："是啥东西不干净？"

"能让我进去看看么？"

那人进到小姑娘的房间煞有介事地察看一番后，向她问道："你晚上睡觉后，是不是经常听见有人在耳边念叨什么？"

小姑娘惊诧地睁大了眼，点头说："你是怎么知道的？我一直以为是幻觉呢！经常听到有人喊'累呀'、'压死我了'……"

"这就是了！"

那人说罢，闭目绕床走了一转，又睁眼认真地看了看姑娘，说："把床挪开，往床底下挖，下面肯定有东西！无论什么，拿开后家里就没事了。"

04

父亲不敢怠慢，亲自动手，一直挖到三米深，赫然露出了一副黑色棺材。棺材的生漆已经开始剥落，但尚未腐烂。打开棺盖，里面是一副白森森的骨架。巧的是，棺材的摆放位置和小姑娘卧室床的摆放位置一模一样。

沈鹏父亲一面重谢那过路人，一面焚香祭祀。

他想，能够埋在这里的人，一定是沈家前辈。如今自己占了人家地盘，万不得已，只好另择良地，恭恭敬敬将人家请入新坟。

哪知起出棺材来，发现下面还有一具！

这下他不敢动了，连忙请沈立的父亲前来拿主意。沈立父亲也没见过这类事情，他说："事已至此，还是先起出来看看。"

结果起出来的是一只比棺材略小的木箱！

打开木箱，里面偌大的空间就只有一只更小的木箱。大木箱结实，小木箱精致。

打开小木箱，除有少量金银铜钱，一卷用油布包裹得严严实实的卷轴，居然又有一个黑色的木匣子！这种大箱装小箱、套中有套的安排，让人觉得特别神秘。

沈进宝先捡出几锭金银元宝，又小心揭去卷轴油布，打开来，是一张人物画像，并没有题跋落款之类的文字，画像不知是谁。最后才慎重地捧出木匣子，仔细端详，拱盖平底，看似棺材模样，只是太小，长不过尺多，高不过数寸，却又严丝合缝的像一块整木，无论如何也打不开。

金银虽然不多，按现价大概也值几万元，奇怪的是里面还放有几枚不起眼的铜钱，铜钱上铸有"光绪通宝"字样。

沈进宝想，这长了绿霉的铜钱，如果说有什么价值的话，大概是为了告诉后人木箱埋入的时间吧。如果是光绪年间埋下的，算算也在一百年以上了。当时已到清朝末期，光绪年间，不正是沈家与他人打官司的时候吗？

看来，真正要保藏的，就是这个木匣了！

当时，沈家尚有万贯家财，偏偏看重的是这只木匣。由此可见，里面藏的一定是沈家的镇家之宝了！可里面到底装的是什么呢？还有，用棺材挡住木箱的这位先人是谁？当时是在什么情形下死去的？

家族的历史已邈如烟尘，仅留下一些似是而非的传说与掌故。但有一点可以肯定，那场官司输后，沈家虽然元气大伤，却并没到家破人亡的地步。这只能说明，负责保管匣子的那位先人，为防万一，已经谨慎到何等的地步了。

这一方面说明了匣子对于家族的重要程度，同时也证明了埋藏木箱的那位先祖洞见世事的智慧。设若当初不是以如此方式进行保藏，后来世事沧桑，历经战乱，家族四分五裂，这匣子现在恐怕早已不知落入谁手了。

沈进宝最后对沈鹏父亲说："无疑，这些都是沈家祖传之物。这样吧，这幅画和匣子都放到我家去，其余东西，你留着吧！"

"不不不！"沈鹏父亲说，"这些东西如此贵重，原是您家之物，我哪能要！"

"就这样定了！"沈进宝不容分辩地说，"虽是我家之物，却是你挖出来的。这具棺材，要重新择地厚葬，费用我出。另外，借你盖房那钱，你也不用还了，算是给你的补偿。只是，这事不要讲出去，包括对沈鹏也不要说起。"

沈鹏父亲连连说："我知道，我知道。"

沈进宝把那匣子抱回家里，仍是打不开，只好叫回儿子。哪知儿子回来，无意中竟将匣子打开了。沈立见匣子上有一个小小的凹痕，似乎刻有一个图案，看不大清楚，自然而然地伸出手指去摸，就那么轻轻一顶，就听"扑"的一声，匣盖滑开了……

里面竟然是一只石虎！

沈进宝在迷惑之中，猛然想起，去年夏天在湖北利川度假时听到的一则关于巴人石虎的传说。这会不会就是传说中的五只石虎之一？

就这样，经过一桩桩看似巧合的事件，沈立被一步步带入了眼前这个困境。他不知道，此番回家，能否找到进一步的线索，让自己走出困境。

第十三章 渡魂之舟

01

29日凌晨，天色刚刚返白，送葬的队伍就出发了。

郑雯披麻戴孝，顶着一块长长的白布，端着父亲的灵牌，走在队伍的前面。他们穿过索桥，走上公路，沿峡谷向北逶迤而行。锣鼓声中，和着呜呜咽咽的唢呐，不时有鞭炮声响起。这些声音，让朦胧寂静的峡谷显出几分诡异，也给夜雾中沉睡的古镇增添了几分神秘。李虎默默地跟在队伍后面，并不知道要走向哪里。

峡谷在熹微的晨光之中显得模糊不清，河床里飘浮着一层白茫茫的晨雾，如浓浓的奶汁，在峡谷中蜿蜒流淌。只听见水声潺潺，却看不见那清凌凌、活泼泼的流水。

走了大约一个小时，他们离开公路，爬上一面乱石嶙峋的山坡。此时天已放亮，头顶上那一线窄窄的蓝天之中，飘起两片橘红色的薄云，给峡谷里投下一层淡淡的金辉。

走着走着，队伍忽然停了下来。李虎向前望去，看见在一片鞭炮炸出的蓝色烟雾中，郑雯被人引着钻进了一个不大的山洞，洞口黑黝黝的。接着，郑雯的姑父从一个年轻人手中接过大理石匣子，与她的姑妈、两个表姐，也一起钻了进去。锣鼓匠、唢呐手就立在洞口，使劲地奏了起来。

"就葬在这洞里？"李虎不解地问。

有人告诉他说，这山洞是郑家的穴地，几百年来，每一代都有一人葬在这里。能葬进洞里那是一种荣耀，只有同代中最出类拔萃的人才会被选中。

"每一代都有？那么小的一个洞子能葬得下多少人？"

"嗨！你不晓得，那里面可宽着哩！以前他们还是用整木挖成的大棺材，抬进去搁在洞壁上，就像对面岩上那样。"

李虎仰望对面高高的石壁，只见峭壁裸岩上，水平的断层岩缝里，露出一口口黝黑的棺木。这些棺木大小不一、首尾相衔，大略数一数，竟有二十多具。

"悬棺？"

"你没听说过吧，"那人说，"这里可是荆竹峡有名的悬棺博物馆哩！"

李虎不由得吃了一惊！他早就了解到，大宁河上游的荆竹峡，是三峡悬棺最为集中的地方，原来自己竟在无意之中来到了这里！

此时，正好有一抹阳光投到了对面崖顶，光线良好，距离适中，李虎仔细观察着那一口口供先人栖息的棺木，神情不由自主变得肃穆起来。他知道，那些都是用整段圆木挖凿成独木舟形的船棺，它们穿越数千年历史尘埃，静静地停泊在今天的时空之中。他相信，停泊在那里的每一口船棺，都载满了离奇曲折的故事；而躺在里面的棺木主人的魂灵，则已远航天国。在巴人巫气缭绕的原始宗教里，死亡，不只是一个世界的结束，更是另一个世界的开始。船，是巴人征服世界、纵横天下的交通利器，生是如此，死亦如此。当船棺冲破横亘在阴阳之间的那片激流险滩，就成了抵达彼岸的渡魂之舟、通天之舟。

如今，在这高耸入云的危崖之上，还有先人之魂在那里守候、瞭望吗？

正遐想间，忽听一阵人声，原来是洞里的人出来了。

李虎关切的目光从人群中寻到郑雯，发现她已脱去了头上的白布，手中却多了一个奇怪的物件。像是一具微型棺材，拱盖平底，漆黑闪亮。她径直来到李虎身边，轻声对他说："你等一下，姑父有事找你。"

这时，葬礼已经结束，其他人都陆续朝山下走去了。李虎望着郑雯手中那奇怪的物件，问道："这是什么？"

郑雯看了看手中物件，又望李虎凄然一笑，说："是命运！等会儿你就知道了。"

李虎听得一头雾水，越发感觉奇怪了。这时，谭炮坐在旁边一块大石上，洪亮地喊道："两个娃儿些，都过来坐坐！"

李虎和郑雯默默走过去，一边一个，在他身边坐下。

谭炮拿起李虎的左手，摸了摸他拇指上那根枝指，说："果然是虎子！

在你小的时候,我去过你家,还记得么?"

　　李虎自昨天来到宁厂,还一直没和谭炮交流过。看他忙得风车斗转的,以为他并不知道自己在找他。此时听他的口吻,显然已得知此事。李虎见他言谈举止洒脱不羁,也不以为意,恭敬地回答说:"我母亲还隐约记得这事,只是您的名字她记不大清楚了。"

　　"呵呵,她是当干部的,总是很忙。我在你们家那些天,只见她回家吃过一顿饭就走了。你那时还小,是你爷爷在家带着你。"

　　"您和我爷爷很熟?"

　　"那以前也不认识……"

　　李虎知道现在不是拉家常的时候,直截了当问道:"那么,您认识七星老人?"

　　"不!也不认识,但我知道他在哪儿。不只是你在找他,听说,还有一个名叫沈立的年轻人也在找他。现在,雯雯也要去找他了!"

　　"什么?"李虎惊异地望着雯雯,"你也要去?是为了你父亲的事?"

　　"不。"郑雯拍拍手中物件说,"是为了它!"

　　李虎更觉诧异了:"那到底是什么东西?"

02

　　郑雯将那物件搁在膝上,用手在上面轻轻一推,那东西魔术般地分成了两瓣。一片耀眼的红色当中,躺着一块黑色的石头。郑雯拿起那块石头,李虎惊得眼都大了——

　　那竟是一尊黑色的石雕虎形器!

　　李虎以前从未见到过石虎,此时一眼瞧见,不由心中一阵狂跳。他十分肯定地判断:这就是传说中的巴人圣物——石虎!

　　李虎伸手将石虎拿了过来,捧在手中仔细端详。那坚硬而冰冷的质感,似乎传递出两千多年前的殷殷嘱托,让他怦然心跳,不禁问道:"你这……

是从哪里得来的？"

郑雯平静地说："它就躺在给父亲预留的那个穴洞里。当我们把大理石匣子放进去时，就发现了这个。"

"是谁放在那里的？"

郑雯茫然地摇摇头说："不知道。"

"还能有谁？肯定是郑家的某一位先人嘛。"谭炮毫不奇怪说，"他不但算准了时辰，而且还算到将是哪一位后人拿到它。据说，这匣子在制作时被施了禁咒，只有注定的人在注定的时间才能打开它，其他人要是强行开启，必遭天谴！恰好，是雯雯最先看见并拿到它，然后又顺利地打开了。雯雯啊，你就是郑家那位注定的人了！"

李虎听得心惊，疑惑地望着谭炮，问："你怎么知道这些？"

谭炮不答，反而问道："听说，你有一份祖传的遗书，能让我看看么？"

李虎稍一犹豫，还是小心地取出遗书，递给了谭炮。只是心中疑惑更重了：这谭炮到底是什么人？难道……他就是自己要找的七星老人？

不！不可能。李虎说不清楚为什么，总觉得这事越来越错综复杂，简直有点匪夷所思。

谭炮看完遗书后，抬头望望李虎，又将深邃的目光投向远处，神情极为肃穆。李虎和郑雯对望一眼，都觉得眼前这位白发老人神秘高深，一时不知所措。

老人长长叹出一口气，悠悠说道："世道沧桑，时光都老了，是到揭开谜底的时候了！"

李虎有些迫不及待，问道："到底是什么谜底？"

"我们先祖在两千多年前……神秘的失踪之谜！"

"我们的先祖？巴人？"

"准确地说，是巴国的王族——虎族！也就是从武落钟离山走出来的夷水五姓，在巴国大片国土被秦军侵占以后，他们到底去了何方？"

郑雯忽然说："秘宫！"

谭炮双眉一扬，眼里陡然放光："你说什么？"

"虎族子孙，秘宫觐见。"

郑雯从李虎带来的拓片中抽出一张来，向姑父解释了李虎家那只失落的白虎上的秘符含义。

"原来如此！"谭炮猛地一掌拍在自己腿上，醒悟道，"看来，你们要聚齐传说中的五只石虎，去寻找一个迷失的王朝！"

"迷失的王朝？！"这几字重如千钧，如铁锤一般击在两个年轻人的心坎上！森然肃穆之中传递出无边的神秘诡异！

老人分析说："如此看来，当年的巴国王室，一定是在流亡的途中寻到了一处隐秘的据点，最后善终于此。虽然亡国，却未受辱，也是不幸中的万幸了！五只石虎，就是他们为后人留下的线索。他们需要揭开真相！"

郑雯双眼迷惑，喃喃地说："但据史书记载，公元前316年，先是蜀国内乱，秦王趁机遣大将张仪率大军越过秦岭，灭蜀后，顺道'取巴，执王以归'。这就是说，巴国的国王当时是被俘虏了的，并送到了秦国。"

"不要太相信历史！"老人不屑地说，"自古成王败寇，历史都是由胜者一方编写出来的。他们要对自己的胜利大肆粉饰，歌功颂德，谁又敢说一个不字？！再说，秦军号称'执王'，那也是征服异国的策略，好让百姓绝了反攻复国的念头，尽早归顺新王。"

李虎有些着急，望望郑雯，又把话头拉了回来。他说："要聚齐五只石虎，现在才出现两只！其他几只又在哪里？"

老人笃定地说："去找七星老人吧，祖先神会告诉你们该怎么办的！"

"祖先神？七星老人就是祖先神么？"

03

"不！"老人摇头说，"祖先神并非特指哪一个。历代祖先都被称作祖先神，那是我们氏族的保护神，也是我们的宗教信仰，是我们崇拜的图腾。虎族巴人最大的祖先神就是廪君，他是我们巴人第一个有名字记载的先祖……"

"好了！"郑雯有些着急地说，"廪君死后化作白虎，族人便以白虎神为图腾……这些我们都知道。但是，您是怎么知道匣子、咒语这些事情的？"

"是啊，"李虎也终于说出心中的疑问，"您和七星老人又是什么关系？"

"呵呵，还一直没来得及告诉你们哩！我和七星老人都是'比兹卡'，是神选的守护者！"

"'比兹卡'？"李虎再一次听到这个名字，不由心中一凛。他疑惑道："据我所知，如今生活在鄂西一带的土家人都自称是'比兹卡'。在土家语中，'比兹卡'就是'本地人'的意思。写遗书的那位先祖自称是一位'比兹卡'，现在，您又自称是一位'比兹卡'。那么，这个'比兹卡'与土家人的'比兹卡'有什么不同？"

老人睁大眼睛说："土家人也自称是'比兹卡'？这我倒没听说过！我所知道的'比兹卡'，就是'守护者'。如果土家人说'比兹卡'是本地人的意思，那应该也不错。作为回到原生地的巴人后裔，土家人一直认为自己就是远古巴人的守护者，同时也是本地人。但对于我们，'比兹卡'实际上是一个十分隐秘的特殊称号。两千多年来，'比兹卡'一直就是一个由三人组成的秘密巫师组织，暗中守护着五只石虎的秘密。"

"秘密巫师组织？"

李虎和郑雯闻言又是一惊。

白发萧萧的老人一直显得红光满面。此时，他吁出一口气来，微笑说："今天总算对你们说出这个秘密了！你们应该知道，当年先祖们留下的秘密线索是什么吧？"

李虎与郑雯对望一眼。

郑雯说："就是传说中的五只石虎？"

"对了。这个消息，不知从什么时候开始，已经在民间秘密流传。好在，到目前为止，外界还不知道更多的消息。当时，先祖们制作了五只石虎，在每只石虎腹部各刻下几句谜语，然后从五姓中各选一名后人，由他们代代相传，负责对石虎的保管。他们被称做'罗布巴'，就是朝觐者的意思。五只石虎中，有四只黑色的，一只白色的。白虎是开启洞穴的关键钥匙，由王族巴姓负责保管，这就是虎子家遗失的那只白虎了。所以，虎子又被称做'坡吉卡'，意为'钥匙'，准确含义是开启者。为了确保安全，先祖们又从五姓中选取三位巫师，作为'比兹卡'，负责对'罗布巴'的监护。所不同的是，

'罗布巴'是由五个固定的家族代代相传，'比兹卡'则是在五个家族中，通过神选来确定的。"

李虎记起遗书中所说，三百年前亲草遗书的那位先祖，就是被神选后成为"比兹卡"的。李虎不由得问道："什么叫神选？"

老人说："所谓神选，其实是一种神迹，也可以叫做神降。一个普普通通的人，一夜之间突然获得某些神秘力量，成了一名通灵的巫师，这种变化从何而来？有人说，是被神灵附了身。实际上，用我们现代的话说，就是某位先祖神灵通过特殊的启示，将从祖先那里一代代遗传下来、原本就流淌在我们血液中的某些特殊密码被激活了，使我们能够灵活掌握和运用那些我们原本就具备的神秘知识和力量，从三维世界进入四维世界。这就是神选！一个被祖先神选中了的人，会出现某些征兆，比如一场大病，或是神志不清，这是神的一种考验。能够通过这种考验的人，痊愈之后，也就脱胎换骨了。"

郑雯听得有些迷茫，问道："您是说，在我们每个人的血液中，都流淌着这样的密码？只要被神选中，我们都有可能成为一名巫师？"

"那也不尽然！"老人说，"我们巴人是一个尚巫的民族。巴人最初的发源地就在这里，这也是巫的最初的发源地。宁河，原本叫巫溪，又叫灵河。'灵'，就是'巫'的意思。你们大概也知道，这一片巫山巫水、巫气弥漫的神秘之境，五千年前就是巫咸国的领地。清江流域的廪君五姓，最先也是从这里迁徙而去的……"

郑雯点头说："是的，廪君'筑夷城而王巴'，同样也是以巫立国。不少考古学者都相信，廪君本人就是一个神通广大的巫师。他掷剑浮舟胜出黑穴四姓，然后又冲破盐水女神的羁留，靠的都是他那高超的巫术。所以，在巴立国期间，巫风大盛，无论决策祭祀，都离不开巫。远古时期，大凡巴族之人，多少都懂得一点巫术。"

老人说："所以，到了今天，也只有真正的巴人后裔，血液中才会流淌着那样的密码，才有可能成为一名巫师。"

李虎说："'比兹卡'为什么只由三名巫师组成？"

04

"这个嘛……"老人搔搔头,有些为难地说,"先祖们的深意,也不是我辈能够揣摸的。你们去问问七星老人吧,他是大师。每一代'比兹卡'都有这样一位大师,他所知道的信息,要比我们多得多。"

"还有一位'比兹卡'是谁?"郑雯问。

老人摇头道:"这个,我也不清楚。每个'比兹卡'都是单独和大师联系的。"

"怎样联系呢?是定期见面,还是……"

"不。我至今都没有见到过七星老人,我们只是通过星辰传递信息。"

郑雯不解地问:"天上的星辰么?那是如何传递信息的?"

老人抬起头,望望碧蓝的天空,说:"在那上面,我们每个人都有一颗固定的星辰,只要把需要传递的信息投放在那上面,相互就知道了。"

郑雯仍是不解,固执地问:"是通过什么传递?电波,还是别的什么?"

"呵呵,这个我可说不清楚了!我是知其然不知其所以然。或许,是类似于电波的意念吧!现在的手机,不是也能接收大洋彼岸的信息么?"

李虎心中一动:"固定的星辰?是北斗七星么?"

"对呀!"老人讶异地说,"你是怎么知道的?"

李虎说:"我也是忽然想到的。小时候,夏夜乘凉时,爷爷曾经教我辨认北斗七星。他说,在北斗七星中,我们每个人都有一颗对应的星斗,那是掌管他的命运星君。所以,您刚才说到星辰,我就想到北斗七星了。"

老人饶有兴致地看着李虎,微微笑着问:"那你是什么星君呢?我知道你爷爷是玉衡宫廉贞星君,因为我也是这个星君。"

"我是天璇宫巨门星君。"李虎心想,谭炮和爷爷见过面,知道他的星君并不奇怪。只是,他和爷爷是同一个星君就有些巧合了。

"你认为是巧合吧?其实不是这样。"老人笑着说,"我这星君是你爷爷传给我的,因为他也是一个'比兹卡'。"

"我爷爷也是一个'比兹卡'?"

第十三章·渡魂之舟

两个年轻人互相望望，都露出惊讶的表情。

尤其是李虎，感觉特别意外。他说："可是，星君是通过生辰时刻而定的！"

谭炮说："恰好，我和你爷爷都是同一个时辰出生的，只是年份不同。别的'比兹卡'都是神降而来，只有我是通过'以梦传灵'获得的。"

郑雯不解地问："什么叫做以梦传灵？"

"不少巫师都有一种本事，叫做走神。就是元神出窍，周游四方，又称神游。虎子爷爷就是在神游之中找到我的。他先是与我的元神交流，通过梦中传授。"

李虎与郑雯对望一眼，均觉此事匪夷所思。

郑雯问道："既是周游四方，怎么单单就找到了你？"

"我也不知道他是如何找到我的，"说起此事，谭炮自己也有些不解，"但这事，现在想来，是冥冥之中早已注定了的！或许，他有祖先神的指引。"

李虎喃喃道："元神交流……"

谭炮回忆说："有一天，我上宝源山采草药，刚刚坐到悬崖边一块山石上歇息，恍恍惚惚就见到一个鹤发童颜的笑面老头，对我说：'这几句口诀你可要记熟了！'当着我叽里呱啦念上一通，然后飘然而去。醒来见到脚下万丈深渊才大吃一惊，我居然在这样的地方睡着了！那时我还算年轻力壮，在山上累得睡了过去的事情是从来没有过的。醒来后，梦中的细节还记得清清晰晰的，尤其是老头念过的那一段莫名其妙的口诀，一字不漏地记在了心里，却丝毫不知是作什么用的。"

郑雯说："这就叫以梦传灵？"

谭炮迷茫地望着远处，仿佛又回到以前那段奇异的时光之中，"是啊！从此以后，我就经常梦见这个白发老头，教我一些奇奇怪怪的符咒歌诀。让人不解的是，以我当时那桀骜不驯的个性，居然乖乖听他的，而且记得很牢。后来他在梦中对我说，你我相隔不远，你还是到我家来一趟吧！就这样，我就去了虎子家，见到你爷爷，就是出现在梦中的白发老头，和他在一起待了三天时间。"

"您去我家，就是和爷爷交接'比兹卡'么？"

05

"什么交接'比兹卡'！"老人笑着说，"那是你爷爷要对我当面亲授。那时候，我才四十多岁，可以蹦上天的年纪，见了你爷爷，我才知道天外有天，我谭炮这点本事算得什么！你爷爷那年刚好八十岁，他说，'七十三、八十四，阎王不请自己去'，他最多还有四年活头，得提前找人接了班，好把剩下的时间用来调教小孙子。他说，他从启示中得知，生下来就有六个指头的这个小孙子，就是'七星聚会'时开启秘穴的'坡吉卡'……"

"啊？！"李虎简直听得惊心动魄，睁大眼睛说："他那时候……就知道了这事？他……又是谁的启示？"

"我们与祖先神的交流，有时是主动的，就是人来找神；有时是被动的，就是神来找人。在与神的交流中，会得到一些或明或暗的启示，你爷爷就是从这样的启示中得知你未来的身份的。他想在有生之年传你一些本事，以助你好去完成即将到来的使命。你爷爷的本事可不小，单是武术，一向自负且正当盛年的我，在他面前那是连手都还不起！不服输不行啊！但你那时才六岁，他没法教你，只能天天晚上在你熟睡时，往你身上运气，以助你骨骼经络的发育，为以后的训练攒下一副好身坯。"

李虎听了这话，心中一阵温馨的感动，眼睛不由得有些发潮。他回忆说："难怪！我小时候老爱做飞翔的梦，时而天上飞，时而水中游，爷爷老跟在后面，还能听到他的呼吸声……"

郑雯打断说："我有一个疑问，您说'比兹卡'和'罗布巴'都是从廪君五姓中选取出。但据书上记载，廪君五姓是巴、樊、相、郑、瞫，如果说李虎是由'巴'改姓'李'，还有沈立和您都与五姓不符，这是为什么？"

老人说："两千多年的变迁，什么事情不会出现？！既然'巴'能变成'李'，为什么其他姓不能变？其实，'沈'与'瞫'是同音，'谭'与'瞫'是同形，这都是上千年演变而来的结果。现在，姓什么已不重要了，所有被选定的角色，都是冥冥中注定了的，没人冒充得了！这是不用担心的。好啦，

第十三章·渡魂之舟

我知道的都告诉你们了,我们也该走了!"

"不!"李虎说,"你还没告诉我们,七星老人住在哪里!"

老人呵呵一笑。拍拍脑袋,笑着说:"看我这脑子!我只知道,他住在一座山上,名叫七星山,大概位置就在云阳与利川交界的地方。"

"七星山?"

"对!回去查查地图,或是问问当地人就知道了。"

几人起身,正要朝山下走去,郑雯却呆呆地立在那里,神情凄惶,久久迈不开脚步。李虎轻声叫道:"雯雯?"

郑雯忽然转过身,一步步向洞口走去。到了洞口,只见她身子一软,一下扑倒在地,先是低声抽泣,渐渐嚎啕大哭起来。

此情此景,不禁触动李虎心事,眼泪也止不住地流了出来。

一旁的谭炮,长长地叹了一口气。

郑雯哭了一阵,慢慢走来,满面泪痕,身子还不时抽搐着。

李虎帮她抱着那个圆木剖成的匣子,感觉有些沉。看着漆色如新的表面,李虎忽然发现,这匣子虽然只有尺多长,但形制、结构都与对面崖上的悬棺一般无二,都是一剖两开,剖成独木舟形,然后用子母扣合上盖子。

老人说,这匣子是由楠木做成,再涂上厚厚的生漆,两千多年来,也不知历代祖先是如何保管的,至今还是完好如初。

说话间,他们已来到索桥头。那里聚着一群人,其中有两人站在一边,似乎正在交谈。

李虎眼尖,认出交谈中的一人是郑雯姑姑。另一个高高瘦瘦的男人,却没见过,萧萧白发梳成一个大背头,鼻梁上架着一副金丝眼镜,白净的面容,俨然一副潇洒的学者派头。

李虎正想那人可能是郑雯姑姑家的一个什么亲戚,忽听身边谭炮发出一声沉闷的吼叫,拔腿冲了上去。

李虎还没反应过来是怎么回事,谭炮已"啪啪"两掌打在那瘦高个男人脸上。那人鼻梁上的金丝眼镜被打得飞了出去,在空中翻腾着,张开两支脚架,镜片不时反射出五彩的阳光,最后跌入旁边河谷之中。

所有人都被这突如其来的变故惊呆了!

首先是不远处两个年轻男子惊呼着奔了过来。

一个扶住被打的老人，喊道："爸！"

另一个则向谭炮扑来，嘴里吼道："老东西！怎么敢打人？！"

几乎同时，郑雯的两个表姐口里喊着"爸""妈"，也急奔过来。李虎和郑雯也不由自主地跑了上去。

身材魁梧的谭炮早已红了眼，一张红红的阔脸涨成了酱紫色，胸口一起一伏的，正攥紧拳头、拉开架势，准备大打出手。

06

那位挨打的老人一手捂着脸，一手挡住冲上来的年轻人，定定地望着谭炮，面色十分平静。临了，只说了一句："谭炮啊谭炮，你真是可怜！"

然后拉着两个年轻人，钻进旁边的一辆小车，一溜烟开走了。

郑雯姑姑呜呜哭着，冲谭炮说："你这莽牛！怎么动手就要打人！"

谭炮听了这话，胸口起伏得更剧烈了。他望着自己白发的妻子，咆哮说："你这贱人！真没想到，这么多年了，你们还在勾勾搭搭！"

"我们是怎样勾勾搭搭了？"

"前两个月，你不是还进城，说是去看女儿，多半也是会面去了……"

一旁的女儿听不下去了，叫道："爸——"

谭炮吼道："滚开！"

郑雯姑姑哭着说："七月半了，人家是来这里祭祖的。几十年的老熟人了，路上碰见说说话，你就恁个小气……"

谭炮指着她说："老熟人？只怕是老情人吧！原来今天七月七，不正好是鹊桥相会的日子？……"

"爸！妈！你们就不能少说两句？大路上这样说不嫌丢人哪！"

郑雯忍不住问道："姐，刚才那人是谁？"

表姐摇着头说："唉！都是几十年的陈谷子烂芝麻了，那人年轻时在盐厂工作，曾向妈妈求过婚，妈妈没有同意。"

第十三章·渡魂之舟

谭炮跺着脚，咆哮说："丢什么人？我的人早被她丢尽了！"

"谭炮啊谭炮！"郑雯姑姑拢了拢头上白发，一手扪着心口说，"恁个多年了，你总是怀疑我！你要啷个才能明白我的心呐？！"

"哼！今天要不是我亲眼看见，还真是不明白你的心！"

"……要我把心子掏出来给你看看吗？！"

郑雯姑姑说完，伸手扒开身边的女儿，向桥上跑去。

这样的场合，郑雯小时候在姑姑家曾见到过，后来又多次听父亲讲起，已经习以为常了。这老两口一生恩爱，却总是绊绊磕磕。没想到，现在都老到头发白、牙齿缺了，姑父的醋劲还是这么大。此时，见姑姑跑开，不禁松下一口气来，心想走开一个，这仗就打不成了。

哪知姑姑跑到桥头，竟一头向桥柱上撞去。那桥柱是钢筋水泥浇铸的，坚硬如石，姑姑借了奔跑的惯性，一头撞去，立刻瘫倒在地。

众人眼睁睁地望着，不过十多米的距离，竟没人来得及去解救。

反应最快的还是谭炮！

他痛苦地干嚎一声，第一个冲上前去，将妻子抱在怀中，满脸的痛惜悔恨，嘴里不停地柔声叫着："小翠，小翠……"

众人围上前去，只见郑雯的姑姑额头凹进一块，鲜血汩汩涌出，流了满面。

谭炮情急之下，用手捂住妻子不停冒血的伤口，像小孩一样大声哭泣，一声声叫着"小翠"，妻子只是昏迷不醒。

李虎试着点了伤者几处穴道，止住血，然后蹲到后面，伸出一掌抵住她的后背，运力送出真气，护住她的心房。谭炮感激地看了他一眼。

小翠慢慢苏醒过来。她睁开眼睛，看见谭炮正抱着自己，脸上露出孩童般的笑容，柔声说："炮哥，炮哥，你抱紧点，我好冷！"

谭炮流着泪，不住点头说："好！好！我抱紧点，我抱紧点！"

"炮哥……我好喜欢你这样抱着我……"

07

谭炮"嗯，嗯"着，低头在她脸上吻了一下，小翠幸福地闭上眼睛，喃喃地说："炮哥，不要松开，永远不要……"

"嗯，不松开。"谭炮紧紧地搂着她，哀哀地说，"小翠，你一定要好好的，好好的……千万不要走！你要走了，我怎么办？啊……"

说着，谭炮已泣不成声，哀哀地号哭起来。

小翠偎在谭炮怀里，一脸的幸福满足，嘴里喃喃地说道："炮哥，不要哭了！你知道么，这一辈子，我就只喜欢你。现在……你可以把……把我的心子掏出来看看了。我真的……只喜欢你……"

小翠越说越慢，声音越来越小，又慢慢闭上了眼睛。

李虎在一旁加紧运气，额头已冒出汗来，但郑雯姑姑已经没有气息了。

谭炮低下头去，紧贴着小翠的脸，轻声叫着："小翠，小翠，你可要等等我。你不要走得太快，我知道你胆小……等着我，啊！"

说着，谭炮抬起头来，满面泪痕地望着众人，忽然爆出一阵开心大笑："哈哈哈哈……你们听到了么？小翠刚才说，她只喜欢我，她一辈子只喜欢我！哈哈哈哈……"

笑着笑着，嘴里喷出一口血来，慢慢低下头，说："小翠等等我……"

谭炮的两个女儿和郑雯一起偎在两个老人身边，哀哀切切，不知所措。

谭炮又抬起头来，望见郑雯和李虎，虚弱地说："小翠一人先走了，我不放心，她从来就胆小的，我得陪着她去！你们两个，不要为我耽误时间了，马上就走！去找七星老人。祖先神说过，时间很紧的！"

说罢，他又看着身边的两个女儿，平静地说："我们的棺木早已备好了，坟地里地樟也早已打好。就是昨天的原班人马，坐一个夜，然后把我们放进地樟，封好就行了！你们俩辛苦一下，其他的姐妹就不要叫回来了。"

说完，头一垂，便咽了气，怀里仍然紧紧地抱着他的小翠。

两个刚刚为自己父亲送完葬的老人，此时却离奇死去，郑雯一时感觉这

第十三章·渡魂之舟

就像是一个荒诞不经的梦境。她傻傻地站在那里，目光呆滞，脑子一片空白。

李虎也是傻傻地立了一阵子，慢慢回过神来，看见郑雯木木然如遭雷击的样子，关切地叫道："雯雯！"

郑雯仍是傻傻地站着，恍恍惚惚的，没有反应。

两个表姐的表情，最初也和郑雯一样，探知两位老人没了气息，你望望我，我望望你，呆呆的只是说不出话来。

但大表姐很快就面对现实了，她掏出手机，干净利索地打了几个电话，回头对郑雯和李虎说："你们俩快走吧，大事要紧！要是耽误了事情，父亲在天之灵也不会安宁的。再说，你们俩人生地不熟的，在这也帮不上什么忙。"

郑雯慢慢缓过神来，望望李虎，又望望表姐，"嘤"的一声哭了出来，蹲下身去，张开双臂，伏在两个老人身上，痛痛切切地大哭起来。

两个表姐被牵动情感，禁不住也大哭起来……

桥头一时哭声大振。李虎心中一片悲戚，在一旁不知所措地踱着步子。

接到信息前来帮忙的人陆陆续续走来，周围站了好大一圈，望着紧紧相拥的一对老人惊讶不已，议论纷纷。

几个女人这才慢慢止住哭声。

大表姐擦去眼泪，立即风风火火指挥起来。

她先用一张布盖住了两位老人头部，一把将哭哭啼啼的郑雯拉起来，推到李虎身边，严厉地说："你们俩赶快走！"

正好开来一辆去巫溪城的长安小面的，李虎强拉着郑雯钻进了车里。

第十四章 画卷上的紫衫人

01

早晨九点过了，沈立见父亲还没回来，心中焦急，就给他打了个电话，说自己已经回家，有事要找他。

父亲似乎并不感到意外，只淡淡地问："什么时候到的？"

"昨晚十二点。"

"听说你都上中央电视台了？情况怎么样？"

"……还是等您回来再说吧。"

父亲在城里办完事，临近中午，才驾着他那辆三菱帕杰罗回到家里。

随车回来的母亲和儿子打过招呼，就进厨房弄饭去了。

父子两人坐在凉爽的客厅里，沈立为父亲沏好茶，便开始说起自己的经历。他从报名参加央视鉴宝节目开始，将这几天的经历详尽地讲了出来。其中，特别详尽地讲述了那两个奇怪的梦。

父亲不动声色地听他讲完后，才问道："你是说，两次出现在梦中的都是一个身穿紫衫的老头？"

"是的，"沈立补充说，"还挂着一根龙头拐杖。"

"你等等！"

父亲忽然起身，快步向里屋走去。

不一会儿，父亲回到客厅，打开手中的一幅画卷，说："看看这个。"

沈立一见，惊得目瞪口呆，忙问："这画从何而来？"

父亲说："是和那黑匣子一起挖出来的。"

他立马站了起来，激动地说："就是他！梦中那个老头！模样、表情、衣服，还有拐杖，与梦中一模一样！他……他是谁？"

第十四章 · 画卷上的紫衫人

沈进宝长叹一声,说:"原来是他!"

"谁?!"

父亲端起茶杯喝了两口,然后,向沈立讲起一桩家族往事——

清同治年间,是沈家最为鼎盛时期。当时,沈家主事的头面人物名叫沈苍梧,曾中过举人,却不愿做官,恪守"耕读持家"的祖训,修桥铺路办书院,造福乡梓。因为家产雄厚,乐善好施,被乡人称做"沈大善人",声望极高。

当时,有一个新科进士被派到黔江任县令。为扎稳根基,笼络地方贤达,那县令初来乍到,即到沈家拜会。县令原是读书之人,诗书娴熟,与沈苍梧一见如故,相谈甚欢,两人遂成莫逆。从此,县令公务之余,便常到沈家庄园走动。

哪想到知人知面不知心,这个表面知书达理的儒雅县令,骨子里竟是一个禽兽不如的下流东西。由于经常到沈府走动,他看上了府中一个聪明伶俐颇有姿色的使女,想要纳为侍妾。沈苍梧是个厚道之人,虽然心中不悦,想到文人风流,却也愿成其好事。谁知数次说亲,那使女却死活不干,这事也就搁下了。

县令却不死心,明娶不成,又谋划着暗施手脚。

一次,使女进城办事,被县令探知,竟然色胆包天,让手下人扮成蒙面劫匪,从郊外将使女秘密掳至县衙。县令先是使人以富贵相诱,温言劝说,却招致使女破口大骂。那县令恼羞成怒,急不可耐地将使女强行奸污,指望将生米煮成熟饭,以此逼其就范。哪知那使女性烈如火,因不堪羞辱,又逃脱无望,竟一头撞死在衙门里。

这县令身为一方父母官,心想小小一桩风流韵事,原本也没什么大不了的。不想惹恼一个烈女,闹出人命来,这事就不得不费番脑筋了。县令先是花钱买活手下,秘密掩埋了使女,并严密封锁住消息,指望就此给遮掩了。

但沈府一个大活人平白无故地失了踪,毕竟不同于小猫小狗。全府上上下下,四处寻找好几天,打探到使女竟然是在青天白日之下被劫匪掳走了。这土匪劫人,要么是复仇,要么是绑票。一个小小丫头,从未与人结怨,不可能是复仇;若说绑票,目的是为了要钱,可几天过去了又没消息。沈苍梧感觉事情有些蹊跷,遂告上了衙门。

那县令一听,当着沈苍梧的面,惊堂木拍得"啪啪"直响,勃然大怒说:

"这还了得！光天化日，朗朗乾坤，居然在我的治下出现劫匪！传捕头来，着他限期破案，捉拿匪徒，一定要救出姑娘来！"

沈苍梧见县令决心果断，态度积极，遂放心回府。可左等右待，却是毫无消息。多次去县衙催问，总是说正在追查，已有若干线索云云。

02

天下没有不透风的墙！沈家在等待破案的过程中，隐隐约约听到一些消息。沈苍梧通过蛛丝马迹渐渐猜到一个大概，然后通过贿赂手段让县令的一个手下说出了全部实情，并找到了掩埋使女尸身的地方。

人赃俱在，沈苍梧一纸诉状便将县令告上了州衙。

县令倒是爽快，事情一穿帮，并不隐讳，立马找到沈苍梧，想要私了，表示愿意拿出一大笔钱来，安抚死者家属。

沈苍梧气得直骂"衣冠禽兽"，挥杖将县令赶出了家门。

县令知道私了无望，便转了方向，一心一意巴结权贵，极力钻营官场。同时，又釜底抽薪，将出卖他的手下派去涪陵公干，结果在滔滔乌江之中船毁人亡。

这沈苍梧原是血性之人，见不得朗朗乾坤有如此龌龊之事，铁心要将这场官司打到底，将县令绳之以法，为使女讨回公道。

在清朝末年，官场腐败已至极点，钱权交易，官官相护，根本没有什么正义公理可言。一条人命在掌权的官家眼中，也就和一只蚂蚁没什么区别。可怜沈苍梧一介书生，不明个中道理，人家背后阴使手脚，他却要堂堂正正以理服人。这一场官司，就这么旷日持久，一直打了二十多年，从同治年间打到了光绪年间。

据说，那位县令因为这官司与官场混熟了，居然因祸得福，官越做越大，最后由七品芝麻官升至三品大员，去浙江掌管一方做了什么学政。而沈家在那二十多年里，耗去大半家产，最后落得个无果而终。沈苍梧也由一个四十来岁的精壮汉子，耗到了年过花甲，须发全白。但他仍然咽不下这口气，只身一人去了京城。

临行与家人告别时，在田埂上看见一株桂花树苗。他指着那株树苗说："这树长在这里太危险了，人家锄草一不小心就会被锄去。"

然后他小心地将树苗移植到庄园外的坝子边，对家人说："我不相信这天下没有说理的地方了！你们好生照看着，等这树长大，我们官司总该打赢了！"

他去京城打定主意告御状，每天在紫禁城外守着，一守就是三个月。接二连三投进的状纸都如石沉大海，最后竟将他本人也投进了大狱。原本，在那个暗无天日的时代，沈苍梧以卵击石，是死定了。但吉人天相，后来他竟阴差阳错地活了出来。据说，还是慈禧太后救了他一命。慈禧不知怎么知道了他的事情，又误认为他是秦良玉的后代，虽然秦良玉是抗清名将，慈禧却敬佩她是"千古少有的巾帼豪杰"。

那天，慈禧对身边的大臣说："这个沈苍梧嘛，人家也算是忠良之后，读书之人，又有一把年纪了，还是放回去安度晚年吧。"

几位大臣面面相觑，不知这老佛爷今儿吃错了什么药，竟然将曾让清军遭受重创的前明女将认做"忠良"，但谁也不敢驳她面子。

就这样，沈苍梧捡回一条性命，心灰意冷地回到家里，整天闭门不出。

没过多久，就有传言说，沈苍梧因为输了官司，出家当和尚去了。又有人说，不是当和尚，而是跟着一个老道士去了星斗山。

总之，从那以后，再也没人见到过沈苍梧了……

讲到这里，沈进宝问："你知道这沈苍梧是谁么？"

沈立从故事中回过神来，不假思索地说："当然是我们沈家祖先嘛！"

父亲凝望着铺开在桌上的画像，用手理了理卷起的一角，良久方说："这画上一字未留，如果不是你那梦，恐怕永远也猜不出他到底是谁！现在我明白了，他就是沈苍梧，是你爷爷的爷爷，我们都是他的嫡传孙辈。老屋外面那棵桂花树，就是他当年去北京告御状前亲手种下的，如今已是一百多年的时光了。"

父亲端起杯子，呷了一口茶，又说："我分析，苍梧公从京城侥幸脱狱回来后，一是看破世事，知道回天无望，心如死灰；二是多年官司，耗尽心智，灯尽油枯。所以,回家不久就撒手西归了。当时,家道已经中落,家族分裂的迹象也已经显露。他本人已无力挽回,家中又没有堪当重任的人选,唯一不放心的就是这只不知从哪朝哪代传下来的神秘匣子。因而,他在临死前做好周密安排,将它放在自己棺材下面,死后秘密安葬,然后再让家人放出流言,掩盖自己逝世的真相……真是用心良苦啊!"

沈立久久凝望着画上那紫衫老人,心中满怀敬意。一阵沉默后,他说:"那,沈鹏家挖出的那副棺木里,就是这位苍梧公了?"

父亲沉思着说:"如今已是真相大白,毫无疑问了!一百多年来,他老人家一直在地下忍辱负重啊!直到今天,他仍在照看着那只匣子。"

两人一时无语,都沉默在对先祖的敬意之中。

沈立忽然站起身来,说:"爸,我想去这位……苍梧公的坟上看看。"

父亲说:"好!带上点香烛,我们一起去。"

吃过午饭,父子两人来到野外,在一处新坟旁站定。

父亲说:"就是这里了。这地方是不错的,专门请人看过风水。只是,这坟还是简略了,我们得为他老人家造一座像样的墓才行啊!"

沈立看这坟,新土垒起的坟脊上还覆盖着被雨淋过的纸幡。条石垒边,坟头立有一块无字石碑,水泥拜台前还嵌有一个香炉。他想,果然是简陋了点!

沈立点燃一叠黄表纸,燃起三炷香,跪伏在拜台,恭恭敬敬地磕了几个头。

以前,沈立是在父亲的督促下完成这些仪式,心里感觉特别别扭。今天,他却对躺在黄土下面的那具尸骨怀了一颗虔敬之心,自然而然地做完了整套动作。

回去的路上,父亲说:"看来,有人在打这石虎主意,你目前处境不妙啊!你在军队多年,知道摆脱追兵的最好方法是什么?"

"最简单的办法,就是拼命向前,永远让敌人相差一步!"

"那你下一步打算怎么办?"

03

"解开谜团的唯一希望，是找到七星老人！"沈立毫不犹豫地说，"虽然我一直不相信虚幻的东西，但画上这位先祖两次梦中警示，我宁可信其有！他告诉我说，七星老人住在七星山，可七星山到底在哪里，您知道吗？"

父亲想了想，说："从没听说过七星山这名字。我想，会不会是利川的齐岳山？据说，是因整条山脉有七座突出的平顶大山包而得名的。"

沈立摇摇头说："不是吧！在梦中，苍梧公领我去七星山看过，那是一块山顶平地上生出的七座笋状小山峰。"

"这得你自己去寻找了！梦中提示点到为止，你得用心去揣摸才行。"

沈立回到房间，打开笔记本电脑，在网上搜寻有关七星山的信息。名叫七星山的地方很多，他一共找到了六七处，近的在桂林、张家界，远的在沈阳、台北。调出相关图片，没有一个与他梦中见到的七星山相符。有的巍峨险峻，有的秀丽多姿，虽然都是因七而得名，却不无牵强之处。而他梦中的七星山，在平地之上突兀而起，碧绿青苍，如竹笋，似笔尖，蜿蜒排列成勺状，与天上北斗形状毫无二致。

难道人间并无此景，纯是梦中幻影？！

他合上电脑，闭目靠在椅上，仔细回忆梦中见到的每一个细节。他希望能从地质地貌来判断七星山的大致方位。

崇山峻岭间飞翔的景象如电影一般在他脑海里回放着……

"梦中提示点到为止，你得用心去揣摸才行。"

父亲的话在他耳边响起，他耐心地一遍遍重现着梦境。恍恍惚惚之中，他心中忽然灵光一闪，似乎明明白白见到了某种期待的东西，随即又模糊隐去。他急忙打开思维之光，费力搜寻，混沌之中却是毫无踪影。

失望之下，他平息了急躁的心情，干脆用一个舒服的姿势躺到床上，调匀呼吸，在假寐中继续搜寻。灵光再一次闪现，这回，他捕捉到了，那是一个古堡般的巍峨山峰，峭壁森然，顶部平坦。

"等等,"他想,"顶部平坦……就是这个,梦中飞翔时它就在脚下,快速退去。为什么是它,它会说明什么?"

他还想继续重温旧梦,但脑袋开始疼痛起来,眼中只见一片混沌。

沈立走到楼下,信步来到庭院,又走出大门,沿着一条土路登上后面那座被浓密青松覆盖着的小山冈。

晚风徐徐吹来,夕阳正给大地披上一层金辉,暮归的牧童在田埂上走成一幅轮廓分明的剪影。沈立忽然一阵冲动,使劲儿伸展着四肢,从喉咙里发出一串"嗬嗬嗬"的长啸,声振林梢,"扑腾腾"惊起一群晚归的林鸟。

几天来的郁闷、迷茫,似乎随着啸声消失得干干净净。沈立感觉心中一片宁静,他随意在一块石头上坐下,凝望着远处的夕阳,不思不想。

直到夕阳烧尽了天边最后一片云彩,蓝天黯淡下去,大地模糊起来,沈立才离开小松冈,在林鸟的欢歌之中朝家里走去。

回去的路上,父亲说过的一句话突然闪现在他脑海里,"那是因整条山脉有七座突出的平顶大山包而得名的。"

齐岳山!

他明白了,他在梦中见到的那座古堡般的巍峨山峰,就是齐岳山的平顶山包之一。他要找的七星山,也一定是在齐岳山的某个地方。

他一路小跑向家里奔去,上楼时被母亲看见,说:"你跑哪去了?在等你吃饭哩!"

"你们先吃!我上楼查个东西。"

沈立回房打开电脑,在"百度百科"中查到有关齐岳山的信息,他很快就找到了,只是齐岳山被写作了七岳山。不过,此山原本名多,也无关紧要——

齐岳山——中国南方最大的山地草场,位于湖北省恩施的利川市西部,距利川市仅30公里,距万州港80公里,318国道从景区穿过。齐岳山自重庆石柱县进入利川境内后,由西南向东北绵延,莽莽苍苍,长达125公里,总面积562平方公里,主峰1911.5米,平均海拔1500米以上。恰似一壁巍峨的城墙横亘西天,成为古时荆楚、巴蜀中间地带的一大屏障和军事要地……

齐岳山古名极多,传说明朝时采药道人采百草炼长生不老之丹,采遍天下名山,所需几味主药尚不齐备。后来,他无意中来到齐岳大山,发现他所需的几味主药，这里几乎遍山都是，因此，古时人们俗称此山为齐药山。齐岳山山顶基本平齐，独有黑大包、勘金大包、罗家大包、邓家大包、万家大包、李家大包、彭家大包等七个山包依次摆开，俨如七星照耀，因此古人又叫它为七曜山。

沈立轻轻念道："长达 125 公里，总面积 562 平方公里……"这让他陷入沉思：要从这样大的范围里找出七星山来，岂不异于大海捞针？不过，转念又想，眼下时间紧迫，已不容他从容思考了！好在七星山地势独特，又有此名，相信当地知道的人应该不少吧！"

他又浏览到一些齐岳山图片，其地形地貌特征与梦中所见基本相符。

"不管是与不是，"他想，"都得去找找，这是目前唯一的线索了。"

他收拾好行李，匆匆下楼，对父亲说："找到一些线索，应该就在齐岳山。我想借你车用几天！"

父亲见他提着行囊，问："现在就走？"

"事不宜迟！"

"天都黑尽了！"母亲说，"你还饭都没吃哩！明天一早走不行么？"

父亲说："让他去吧！"

沈立匆匆扒了两碗饭，告别父母，驾着父亲那辆帕杰罗驶进茫茫夜色之中。

第十五章 大三峡

01

崇山峻岭之中的巫溪县城素有"峡郡桃源"之称。县城沿大宁河畔的一小块平地铺展开来，小巧玲珑，山环水绕，静谧幽雅。

上午九点四十分，李虎和郑雯乘长安小面的进到城里，郑雯摇摇晃晃地走下车子，忽然捂着嘴向旁边一角落跑去。

李虎不知发生了什么事，连忙追上，忽见郑雯蹲到地上"哇哇"吐了起来。李虎走过去想要扶住她，被她伸手挡开了。

李虎手脚无措地立在那里，看见旁边有一商店，转身冲进去，匆忙找到一包面巾纸，不及付款，抓起就跑。

店主以为遇到抢劫，慌忙追到店外，大声吆喝："哎！哎！你……"

李虎头也不回地喊道："等会儿给你钱！"

郑雯吐完站起来，一手扶着墙，眼泪汪汪地直喘着粗气。

李虎伸手扶住她，递过面巾纸，轻声问："是晕车？"

"以前不晕的，今天不知怎么……"郑雯难为情地说。

"你是太……累了。"

李虎看看时间，上午十点刚过。他说："我们的行程，你看……？"

郑雯有气无力地说："去七星山，你决定怎么走吧。"

"那就乘船吧！去巫山换快艇，先去云阳。"

去商店付钱时，李虎看见挂有学生用的书包，花20元钱买了一个，将手中一直抱着的匣子放进去，正好合适。

两人到旅游公司的窗口买好去巫山的游艇票，然后随着人流向码头走去。

李虎见郑雯走路脚步有些晃晃荡荡的，想扶着她，郑雯摆摆手拒绝了。

看她神情萎顿、不胜悲痛的样子，李虎不知该如何安慰，找话题说："这巫溪以前是叫大宁县吧？"

郑雯点点头，似乎没精神说话。

李虎笑笑说："我记得有一则说巫溪城小的民谣，'好个大宁县，衙门像猪圈。大堂打板子，河坝听得见'。你听过这个么？"

郑雯勉强挤出一个笑容，有气无力地说："小时候我爸就给我讲过，还有什么'一家炒菜，全城闻香'，'城东放屁，城西闻臭'……"

李虎原想找个话题让她分心，结果又牵出她爸来。想想，觉得还是自己太笨，不会逗人开心，只好不再说啥。

夏天是巫溪的旅游旺季，小小的码头上游客较多，显得比较拥挤。游客中两个身穿黑衫的人，高的瘦，矮的胖，似乎并不是要上船，而是从码头往上走。

李虎肩挎书包，偕同郑雯，随着拥挤的人流慢慢向前移动。

当他们与那两个黑衫人擦肩而过时，那竹竿似的高瘦个儿忽然尖叫一声倒在地上。李虎被吓一跳，停下脚步，莫名其妙地望着从地上挣扎而起的瘦子。那瘦子狠狠地瞪了他一眼，也不言语，拉了一旁的胖子，悻悻向前去了。

李虎忽然发觉，这两人带着一身邪气，近身极具侵扰，让人感觉很不舒服。回头一看，两袭黑衫已裹在人流中远去了。

郑雯说："刚才那人，你看见了吗？"

李虎一惊："那穿黑衫的高个子么？怎么……？"

"不，是那个胖子。他就站在前面盯着我，一动不动。那双眼睛，简直是……"说到这里，郑雯脸一红，住了口。

"怎么回事？"

"那眼神，"郑雯扭过头，轻声说，"流里流气，真是让人作呕！"

李虎放下心，说："没事就好。"

临上船时，李虎忽然觉得一阵不自在，如芒刺在背，似乎有锐利目光直要穿透自己。他回头四望，只见熙来攘往的人群，并无异常。

十点半，他们乘坐的旅游船离开巫溪码头，沿大宁河顺流而下。

郑雯显得极其虚弱。船舱的椅背很矮，她脑袋没处靠，向前倾着，左摇右晃的，很是狼狈。李虎拍拍自己的肩，轻声说："靠这儿吧！"

郑雯望了他一眼，默默靠上来，眼皮儿慢慢闭上。

李虎此时，也是心潮起伏。短短几天时间，他竟然见证了四个人的死亡。从机场遇到的博学睿智的郑教授，到病床上慈祥的父亲，再到恩爱冤家谭炮夫妇，一个个活鲜鲜的生命就这样从他眼前逝去了。他们的死，除父亲算是正常病故，其余都显得十分离奇、非常意外。而且，他们的死，几乎都与刚刚出现的神秘石虎相关。

李虎感觉到，自己不知不觉中，已被一股无形的力量引向一条神秘莫测的道路。沿着此路走去，真能找到一个迷失的王朝，从而解开巴人失踪之谜吗？

02

游船顺水而行，劈波斩浪，很快驶入庙峡。

李虎想着自己的心事，也无心观赏两岸旖旎的风光，当导游小姐介绍云台峰风光和云台仙子的美丽神话时，李虎几乎是充耳不闻，两岸多姿多娇的画廊白白从他眼前一晃而过。

一阵雷鸣般的水吼夹杂着游客的尖声喧哗，将他从沉思中惊醒过来。

他感到一股阴冷的水汽扑面而来，抬眼望去，前方，一条巨大的水龙从西岸百米高的悬崖上引颈向河，直喷对岸，宛如巨龙腾空，昂首摆尾，煞是壮观。峡谷中弥漫着密密的水花水雾，阳光映照下，竟变幻出一道道绚丽的彩虹。

李虎知道，这就是庙峡中有名的"白龙过江"了。

此时，水流湍急，船身颠簸，不时传出游客惊叫声。瞬息间，游船从水帘洞般的"白龙"身下穿过，水花水雾如巨网一般铺天盖地笼罩下来，船上游客衣衫尽湿。

李虎伸手挡住郑雯的脸，但她还是被惊醒了。看了看自己被打湿的衣服，郑雯忙坐正身子，回头问道："刚才是'白龙过江'？"

第十五章·大三峡

李虎点点头,问:"你好些么?"

她勉强露出一个笑容,说:"好多了。"

船出庙峡,让人目光陡然一展,眼前豁然开朗。一沃平野从千山万壑间铺展开来,阡陌纵横,桑梓交荫。前面出现一片废墟,导游说那是已经拆除的大昌古镇。离废墟500米处的山坡上,绿树掩映中,长出一幢幢乳白色的楼房,是正在重建中的大昌。

郑雯告诉李虎说:"10年前,在大昌镇的龙兴村双堰塘发掘出一个巴人遗址,规模庞大,有专家推测,这是早期巴人活动的中心区'巴墟'。"

"巴墟?"李虎说,"难道这里是巴人活动的中心区域?"

"根据有关部门的调查、钻探和发掘线索,估计'巴墟'遗址的分布范围在10万平方米以上,但由于水土流失等原因,现存可发掘面积仅2万平方米左右。从1994年开始勘探和发掘,在这里发现了丰富多彩的文化遗迹和遗物,充分表明,大昌盆地是西周时期发达繁荣的巴人生活聚落区。"

李虎注视着眼前这片富饶的土地问道:"你参与过这里的发掘?"

"没有。"郑雯遗憾地摇摇头,"这是中科院负责的项目。"

"逐水而居,是古人的生存智慧。这一带土肥水美,隐藏在大巴山麓林荫深处,而且易守难攻,是真正的峡郡乐园,肯定还埋藏着不少的远古遗址。"

"全部发掘是不可能的。在整个三峡库区,有2500万平方米的地下文物储量,国家抢救性发掘的规划面积只有190万平方米,仅占总量的8%。其余92%的非重点文物,不得不忍痛放弃了。"

"就让那些文物从此长眠水下,永无见天之日?"

郑雯默默地点点头,说:"这是没办法的事。人力、物力、时间,都不够!这些年来,全国百余家具有考古资格的文物单位,就有72家云集在三峡地区,数千名考古工作者每年挖掘面积超过了20万平方米。实在是因为三峡地区历史文物的蕴藏规模太大,数量太多,抢救性发掘只能择重而行了。"

"你也是这些考古工作者之中的一员,"李虎说,"你一定为此感到骄傲吧!"

郑雯微微一笑,点头说:"2002年夏天,我大学刚毕业,工作分配尚未落实,我就跟着重庆考古队到了故陵的发掘现场。能够躬逢其盛,参与如此大规模的抢救发掘,作为一个考古工作者,我确实感到非常荣幸。尤其现在,知道自己是一个巴人后裔,我更是有一种难以言说的感受,觉得这种经历意义非凡。"

李虎望着两岸平展的良田沃土,田地里整齐的庄稼,还有绿树掩映的房舍,不禁喃喃自语:"巴墟……"

船到巫山时,已是中午两点过了。他们买了三点钟的快艇票,看看还有一些时间,李虎感到一阵饥饿,想找一家小餐馆吃点东西。

"你吃吧!"郑雯说,"我现在……一点胃口也没有。"

"那怎么行!"李虎严厉地说,"人是铁,饭是钢!你这几天一直没有吃过什么东西,现在已经非常虚弱了。再这样下去,非倒下不可!想想还有多少事情要做,强迫自己吧!无论如何也要吃点东西。"

郑雯仍是摇摇头,眼泪已止不住地流了出来。

李虎没法,去食品店买了一些面包和牛奶。还特地为郑雯拿了几盒爽口的酸奶,打开一盒,塞到她手里。郑雯呒了一口,似乎觉得有些对胃口,慢慢将一盒都喝了下去。

03

快艇行驶,白花花的江水如两扇张开的水翼,船头高高昂起,宛如大鹏展翅水面,轻快无比。

李虎占到两个边上位置,让郑雯临窗坐下。座椅软和舒适,郑雯靠上椅背,疲惫地闭上了眼睛。李虎也试着想睡一会儿,但心中烦乱一片,尤其是谭炮夫妇的影子,老是在眼前晃动。他使劲儿地甩了甩头,闭上的眼又不由自主地睁开了。

一股淡淡幽香袭来,李虎扭头看着郑雯舒适地倚在座椅的靠背上,闭着眼,一绺刘海随意地垂落在额角。窗外的阳光透进玻璃,投映在她光洁的额头上,茸茸汗毛如原野上的纤纤小草,在光照中裹着一层银色的辉芒,显得十分美丽。又见她那小巧的鼻子下,玲珑的嘴角居然长出细细的胡须,李虎

第十五章·大三峡

不禁微微而笑。

他的目光似乎打扰了郑雯的清休。她睁开一双星月般的明目，看见李虎宁静的目光和一脸祥和的微笑，笑意禁不住也从心底流出，展露在红扑扑的脸上。

李虎腾地红了脸，掩饰说："我以为……你睡着了。"

"好想睡一会儿。"郑雯疲倦地说，"心里太乱，没法睡。"

"现在不要去想太多。"李虎柔声说，"睡不着，闭上眼也可以养养神。"

郑雯果然听话地闭上了眼，但李虎的一双眼睛却无论如何闭不上。

眼前一江浩荡，两岸青山逶迤。

长江自莽莽雪山奔流而下，从渝东连绵起伏的崇山峻岭中穿切而过，留下一段山水壮丽的大峡谷。建设中的三峡水库从西陵峡末端的三斗坪筑坝，截断巫山云雨。届时，宜昌至重庆七百里大三峡谷地，水位涨至175米，将成一片汪洋。大量的城镇村庄、良田沃土，都将沉入江底，重现史前"地中海"风光。

三斗坪大坝蓄水才到135米水位，滚滚江水仍在奔流不息。

两岸原有的一些村庄、小镇，已全部拆迁，留下一堆堆刺眼的废墟，留下一串串漫长的回忆，等待着即将漫淹而来的江水的洗涤。

进入瞿塘峡口，郑雯指着南岸一处台地，对李虎说："那一片黄泥地，就是著名的大溪文化遗址。再往前走，就是大溪河口了。"

李虎意外地回过头，说："你应该闭目养神，休息会儿。"

"心里乱得很！还是说说话吧。"

李虎暗叹一声，又打开一盒牛奶，递给郑雯，说："你刚才说什么？大溪遗址？就那里吗？大溪文化属新石器时期，好像有5000多年了吧？"

郑雯吮了几口牛奶，精神稍稍恢复一些，语音中也显得有底气些了："最早可追溯到6000多年前，那可是中国通史的断代标志。"

"6000多年前？生活在大溪文化的都是一些什么人？"

"大多是土生土长的三峡人。"

"三峡人？也就是后来的巴人吧？"

郑雯笑道："要说三峡地区的人类活动历史，那可比巴人要早得多，已经有好几百万年了！根据目前的研究，已经得到证实，全世界人类起源的最佳地区有两个：一个是东非大裂谷，一个就是三峡地区。在三峡地区，诞生了距今250万~200万年的'建始人'，他们被称为人类起源的人文初祖，其后更是哺育了巫山人、长阳人、巴人和巴文明。包括鄂西、川东和长江三峡、清江峡谷在内，也就是北纬30度附近的这一片神秘区域，历来就是中国南北方文化、东西部文化传递的大通道，也是华夏文明的摇篮之一。三峡这个概念，已经超越了狭隘的地理意义，它不仅仅是一处胜景，还被人称为历史的大三峡、世界的大三峡。近年来，由于三峡水库建设，三峡地区的地下文物得到大量发掘，史前文明的考古也得到了很多实证。有人说，在这片神秘区域的地下，不仅埋藏着一部完整的中国通史，还藏着一部完整的人类起源史。几百万年来，这里一直都是古人类活动的核心区域。有人说，印度人、西亚人，还有美洲原住民的始祖，都是从这里走出去的。"

李虎望着两岸连绵逶迤的青山，讶异于这里竟是人类历史的发源地。遥想远古蛮荒时期，最初的人类在这一带狩猎捕鱼、茹毛饮血的种种活动情景……很难估计，在两岸肥沃的红土之下，到底蕴藏有多厚的人文积淀。

他说："几千年前，那个生活在大宁河流域的尚巫的族群，大概并没有一个固定的名称，只是在廪君立国称'巴'后，历史上才有了'巴人'这个曾经风流千年的传奇民族。而秦灭巴后，'巴人'这个称呼又再度从历史的视野中神秘地消失了，被人们一致认为是亡国灭种了！现在，我们可以确定的是，'巴人'从历史记载中消失的时间也就是秦灭巴的时间，但廪君立国的时间又是什么时候呢？作为曾经显赫一方的巴国，到底在这片神奇的土地上存续了多长时间？"

04

郑雯说："据史料分析，迁徙到清江流域的廪君五姓，还处于原始部落的穴居渔猎时代。廪君与盐水女神那一段凄美动人的爱情故事，也表明是发生在母系社会向父系社会过渡阶段。由于缺少文献记载，廪君究竟属哪个时代，目前其说不一，争议颇多。但至少也是在 5000~4000 年以前的事了，大致相当于夏禹时期。"

"那么，虞君的后代巴人又是何时重新回到他们的故地长江流域的？"

"这个问题，并没有确切的文献记载。直到商代，从出土的甲骨文中透露出一则消息，说商王的妻子'妇好'，曾率军征讨'巴方'。这说明至少在商代鼎盛时期，巴国的势力已经达到了长江流域。"

李虎笑笑说："前几天，我也从网上读到过一些探讨巴人历史的文章。有人分析说，虞君巴人是沿清江溯流而上，再沿大溪河谷到达长江流域，从而完成了他们的战略大迁移。这话也有争议，因为清江和大溪隔着齐岳山这个分水岭。巴人出行总是与水相依，以舟代步。如果是按这条路线而来，如何越过这个分水岭？这就是争论的焦点，也是一个至今没有解开的谜题。"

此时，快艇的左边正好出现一个宽阔的河口，泥色很重的浑水从那里涌入长江。

郑雯说："这就是大溪了，三峡著名的三溪之一。"

"著名的三溪？"李虎还是第一次听说。

"三溪者，香溪、巫溪、黛溪也。香溪，是王昭君故乡，据说也是屈原的出生地；巫溪，就是我们今天顺流而下的大宁河了；眼前这条就是黛溪，现在名叫大溪。"

李虎说："这河自南向北，其源头应该是在齐岳山吧，与清江源头仅有一岭之隔，但不可能是相通的。"

郑雯说："这个问题，恐怕要从古长江的成因说起了。300 万年以前，巫山山脉是和大巴山山脉连在一起的高地，还没有出现三峡裂谷。高地以西，包括现在喜马拉雅山在内的大片区域，是著名的古地中海。在两亿年前的三叠纪，发生了一次强烈的造山运动，被称为'印支运动'。它使三峡地区地壳上升，古地中海向西大规模地退出。留下一个个湖泊，如古巴蜀湖、古云梦湖、古滇湖，由古长江贯串，连成一体，从东向西流向古地中海。这是长江形成的第一个阶段。

"在距今大约 7000 万年前的侏罗纪末期，又发生了一次燕山运动。四川盆地和三峡地区开始隆起，洞庭、云梦盆地开始下降。那时的四川盆地成了一个内陆海。三峡地区的巫山、齐岳山自北向南隆起，切断古长江。东西两坡上顺着坡面发育的河流,各自形成相反的流向。这是长江形成的第二个阶段。

"到了4000万年前的新生代初期,规模宏大的'喜马拉雅造山运动',使横断山脉持续隆起,长江向西转南流出的路径因此中断,巴蜀海开始转向东面寻找出路,去冲刷、切割挡道的巫山。这个时候,中国已形成西高东低的地势,加上三峡一带的造山运动剧烈,古地层不断隆起,最终出现了断裂,形成三峡裂谷,直到50万年前,东西长江最终贯通,'青山遮不住,毕竟东流去'。

"但是,在三峡裂谷还没有形成和还没完全形成之前,长江西路又被彻底阻断,它是如何向东突围的呢?有关专家经过实地踏勘调查得出结论,清江峡谷是长江东流的通道。也就是说,远古的清江峡谷,就是长江的主河道。"

郑雯一席话,让李虎有茅塞顿开之感。他顺着她的思路说:"这样说来,清江连接长江的通道就是黛溪了?"

"也不完全是这样。"郑雯说,"在三峡裂谷没有完全形成的50万年至300万年间,东流之水在夔门前被阻挡,瞿塘峡以上的川江水位很高,壅水在夔门一带形成一个深湖。壅水先在地势较低的奉节南岸找到了出路,沿着大溪河谷,顺齐岳山东缘的山脉斜槽,向西南流去。据《水经注》载:夷水有两个出口接长江,一个出口在长阳,另一个出口在鱼复。夷水是清江的古称,鱼复是奉节的古称。按照这个说法,古时清江与大溪就是同一条河,或者至少是相通的。几年前,父亲为了证实这个说法,寻找巴人在清江流域与长江流域的转进通道,曾去清江源头和大溪源头实地考察。他在当地文化工作者的陪同下,耗时40多天,历经千辛万苦,最终从迷宫般的深山之中找到了一个十分关键的地理穴位。"

"地理穴位?"

"这个穴位就是利川、奉节、云阳三县交界处的龙关口。当地人有个形象的说法,叫做'一尿流三县'。发源于利川的梅子水与龙桥河在这里汇合后,改道向西流入穿切齐岳山的龙关口峡,改称石芦河,向北流去,在云阳故陵镇流入长江。在《水经注》中,这条河被称为永谷水,石芦河是后来的名称。"

第十五章・大三峡

05

听到石芦河这个名字,李虎油然生出一股亲切之情。他兴奋地说:"但我们一直叫它长滩河!这可是我家乡的河流,是我儿时经常玩耍的地方。"

郑雯笑笑说:"哦,我倒忘了。你曾经说过,你是在故陵出生的。"

李虎说:"我所有童年的记忆,都留在那个古色古香的小镇上了。等会儿快艇就要从那里经过,如今库区搬迁,恐怕已是面目全非了!"

"这就叫沧海桑田吧!"

"呵呵,这是人力对大自然的强行改变,是福是祸还很难预料啊!你刚才说到哪了?'一尿流三县'的龙关口?"

"龙关口峡,是齐岳山东北沿的一个穿切口,也是齐岳山除瞿塘峡外的第二个切口。它的深度超过千米,而底部不过几十米宽,逼仄幽深,堪称远古地理奇观,数十万年来,就这样深藏于深山之中,悄然流淌,不为世人所知。龙关口峡呈东西走向,完全切穿了高达 1500～1600 余米、跨度达几十公里的南北长竖岭齐岳山,河谷深切的程度竟然超过了三峡,小小的石芦河水流量有限,显然是不可能单独完成这一伟业的。所以,我父亲猜测,在两三千年前,长江与清江的连接通道不只是大溪,应该也包括石芦河。而且,这两条河与清江的通道很可能都是龙关口峡!当地人曾告诉父亲说,龙关口峡的海拔只有 180 米。也就是说,一旦三峡堵塞,这里是很容易被长江水倒灌而入的。"

"只有 180 米?那三峡水库蓄水 175 米后,就接近这个海拔了。"

"是啊!大溪和石芦河,这是两条十分奇特的倒流河,恐怕全世界都找不出第二处这样的地理奇观。当三峡壅塞,长江水位上涨时,大溪、石芦河就南向而流,连通清江;当三峡疏通,长江水位下降时,它们又与清江分隔,转向北流。龙关口峡,就是长江与清江连通的关键穴口,是当初巴人南北转进的秘密通道。"

李虎的思维被郑雯的一番话带进了一片天地玄黄、宇宙洪荒的远古时代,对时间的概念一下增大了不知多少倍。他说："按你所说，巴人在三峡地区活动的时间不过是三四千年前的事情，那时候，长江早已是'青山遮不住，毕竟东流去'了。三峡不再壅堵，大溪与石芦河也就不会倒流，又如何能成为巴人南北转进的秘密通道？"

郑雯含笑望望李虎，反而提出一个问题："古人对祖国大地有一个形象的称呼：九州！你知道九州的来历么？"

李虎想了想，茫然地摇摇头。

"远古时候，东部中国大多是一片古海，而西面的四川盆地也是一个庞大的'地中海'，我们今天见到的一系列山脉山脊，在那时候就是一连串浮于海面的山脉洲岛。上古时候，有九块较大的陆地浮于水面，这就是中国被称为九州的由来。"

说到这里，郑雯又提出一个问题："还有，成都平原和两湖平原又是如何形成的？你知不知道？"

李虎仍是摇头。

郑雯笑着朗诵出一段诗歌：

……

蚕丛及鱼凫，开国何茫然！

尔来四万八千岁，不与秦塞通人烟。

西当太白有鸟道，可以横绝峨眉巅。

地崩山摧壮士死，然后天梯石栈相钩连。

上有六龙回日之高标，下有冲波逆折之回川。

……

然后说："这诗，你不会陌生吧？"

李虎笑着说："李白《蜀道难》，这我在中学就背熟了的。可'蜀道难'与成都平原的形成又有什么关系？"

"诗中'六龙回日之高标'指的是露出水面的高山，'冲波逆折之回川'则描绘的是蜀水出路受阻的画面。这些，都说明远古时期的蜀国，经常是一片汪洋，处于水淹状态，被人称做'地中海'，又叫'巴蜀海'。直到东部大海退却，西面的巴蜀海才开始东出，在今天的两湖一带形成大片沼泽，造就了云梦古泽。三峡通的时候，四川盆地慢慢就干了，而两湖平原就成了湖泊和沼泽；三峡不通的时候呢，四川盆地又变成湖沼，东边的两湖平原渐渐由湖变沼泽再成陆地。就这样周而复始，不断循环，造就了天府之国与两湖平原丰沃富庶的冲积土壤。"

"这么说来，"李虎说，"天府之国与两湖平原的形成，就是三峡壅堵的功劳了？"

"虽说是功劳，可给当时的人民不知带来了多大的灾难。大禹治水的首要功绩，就是凿通三峡，所以被人们记颂至今。据史书记载，蜀国望帝立巴人鳖灵为相。那时候，巫山峡壅堵，蜀水不流，望帝派鳖灵凿巫峡通水，蜀得陆处。因为此功劳，望帝将王位禅让给鳖灵，国号开明，这就是蜀国开明王朝的由来。实际上，大禹治水之后，古史上有记载的三峡崩山断流，从而使川江和四川盆地遭淹的事情还发生过多次。正因为巴人擅长舟楫，三峡壅塞反而为他们带来了诸多便利，让他们得以北上西进，扩充自己的版图。"

李虎望着在瞿塘峡高壁夹峙的深谷中咆哮奔腾的江水，想象着先祖们驾着独木舟在急流险滩上引吭放歌的惊险场面，深深为他们的英雄气概所折服。

06

这时，快艇即将出峡。有人说："快看，孟良梯！"

李虎仰头望去，在南岸直耸云天的绝壁上，有一列"之"字形石孔，从崖底一直排到山腰，石孔顶端有一洞口。

郑雯说："那就是有名的黄金洞。"

"哦！我想起来了，小时候我看过一本书。"李虎回忆说，"是童恩正先生写的《古峡迷雾》。故事讲的是，一支考古队由大溪支流进入一个秘洞，历尽艰险，最后来到出口在江岸绝壁上的黄金洞。结果证明那是几千年前虎族人驾独木舟逃避楚人追杀的一条密道，虎族人只在那里作过短暂停留，在石壁上画下一些神秘符号，然后脱险而去。书中所写的黄金洞，应该就是这里吧。"

　　由于工作的便利，郑雯显然比李虎对黄金洞了解更多。她说："还有一部名叫《喋血夔门》的电影，讲的也是这里的故事！有关黄金洞的传说很多，什么公孙述的黄金珠宝，诸葛亮的兵书，刘备的宝剑。还说里面藏有宋朝名将杨继业的尸骨，洞下那串石孔，就是杨的部将孟良为盗杨氏遗骨所凿，所以当地人就称这石孔为'孟良梯'。古往今来，神秘的传说引起不少人的兴趣。但在黄金洞的上面有70余米的悬崖，下面是200余米的深谷，让无数慕名前来的寻宝者望而生畏，知难而退。据说1958年曾有当地一农民从崖顶悬索进洞，发现了悬棺，还捡回一把青铜剑。1998年，中国、英国、爱尔兰三国联合探险队，也是通过悬索方式进入洞内，在洞中发现了一堆相互枕藉的尸骨，估计是许多人的遗骸。还发现有棺木碎片和四根完好的木棒。又在洞壁上发现有涂画物，洞内到处都是杂乱横陈的古代兵器、家用器皿。这样的结果，与种种传说相去甚远，令人大失所望。洞深仅有20米，没有找到任何能够证明传说中的种种事物存在的可靠依据。岩壁上红色的象形文字，图像、线条清晰可见。有人猜测说，黄金洞可能是古代巴人的灭绝之地。象形文字表明，巴国人在一次战争失败后，扶老携幼合族逃入洞中，走到江边洞口，发现是一条绝路，便用赭石写下了他们的不幸，以传后人，然后全体在洞中殉难，黄金洞遂成一国之墓！但是，既然是逃亡，洞内又怎么会有棺材呢？有带着棺材逃亡的民族吗？探险队带回的种种信息，仍然困扰着今天的考古学者。"

　　"这和《古峡迷雾》的情节是多么相似。我忽然想到，从你刚才描述的洞中情形看来，它会不会就是你姑父所说的'迷失的王朝'？"

　　"如果是这样，那倒真的是一国之墓了！我们的所谓'家族使命'也变得非常简单了。但我认为这种可能性不大，第一，巴国灭亡的时候，这里已经是楚国的地界了，想来巴王不会轻易进入他国境地；第二，从洞内的探测结果看，一个迷失的王朝也不会如此简陋。所以，我估计，那可能是某一离散的部落在战争中陷入绝境留下的遗迹。如果能够见到岩壁上的那些字符，倒有可能解开谜团。"

　　李虎想到他们此行的使命，不禁有些激动，同时又不无担忧。他说："三峡地区沟壑纵横、山重水复，各种洞穴成千上万，我们的任务恐怕不是那么容易完成的！"

郑雯镇静地说："既然当年曾经留下线索，谜语之中总会找到途径的。"

"一旦我们找到真正的秘宫，会是什么情形？"

"如果传说是真，那就是整个王室的最后归宿，真正的一国之墓了。肯定是……蔚为壮观吧！"

李虎说："《古峡迷雾》这部小说曾经给我留下了非常深刻的印象。童恩正教授以天才般的想象，运用小说的形式去找寻巴国和虎族去向的答案，几乎让人觉得那就是真的。但我记得，在书的结尾，童教授却写了这样一句话：'巴国和巴族的秘密，永远消失在历史的迷雾之中。'也就是说，尽管是想象，童教授也没能为我们提供一个可资慰藉的答案。在现实中，不少学者，包括你的父亲郑若愚教授，为解开巴人之谜奋斗多年，但有关巴人的许多谜团仍未解开，神秘巴国的最后结局仍然淹没在重重迷雾之中。"

"是啊！"郑雯将目光投向远处，似乎要洞穿数千年时光叠成的重重迷雾，"近年对三峡地区大规模的考古发掘，出土了大量的巴人文物，让我们对巴人的文化、生活有了更进一步的了解，但这反而使巴人的历史显得更加扑朔迷离了。"

李虎拍拍手中书包，充满期待地说："如果石虎的传说不假，我们此番前去，能不能真正揭开这些谜团？"

郑雯眼望着窗外向后移动的绝壁，沉思着说："抽空得先把你那些拓片破译出来。那上面有关王室流亡的信息，对于我们要寻找的目标，或许会有帮助。"

李虎看看郑雯，虽然此时喝过两盒牛奶，精神尚可，但面色仍是一片苍白。他担忧地说："你现在还是太虚弱了，得先恢复体力！要知道，我们即将面临的种种意想不到的困难，眼前是没法作出估计的！"

郑雯无言地点点头。

07

快艇驶出峡口,江面豁然开朗。

眼前的白帝城,三峡水库蓄水后,将成为汪洋中的一座孤岛。而奉节县城,这座曾经的鱼复古国都城,数千年的繁华,现在已经沦为一片毁墟,惨不忍睹。

李虎回头望去,夔门两岸峭壁千仞,刀砍斧削,江流汹涌着挤入100余米宽的狭窄江道,呈现出"众水会涪万,瞿塘争一门"的壮观景象。

郑雯手指夔门说:"南岸白盐山,北岸赤甲山。这名字说明远古时候,南岸出盐泉,北岸出丹砂,这正是巴人立国的两大法宝。"

李虎感慨说:"夔门天下雄!真是一语道破。就是从这里开始,险峻的夔门为长江三峡翻开了最壮丽的扉页!"

郑雯说:"夔门,夔门!这可是巴国当年名副其实的东大门呢!为了防止楚人西进,巴人利用夔门天险,在赤甲山上修建了赤甲城,当时的鱼复县治就在赤甲城。不仅如此,他们还在这里的江面上设置了关隘。就是后来史书上记载的著名的'巴国三关'之一:捍关!巴国试图利用瞿塘天险,拱卫广袤的大后方。"

李虎望着那一堵壁立千仞的赭红色巨岩,感慨说:"赤甲城,果然是巍巍雄关!'巴国三关'的另外两关在哪里?"

"一个叫'阳关',在今天长寿县的黄草峡附近。关隘位置由瞿塘峡退至黄草峡,正是楚国步步进犯,而巴国实力逐步衰弱的佐证。还有一关叫'沔关',又称'弱关',有人认为在今天秭归一带,也有人说是在汉水上游的沔水一带。三峡地区由于特殊的地理位置和丰富的盐水、丹砂资源,一直是巴、楚相争的核心地带,最终以楚国获胜,迫使巴国政治中心西迁而结束。"

"这不正好应验了那句俗话嘛!"

"什么俗话?"

"'水往低处流,人往高处走。'"

郑雯被这话逗笑了,感慨说:"楚人虽然最终冲破了巴人设置的关隘,

第十五章·大三峡

巴人如水的歌声却也唱到了楚国的郢都。"

快艇贴着水面飞翔，很快就过了庙矶滩。李虎指着南岸高山深谷中弯出的一道河口，对郑雯说："这就是石芦河的河口了。"

"哦，我认出来了。"郑雯望着河口旁边那片高高的台地，回忆说，"这地方叫平扎营，2002年，我刚从大学毕业，就来这里参加考古发掘了，在这里住了差不多两个月。"

"我也听说过，好像这里发现了楚墓。"

"三座大型楚墓！说来可笑，这楚墓最先竟是由盗墓贼发现的。但我们仍然发掘出了大量珍贵的玉器和铜器。"

"有没有发现巴人的遗迹？"

"……没有。"

这时，船已进入故陵沱。岸边小镇坐落在一个形如躺椅的台地上，古镇的房屋已基本拆完，后面山坡上则排起一幢幢错落有致的崭新楼房。

李虎的目光在那一片废墟中搜寻着，失去了原有房屋的坐标参照，他费了好大劲儿才找到自家小院所在的位置。那幢承载过自己童年岁月的两层小楼房没有了，就连长在小院一角的那棵古老的黄桷树，也不见了踪影。

郑雯问："这就是你的家乡？"

"我在这里整整生活了十二年，度过了童年的全部时光。"

"当年，你的那位先祖选择到这里扎根，或许是有深意的。据史料分析，巴人进入长江后建起的第一座都城，就在这里。"

李虎想起第一次听说此事，是在郑雯的车上，郑若愚教授告诉他的。此时，郑教授的音容笑貌映在脑中，李虎心里一阵隐隐作痛。他不敢在郑雯面前重提此事，嘴里模糊地"哦"了一声。

郑雯的思路，继续沉浸在远古的时光里，介绍说："这里最初的地名，叫巴乡。"

"就是酿制'巴乡清酒'的地方？这好像在《水经注》中有过介绍。"

"父亲曾教过我一首巴人古诗，写的就是巴人酿制的美酒。'川崖惟平，其稼多黍。旨酒嘉谷，可以养父。野惟阜平，彼黍多有。嘉谷旨酒，可以养母。'想想这内容，河边的平地，野外的丘陵，种植蜀黍，酿制美酒，用来孝敬家中的父母，真是快乐祥和的美满家园。你看，这诗所描绘的巴乡，多像眼前的景象。说不定，这古诗就是巴乡那些酿酒师傅在热气腾腾的作坊里，一边工作一边吟唱出来的。"

李虎说："蜀黍就是高粱吧，现故陵一带的山地都还在种植这种古老的作物。产量不高，但品质绝好。如今故陵的高粱酒也是远近有名的。"

"清酒是出自巴国的上古名酒，从商代到周代，都是贡献给王室的珍品。秦灭巴后，在民间，巴人用一盅清酒，可以换取秦人的一双玉璧。其珍贵程度，可想而知。"

"一双玉璧，如果换算成今天的市价，那清酒可比茅台还贵呀！没想到古人竟然也有如此奢侈的嗜好。"

"那时候，巴乡清酒大概受原米和水源限制，原本产量不多，恐怕也只有王公贵族才配饮用，不是一般人能够享受得起的。"

两人一路说着话，没留意时间。快艇抵达云阳港时，已是下午六点多了。

第十六章 峡郡遭遇

01

巫溪县城，桃源宾馆树荫下的停车场。

谢天、谢地兄弟俩钻进一辆东风雪铁龙，"乒"地关好门。谢天向靠背上重重一躺，长长叹出一口气来，不解地说："奇怪，姓沈的那匣子怎么到了这小子手里？这小子是谁？"

谢地说："姓沈的不是去过她家么？留下匣子，走了。没想到，她爸爸突然死了，她要送她爸爸骨灰回来，怕匣子放家里不安全，所以就带来了。"

"那姓沈的为什么要把匣子放在她家？"

"不是要让她爸翻……那个什么译么？"

"抱匣子那小子又是谁？"

"奶奶熊的，这点都不明白？当然是她男朋友嘛！"

"妈个巴子！我呸他个臭小子……他们去云阳干啥？"

"这，咋知道？我就不明白，他那匣子木头做的，咋会通电？还有，他自己抱在手里咋就没事？偏偏我们碰都碰不得？"

谢天翻了翻眼皮，也说不出个所以然来。沉默一会儿，他忽又叹口气说："真他妈绝了！虽说憔悴了点，那身材，那模样，真他妈绝品！"

谢地迟钝地问："你说哪个？"

谢天咽口口水，不屑地说："你这木瓜脑壳！跟你说，那是叫对牛啊……那个弹琴了！哪个？当然是姓郑那娘们。想想都让人忍不住……"

谢地无所谓地说："你说她好看，有小娘好看么？"

谢天闻言"忽"地直起身来，面色发红，呼吸急促，说话也结巴起来："你、你他妈少、少给我提小……啊小娘！"

但小娘那娇艳妩媚的鲜活身影已在他眼前晃动，盈盈眼波满含柔情蜜意，挥也挥不去，赶也赶不走。谢天不知被触动了哪个机关，就像一只发情的骚羊，嘴里发出"嗬嗬"的吼声，双手握拳，徒劳地猛击太阳穴。

谢地忍不住笑起来，开心地看着谢天如一头被囚禁的饿狼，在那徒劳地挣扎着。然后，谢地又无可奈何地摇摇头，说："好了！莫在这里出丑卖乖了。我们是去云阳吗？"

"你听得没错？"谢天渐渐冷静下来，问道，"他们真是说了要到云阳？"

"绝对没错！我亲眼看见那小子买了两张去云阳的快艇票。"谢地说着，已启动车子，慢慢向外滑出。

谢天、谢地兄弟俩是今天早上刚刚赶到巫溪的。

27日上午，他们奉命又来到考古研究所，却发现那里的工作人员一个个神情慌乱，面带凄容。一打听，得知郑教授今天凌晨在西南医院急病身亡。两人也被这消息吓了一跳，连忙驱车回到缙云山，不想老爷子正在睡觉。

直到中午老爷子醒来吃午饭时，两人才将这消息告诉他。

老爷子也是非常意外。他将筷子一搁，呼地推开饭碗，起身回到客厅，在窗前踱来踱去，然后一屁股坐在沙发上，长叹一口气说："太巧合了！太巧合了！"

谢天谢地立在一边，战战兢兢地望着，大气也不敢出一口。

秘书小梁连忙为他端上一杯热茶，宽慰说："事情既出，急也没用。还是想想有没什么补救办法。"

老爷子说："当年，郑老头的导师童恩正在美国的康……什么州……"

秘书补充说："康涅狄克州。"

"啊，康涅狄克州，那童恩正也是在医院急病身亡。这师徒俩的下场，简直一模一样。当年，是你们大师兄拿了那幅图符去请他翻译，他就译出几个字。有人曾怀疑，是你们大师兄给他下了蛊毒。这我问过，你们大师兄绝没做过此事。这次，郑若愚是翻译了两幅图符，跟他老师下场一样。难道真有人下了蛊毒？谢天、谢地别说没做，就是想做，也没这本事。你们说说，这里面有什么蹊跷？"

几人面面相觑，都答不上话来。

老爷子又说："我在想，是不是还有什么人，暗中一直在和我们作对？"

第十六章·峡郡遭遇

"这个问题,"小梁摇摇头说,"如果你都不清楚,我们又从何而知?"

"是啊,你们又如何知道!"老爷子自言自语说,"如果真有这么一个人,那就一定是齐老头了!只是,这么多年了,难道他还活着?"

说到这里,老爷子抬起头,一双眼睛盯着某个不为人知的邈远时空,似乎不由自主地打了一个寒颤。

小梁小心地问道:"齐老头是谁?"

"哦,"老爷子回过神来,"都是陈年往事了,不说也罢。"

自从小梁来到客厅,谢天就一直低着头靠墙站着,双腿颤抖不已。谢地早已站得无聊,见都不说话了,就问:"那我们接下来做啥?"

02

老爷子思索着说:"五只石虎,除一只在神堂湾外,已经出现一只,还有三只未现。即使我们能得到所有石虎,又如何知道那些符号的意思?郑若愚既死,还有谁能翻译?"

"他不是有一个女儿么?"小梁说,"鉴宝会上曾经和我吵过嘴的那位,据说也是做考古工作的,子承父业,或许,她也能识读图语。"

"嗯。"老爷子说,"现今也没有其他人选,就把她看住吧。你们哥儿俩,把那姓郑的姑娘看好,随时掌握她的动向。"

"是。"

"是。"

"那,我们……"谢天颤抖着声音说,"告辞了?"

老爷子挥挥手,两人转过身,如飞而去。

两人下午到重庆大学,看见一个礼堂里正在为郑若愚教授举行隆重的追悼会。学校的领导、同事,还有学生,纷纷为郑教授歌功颂德。不少人谈起和教授在一起的种种往事,都禁不住声音哽咽,眼泪长流。

谢天还特地跑进会场,去看了一下郑雯。发现她满脸泪痕,早已是花容失色，哀哀戚戚的。兄弟俩对追悼会原本毫无兴趣，知道郑雯在那里，也就放心了。两人溜到三峡广场旁一个娱乐场所，胡天海地玩了一个通宵。直到第二天上午十点，他们才筋疲力尽地爬了起来。再赶到重庆大学时，却不见了郑雯的踪影。就连昨天开追悼会的礼堂也已恢复原状，找不到一点开过追悼会的痕迹。昨日追悼会的隆重场面，已恍若一梦，无踪无影了。

两人又到考古研究所，装作不知情的样子，要找郑教授。好不容易才从工作人员那里了解到，昨天追悼会一结束，学校就应亲属要求，派车连夜将教授的骨殖送回老家去了。

"老家？在哪里？"

"好像是巫溪。"

知道人在哪里，两人心中有底。下午，不慌不忙地回到缙云山。哪知两人运气不好，遇到老爷子正在气头上，铁青着脸，倒背双手，如热锅上的蚂蚁在客厅里转着圈子。于是，跟着遭到一通臭骂："全他妈是一堆饭桶！几天过去了，一只石虎取不到，现在连人都不见了！我养着你们，有什么用？嗯？！你们两个呢，看的人现在哪里？"

谢天早已吓得答不出话来。还是谢地皮一些，他涎着脸说："她送她父亲的骨灰去了巫溪老家。昨天夜里走的。"

"那你们还在这里？"老爷子咆哮说，"昨天夜里就走了，现在才告诉我？"

两人吓得做声不得。

老爷子圈子转够了，雷霆稍息，又严厉地说："从现在起，凡是与石虎有关联的人，都给我看紧。要了解他们的一举一动，有情况随时向我报告！你们两个马上去巫溪，找到姓郑那姑娘，跟紧她！"

两人抱头鼠窜，连夜驾车向巫溪赶去。

到了巫溪，却不知何处去找郑雯。两人又累又饿，找一早餐馆，每人吃了两碗牛肉面，这才打着饱嗝向人询问，但没人能够回答他们的问题。

"是巫溪，但不一定是在巫溪城。"谢地分析说，"我们要考虑去乡下寻找。"

谢天鄙夷地说："屁股大一个县城都没找完，还去乡下！到处都是高山峡谷，你去哪个乡下？"

第十六章·峡郡遭遇

"奶奶熊！那你说咋办？"

"你看看你，长这么高有啥用！要学会动脑子知道吗？为什么我是哥哥，就因为我会动脑子，会分析！你想想，郑教授可是有名望的人，老家知道他的人肯定不少！我们要找那些看上去有知识有学问的体面人，询问他们，肯定知道答案！"

谢地翻着一双三角眼，久久望着谢天，大为佩服。心想，哥哥毕竟是哥哥，脑袋大些到底不同，塞在里面的肯定不是什么豆腐渣，居然能想到这个好办法，能说出这样一番话来！

谢天见他翻着白眼，还认为他是不以为然，在心中暗暗耻笑自己，不禁怒火中烧，大声吼道："妈拉巴子望什么望？赶快行动吧！"

两人于是在街上东游西荡、左看右看寻找体面人，尤其是衣着光鲜戴有眼镜的人，见到便问："知道郑若愚教授住哪儿么？"

一连问了好几个人，客气点的摇摇头，说声"不知道"，不客气的翻翻白眼就走了。

两人白忙活半天一无所获，互相埋怨对方眼光不行，问的净是没学问的人。走着走着，两人赌着气，渐渐走开了。

忽然，一阵"哎哎"的吆喝声引起谢地注意，他看到一个高大的年轻人从商店跑出来。然后，他就吃惊地看到了那件熟悉的东西！

开始，他还怀疑只是幻觉。定睛一看，没错，就是那匣子！

03

那次鉴宝会，他们兄弟俩也参加了的，坐在后面的角落里。按照老爷子的安排，让他们先进会场认识持宝人和那匣子，然后提前退场，等在宾馆外面，只待持宝人出来，便施展空空妙手，伺机夺取。所以，此时在巫溪县城里意外地见到这匣子，谢地不由眼前一亮，心中一阵狂喜。

但抱着匣子的人他却不认识，一个高大的年轻人，他注意到年轻人抱匣子那手还多出一个小小的指头来。

这匣子怎么到了他手里？

很快他就找到答案了——他看到了从地上站起来的郑雯。

谢地一下想起老爷子说的一句话：踏破那个什么无觅处，得来全不费……那个什么功夫！

他心中喜不自禁，急忙寻找谢天，却不见了踪影。转过一个弯，见到胖乎乎的聪明哥哥正在巷口和一个半露双乳的少妇聊得火热，那两粒眼珠几乎要粘在人家的胸脯上了。

谢地叫了几声没应，走过去不由分说拉着谢天就跑。谢天气急败坏地喊道："妈拉巴子你想干啥？没看见老子正忙着吗？"

"你忙个铲铲！给你说，我见到匣子了，还有那姑娘。"

"什么？谁？"

"匣子！还有姓郑的姑娘！"

谢天甩了甩脑袋，一下子惊醒过来，忙不迭地问："在哪？"

谢地领着谢天走到刚才见到郑雯的地方，却什么也没见。谢天气愤地说："你如果不是看花了眼，就是有意跟我捣乱，坏我好事！"

"都不是！我真的看到了，我还听见他们说话来着！我们找找吧。"

两人走走停停，东张西望。

谢地忽地圆瞪双眼，伸手一指，大声叫道："在那！"

谢天顺着手指一看，果然看见一个高大男子紧挨着郑雯，正随着一群游客向码头走去。

"是她！"谢天说，"你说的匣子呢？"

谢地看了一眼，说："在那包里！先我看见的时候没有包，匣子是抱在那男的手里的。现在多出个包来，里面鼓鼓囊囊的肯定是那匣子了。"

两人远远地绕过人流，快速跑上码头，然后又倒回来，挤进人群逆向而行。谢地上次在宾馆门口遇上沈立曾吃过那匣子的亏，这时看着李虎肩上那包，心里有些发怵。但妙手空空是他的强项，只好故技重施，又来个顺手牵羊。结果那匣子放出的电流似乎比上次更强，让他四肢失去控制，摔倒在地。他甚至不知道自己是怎么倒下去的，有那么一两秒钟时间，他的脑袋是一片空白，昏昏沉沉的什么都不知道。

第十六章·峡郡遭遇

就这样，他们眼睁睁地望着那两人登上游艇。谢天甚至还看见郑雯将头靠到那男子肩上去了，气得他直跺脚，在心中大骂郑雯"不要脸"！

谢地开着车子刚驶出巫溪城，谢天又张口骂上了："妈拉个巴子！巫溪这么个鸟城，害得老子跑来只吃一碗面就走了！"

"舍不得这地方？莫是遭先那娘们儿勾住了魂？"

"唉！"谢天叹息说，"要是今儿不走，那娘们儿倒够销魂的！你没看见她那浪劲，都快赶上小娘了。"

"又提到小娘！你好受了？"

谢天不再言语。他弓起背，两腿狠狠地伸直，喉头一阵"咕咕"作响后，就大口地喘着粗气。

他们在背后，一直偷偷地将秘书小梁称为小娘。小娘刚刚跟了大师一年。20多岁，据说刚从大学毕业，与大师形影不离。对外是秘书，对内称徒弟。但谢天、谢地知道她就是小娘。有时他们还能听到她在大师房内高一声低一声地浪叫。刚来时，小娘温柔娴雅，一副淑女模样。不知被大师如何调教，没多长时间，就显出天生媚骨，举手投足风情万种，一眼望去，让人骨头发酥。

谢天、谢地虽属同胞，性情却是大相径庭。谢地虽然常和谢天一起玩女人，却是可有可无的，有自控力。谢天也不知是哪根神经出了错，一见了小娘，男人最原始的欲望便在体内激活，往往浑身发抖不能自已。这让他内心常常充满罪恶感，尤其是充满对老爷子的恐惧感。但谢地不一样，他甚至见了风情万种的前任小师娘，也是无动于衷。

此时，他怜悯地望着自己的兄长，嘲笑说："奶奶个熊的！为个女人弄成这样，有出息么？！也不想想，小娘是谁？那是老爷子的那个……那个什么，岂能容你色胆包天！俗话说，天涯那个什么有芳草。三条腿的猫没有，两条腿的人还不到处都是？头个小师娘更风骚，也没见你那样嘛。"

提到头个小师娘，谢天倒抽一口冷气，不禁打了一个寒颤。

04

　　那是去年春天,在离广东汕头不远的一处海岛上。

　　这海岛是老爷子的大本营,是他那庞大商业王国的权力中心。几年前,他以开发海岛为名,与当地政府签订了长期租用合同。老爷子投巨资将这里建成了一个现代化的世外乐园,也是老爷子作威作福的独立王国。老爷子以前姓谢,现在却叫向万成,国际知名的企业大亨。但他很少参与到企业经营中去,即使集团公司的老总,一年也很难见到他几次。他的那些集团公司的总部,有的在北京、上海,有的在广州、香港,甚至有的在海外,但真正的权力中心却在这海岛上。这里不但有现代化的交通、通讯设施,包括海上快艇和直升机,甚至还有秘密的武装力量。只要外面没什么大事,老爷子一般都是待在这里。

　　这里也是黑鹰的总部。用老爷子的话说,黑鹰,就是他的警察部队。黑鹰的首要成员,都是老爷子亲自调教出来的徒弟,忠心耿耿,武艺高强。谢天、谢地是老爷子的亲信,却不是黑鹰成员。他们不知道黑鹰都干些什么,只知道他们经常被派出去执行秘密任务。没事的时候,黑鹰成员大多待在岛上,每天像部队一样,要出操训练,执行严格的作息时间。

　　去年春天,大师有几天不知去向。这原本是常见的事,大师一向行踪隐秘,神出鬼没。小师娘被丢在家里,寂寞难耐。对小师娘垂涎已久的大师兄,也是黑鹰的首席成员,那几天正好也在岛上。他与小师娘两人眉来眼去已久,一直碍于大师淫威,有心无胆。这回眼见大师远走,以为有机可乘,大师兄晚上大胆闯进了小师娘的房间。两人干柴烈火,一点就燃,立即便在小师娘那张结实的大床上轰轰烈烈干了起来。

　　待到两人大汗淋漓、筋疲力尽之时,大师鬼魅般地出现在他们面前。

　　小师娘只被大师轻轻一拂,立时就香消玉殒了;大师兄则被关进了地下密室。

　　两天后,在地下室宽敞的神堂里,一颗如西瓜般大的夜明珠被精制的钢

第十六章·峡郡遭遇

架悬托在洞壁上,夜明珠发出淡蓝色的神秘光芒,将整个地下室映照得如同白昼。夜明珠下面,是一个大理石祭坛。祭坛上,立着一只墨玉精雕的猛虎。那是黑鹰供奉的虎神!

谢天、谢地双手捧着祭祀用品,分立在神案两旁。这两人一胖一瘦,一长一短,立在夜明珠的莹光下,表情十分怪异。要是头上再顶上长帽,颇像阴曹地府的无常二人,给这隐藏在地下的神堂平添一股阴森恐怖的气氛。

这是大师临时安排的一场审判会!

他召集黑鹰主要成员,九个人在祭坛前面,齐刷刷站成一排。这时,已被收回功力的大师兄被人带了进来,捆在了祭坛旁边一根木柱上。最后,大师才踱着方步,一脸肃穆地出现在众人面前。他不作一声,先在神案前净手、焚香、礼拜,一丝不苟地完成了系列程序,然后转过身来,指了指木柱上的人,这才威严地开声说道:"这位,曾经是你们的大师兄,骄傲的黑鹰首席成员,十多岁就跟了我,二十年来忠心耿耿,出生入死,立下了赫赫的功勋。但现在,他玷污了黑鹰的神训,成了黑鹰的罪人!男人嘛,玩玩女人,那也是人之常情,我从来不管。只要你们喜欢,十个八个哪找不到?但是,敢动师尊身边的女人,那就是大不敬了!按条例,犯'大不敬'该如何处置?"

"杀!"黑鹰们高声回答。

大师冷笑两声,圆圆的头颅寸草不生,油光锃亮,与悬在头顶的夜明珠相映生辉。他阴森森地说:"杀,那太便宜他了。今天让你们开开眼界。谢天、谢地!"

"是!"

"是!"

这哥俩的回答总是这么错落有致,从来就没有整齐过。

"由你们俩执行!"大师似乎疲倦了,挥挥手,回身坐到神案旁的太师椅上,轻描淡写地说,"我要他一张完整的人皮!"

整个过程持续了三个小时。第一刀,按照大师吩咐,将大师兄那有眼无珠的阴茎割下,所谓一刀斩断是非根。然后再从胸腹上切开一道浅口,由此开剥。

这时,谢天已经两腿发软,瘫倒在地了。

手术基本上由谢地一个人完成。谢地像一个出色的外科医生,心不跳,手不抖，冷静细致。尽管夜明珠的光芒不是十分明亮，但谢地按照"稳、准、狠"三字诀，撕、剔、划、剥，种种技法，娴熟自如，近乎完美，甚至没有让大师兄流出多少血来。好在大师兄生得健硕饱满，皮下脂肪颇多，施行起来，得心应手。谢地在手术过程中，暗暗羡慕大师兄健壮如牛的躯体。他抽空望望自己瘦骨嶙峋的身子，心想，要是有谁对我也来个如法炮制，恐怕得费些手脚了。

大师兄并不像他平时表现的那么豪杰，从第一刀下去，就一直惨烈地嚎叫着，在酷刑面前没有丝毫英雄气概，直到力气用尽、喉咙嘶哑，再也发不出声来。裸露的肌肉，渗出细细的血珠，一块块隆起的肌腱痉挛似的震颤着，似乎对皮肤擅离保护之职深感愤慨。剥面皮时，谢地以为他已断气了，当揭开面皮，发现他的眼珠还在贮满血液的眶内转动着。

手术最后，谢地剜开大师兄胸口，双手捧出一颗鲜血淋淋、尚在跳动的心脏，恭恭敬敬祭献在神案上那只墨玉精雕的猛虎前。

大师坐在宽大舒适的椅子上，一直看完整个过程，好像在欣赏一段精彩的舞蹈。最后，他冷冷说道："人皮干制后留作纪念，那是你们黑鹰最好的教材！"

说完这话，大师走到那八个一直整齐排列三个小时的黑鹰面前，在每人肩上轻拍一掌，说句"你们不错！"便扬长而去。

这时，一直坐在地上的谢天才发现，自己的裤子早已被小便溺湿了。

一年多时间过去了，每每想到那一幕，谢天都有小便失禁的感觉。

此时，当谢地轻飘飘一句话提起，他甚至没来得及逗几句嘴皮，就连声直叫停车。没待车子停稳，他就跳下车去，也不管路边有人没人，拉开裤子，滴滴答答直把膀胱里那点存货放了个精光，才提着裤子蹒跚着回到车上。

"电话！"谢天刚一上车，忽然想了起来，慌忙说道，"你他妈怎么把这事搞忘了？赶快给大师打电话！"

谢地没好气地说："奶奶熊的！老子开车，怎么打电话？少摆臭架子！"

谢天遭到抢白，无言地拿出电话。他是怕听到小娘的声音，老爷子的电话都是小娘先接。所以，谢天要打电话，总是让谢地拨通后，他再说话。现在没法，他只好亲自拨了。

铃声响后，谢天心都要跳到嗓子眼上来了。他听到小娘那让人销魂的声

第十六章·峡郡遭遇

音："喂。"

谢天紧张得喉咙发干，好不容易才挤出一个涩涩的声音："我找大师。"

过了好一会儿，那边才传来大师的呼吸声。

谢天毕恭毕敬叫道："大师。"

"说吧。"

"我们找到她了！她和一个小伙子在一起，带着那个匣子。"

"什么匣子？"

"就是鉴宝会上那个。"

"什么？！那匣子现在她手上？"

"是的。"

"看清了？不会是另外一个？"

"绝对没错！我们去顺手牵羊，和上次一模一样，那匣子……会放电！"

"和她一起那小伙子是沈立吗？"

"不是！这个要高一些，还有，他……有六个指头。"

"高一些？六指头？"

"是的。"

"他们现在在哪？"

"他们往云阳去了，是坐快艇去的。"

"你们呢？"

"我们正往云阳走，是开车。"

"怎么知道他们是去云阳？为什么要坐船？"

"是听他们自己说的。好像……是那郑姑娘晕车。"

"你们听好！到了云阳，一定要找到他们，打听那小伙子是不是叫李虎。他和郑雯是什么关系，怎样走到一起去的。还有，他们到云阳后干些什么。一定要给我盯紧了，如果再搞丢了，或者情况弄错了，你知道我会如何收拾你们！"

"是。"谢天说完，已是汗流浃背。

第十七章 山登绝顶

01

领着郑雯回到家里，李虎让母亲安顿郑雯好好休息，自己则着手查询七星山下落。

他打开电脑，从网上找到云阳县行政地图，在与利川交界处没有找到"七星山"，却找到了"七星村"三个字。"山"变成了"村"，是口误？还是"山"就在"村"里？位置没错，这一字之差只能去实地验证了。

从行政区划看，七星村位于清水土家族乡辖内。清水乡他是去过的，那里的龙缸龙洞享誉天下，连同附近的石笋河、大安洞一起，已被列为国家地质公园。以前，有一条三级公路直通乡政府所在地的清水塘，不知现在路况如何。

他联系到一个在政府部门工作的同学，向他打听七星山。同学并未听到过这个山名，甚至连七星村也没听说过。不过，他说可以帮忙向清水乡政府去打听。至于交通情况，目前从云阳到清水，正以原有三级公路为基础路，扩修一条到利川的二级柏油路，正在施工期间，原路已经不通车了。要去清水，只能走泥溪口，过火山峡，绕耀灵乡，从一条简易公路转上去。但这条路路况极差，一般车子是去不了的。

李虎说，只要有车能去，总会想到办法！

那位同学没有食言，不但从当地政府了解到确有七星山这么个地方，还为他辗转借到一辆"猎豹"越野车。"不过，"那同学笑着说，"我可有个条件哈。好长时间不见了，我已经通知了几个在家的同学，今儿晚上聚聚，到时由你埋单哦！"

"呵呵，这没问题！"李虎高兴地说，"好久没见到大家伙了，应该聚聚！"

第十七章 · 山登绝顶

但李虎却陷入了一个两难之境。一方面，从 26 日起，到今天 29 日，整整四天来，自己和郑雯遭遇一连串重大变故，一直没有好好休息过，身心俱疲。尤其是郑雯，连续失去三个亲人，承载了过多的悲伤，已经极度虚弱，身体急需休整调养。另一方面，父亲和谭炮的遗言都要求他们不能耽误，时间紧迫！而自家的石虎还在神堂湾，据了解，那又是一个千古禁地。下一步到底怎么办？

一切都只有见到七星老人以后，才能决定！

最后，李虎采取了一个折中的办法，他决定第二天在家休息一天，31 号再去清水。这样，身体可作适当恢复，又不会耽误太多时间。

在与同学聚会的酒宴上，他约好了用车时间。

与同学聚完会往家里走时，已经是晚上 10 点多钟。当李虎乘坐的出租车刚到小区大门时，看到从前面一家便利店里走出两个人来，每人手中抱着一包什么东西，匆匆钻进路边树丛阴影下的一辆小车里。由于距离较远，昏黄的路灯下，两人一晃而逝的面容很模糊，但那一高一矮的身材却让李虎觉得非常熟悉：高的瘦，胖的矮。他猛然想起，是在巫溪码头碰见的那两个人：满身邪气，扰人不安！郑雯也曾说过，矮胖子那双眼睛，十分邪恶。

两个身影的出现，引起了李虎的警觉：他们怎么会在这里？是跟踪而来？为了什么？

但既然在这里出现，绝非偶然，他们一定是找到了自己的住处。他坐在车里，估计那两人还没有看见自己。李虎让出租车不要进小区，继续向前。他想去看看他们的汽车牌照，了解他们从何而来。但那车已匆匆开走了，而且速度很快。

他对出租车司机说："快！追上前面那车！"

出租车猛一提速，很快追到路口，前面繁华的中环路上车水马龙，早已不见了那车踪影。他问司机："那车，你看清了吗？"

"好像是一辆东风雪铁龙。"

"牌照多少？"

"这可没看清，光线太暗了。"

那车太普通了，李虎估计一时也难以寻到。他让出租车在小区周围兜了几个圈子，确信没有发现那车，才回到家里。他心里惦记着郑雯，以为她早已睡了过去。回家却看见她坐在客厅的沙发上，眼泪汪汪的，正和母亲说着话。

"你怎么起来了？"

郑雯扯一片纸巾擦擦眼睛，声音沙哑地说："睡不着。"

"这可不行！"李虎焦急地说，"你得强迫自己休息！"

"怎么强迫？"郑雯说，"你就是把我捆在床上，也还是睡不着。"

李虎说："你现在是悲伤加疲劳，心神严重失衡。这样吧！我先教你一套静心方法，用'松、静、守、息'四字诀……"

"算了。"郑雯摇头说，"我一直练瑜伽的，刚才试过几次，都不管用。心里总是烦乱不堪，要恢复，总得有个过程吧。"

李虎见她前面放有一杯茶，忙说："茶是不能喝的，要多喝白开水。白开水也有安神静心效果的，我给你倒一杯去。"

李虎取过一只玻璃杯，偷偷将母亲用的安眠药融了几片在水里面，端给郑雯。一边看她慢慢喝下，一边详细地向她解说七星村的位置及路线，最后说："车子已经落实了。明天好好休息一天，我们后天就走！"

说了一阵闲话，郑雯眼皮渐渐沉重起来，打着呵欠说："这白开水也许真有点作用，我要去睡了。"

02

李虎这一夜却没有睡好。

他把郑雯和自己的两只匣子放在枕边收好，又在房间里小心布下一个气场，心里一直想着那两个神秘的跟踪者。他听郑雯讲过鉴宝会上的事情，很显然，这两人也很可能是冲着石虎而来。他们是谁？从何而来？

难道，他们和那姓谢的神秘老人是一伙的？！但李虎在飞机上并没有见到过这两人。

第二天早晨，郑雯一直睡到九点，才从卧室走了出来。

李虎看见，吓了一跳。只见她面色潮红，嘴唇干枯，走起路来摇摇晃晃，

第十七章·山登绝顶

连忙扶她到沙发上坐好，探探她额头，滚烫；再捏捏手腕，感觉脉搏虚滑无力。李虎赶忙给姐姐打了一个电话，说了郑雯的症状，让她带些药过来。

不一会儿，姐姐带着阳阳一块过来了。她看了看郑雯，说："不只是感冒啊，还有心中郁结未散，神气不安。"

李虎担忧地说："我们打算明天上高山去，她这身体，能行吗？"

"看服药后的效果吧。好在她体质不错，不然早就垮下了。"

姐姐配好一天的用药，起身说："我下午再过来看看，阳阳留下来陪陪阿姨。"

阳阳活泼开朗，像一束明丽的阳光，果然是个开心果。她一刻也闲不住，不是在说，就是在动，惹得郑雯不时发出开心的笑声。

中午，郑雯午睡出来，眼睛红红的，脸上还挂着泪痕。李虎见了，忽然想到谭炮夫妇，正要询问，郑雯先开口说了："刚才给表姐打了个电话，姑妈和姑父已经落葬了。这会儿，表姐她们正在清理两个老人的遗物。"

李虎唏嘘几声，怕惹郑雯伤心，也不敢多问。

正好阳阳过来，偎到郑雯身边，嘴里甜甜地叫着阿姨，又拿纸巾替她擦去脸上残泪。郑雯喜欢她伶俐懂事，脸色渐渐平和，竟被激起久违的童趣，像小孩一样和阳阳玩耍起来。

李虎白天大部分时间都呆在自己房里，他一直在电脑上搜索有关远古巴人的历史资料。可以说，这些资料浩如烟海，真真假假，云里雾里，让他不得要领，始终是一头雾水。郑雯几次想要拿那些拓片去做翻译，都被李虎拒绝了。他说："你现在的任务是好好休息！等身体恢复过来后，有的是时间翻译。"

他也下楼到小区周围转过几次，试图发现那两人的踪迹。那两人始终没有再出现，但李虎能够感觉到，他们就在这城里，就在自己周围。他时时感受到，在某个暗处，有两双充满邪气的目光，正不怀好意地向自己窥探着。

到了晚间，郑雯气色已大有好转，心情也朗阔多了，晚餐时胃口大开。

李虎看在眼中，喜在心里。他几次想要把发现跟踪者的消息告诉郑雯，最终还是忍住了。说出来，并不能解决问题，反而让郑雯多出一份担忧。

他问姐姐："郑雯明天出发没问题吧？"

姐姐点点头说："没什么大碍。不过，还得坚持吃药。"

第二天早上 7 点，"猎豹"越野车就在楼下响起了喇叭。

李虎和郑雯早已吃过东西，收拾好行装。此时，李虎担忧地问："能行么？"

郑雯笑笑说："放心吧，没事儿！"

车上，李虎悄悄将前天晚上发现那两个神秘跟踪者的事告诉了郑雯。然后问驾驶员："今天我们走的这路，轿车能走吗？"

驾驶员笑着说："越野车都走得艰难，小轿车更是想都莫想了！"

李虎与郑雯交换了一个会意的眼神。

越野车在简易公路上一路颠簸，到龙角后，先是沿磨刀溪蜿蜒前行。进入火山峡后，路面更差了。经过夏天几场大雨的冲刷，河岸的简易公路已变得坑坑洼洼的，吉普车的底盘不时被凸起的石块刮得"嚓嚓"直响。

好不容易穿过幽深狭窄的火山峡，到了耀灵乡一个名叫书院的地方，车子出其不意地倒回来，拐上一条不起眼的岔道，顺着陡峭的大山盘旋而上，在沟壑纵横的机耕道上艰难行驶。有时，他们不得不停下车来，去搬开被山洪冲到路面上的石块，或是搬来路边的石块去填平被山洪冲刷出的深沟。有时，为了绕开搬不动的大石，车子得从毫无遮拦的悬崖边上挤过去，甚至会有半边轮子悬在空中。尽管驾驶员艺高人胆大，在这种时候仍然会让李虎和郑雯下车，步行走过这段险路，以免吓着他们。但他们在一边看着仍不免会提心吊胆，暗暗为驾驶员捏着一把汗。

就这样磕磕绊绊，走走停停，越野车总算在四个小时后把他们送到了清水塘。

清水是云阳县唯一的土家族乡，位于高高的齐岳山上，与湖北利川交界。境内山高谷深，沟壑纵横，风景美不胜收，著名的龙缸国家地质公园就在这里。

乡政府所在地的清水塘，是一个古朴宁静的高山小镇，百十来户人家，大多是土家族。吊脚木楼，青石板街道，构成了独特的土家族风情。

他们找到一家兼营饭馆的副食店，简单吃了点东西，并打听到，七星村离此还有四五公里路程，并不通车。

饭后，他们谢过司机，便背上行囊朝七星村徒步而去。

第十七章·山登绝顶

03

三伏天刚刚过完，太阳照在身上仍是热辣辣的。好在高山上时时有凉风轻拂，尽管是艳阳高照，两人并不感觉太热。他们走过一道长长的山间槽地，两旁灌木丛生、野草茂盛，星星点点的紫色小花俏丽得直逼人眼。郑雯忍不住摘了两朵拿在手里，淡淡的花香清芬宜人，没想到却引来几只野蜜蜂"嗡嗡"地围着她转，吓得她赶紧丢下了花朵。

走过槽地，然后又沿一条青石裸露的小溪沟缓缓上行，穿过一个垭口，目光一展，眼前出现一大片被连绵山峦环绕的平地。平地被分割成一块块整齐的稻田，田里的高山水稻已经开始弯腰了。奇的是，那一块块稻田间，不时突兀地长出一个独立的山峰来，山峰上生满密匝匝的翠柏，宛如一座座绿色金字塔。那些山峰仿佛是从一个模子铸出来的，都是一般模样，一般大小，标准的等腰三角形。李虎数了数，正好七个。

这就是七星村么？

田里的水稻开始翻黄，坡地里的包谷也挂上胡须，已经长得很饱满了。

天是明蓝的，地是深绿的，空气凉爽而纯净。李虎和郑雯不禁停下步子，大口呼吸着，感觉眼明心清，宁静淡然。

除了飒飒的山风，四周一片寂静。他们好不容易从一片包谷林里找到一位正在掰包谷的农民，打听道："大叔，这里是七星村么？"

农民停下手中活计，从包谷林里探出头来，充满好奇地打量他们好一阵，才迟钝地说："是呀！你们是……？"

李虎说："我们找七星老人。"

那农民又望了他们一阵，才茫然问道："你们说……要找哪个？"

"七星老人！"

"七星老人？……没听说过。"

"这里不是有座七星山么？"

那农民往前一指："七星山，指的就是这七个独山头！"

"对呀！他就住这里。"

"怪了！我在这里住了几十年了，这村里人哪个不认识？可从来就没听说过七星老人这名字。莫不是你们记错了？"

李虎与郑雯面面相觑，大失所望。两人千辛万苦、费尽周折，满怀希望来到这里，竟会是这样一个结果？！

郑雯泄气地坐到一块山石上，一边擦着脸上的汗，一边望着李虎，疲惫地问："这不是七星村么？难道……我们……怎么办？"

李虎想了想，笃信地说："既是你姑父指引我们到这里来，就一定不会错的！"

那农民见他们失望的样子，索性丢下活计，走出包谷林，也在一块石上坐下，消消停停地燃起一袋旱烟，和蔼地望着两个年轻人，关切地问道："你们说那人，他有多大年纪？长什么模样？"

两人又是面面相觑……

李虎想象着说："应该很大年纪了，起码八十多岁了吧！说不定是单身一人，大概性格还有些古怪什么的……"

"说了半天，原来你们也没见过这人？"

那农民吧了几口烟，觉得有些好笑。嘴里喷出碧青的烟雾，变幻出一些好看的曲线，不停扭动着，然后随山风直向郑雯这边飘过来。郑雯被辛辣的烟雾呛得一阵猛咳，眼泪汪汪地赶紧逃开，然后在上风方向找到一块石头重新坐下。

农民见了，歉意地笑笑，说："不过，按你所说，这人倒有点像是齐老头儿，只是年纪没你说的那么大。"

李虎心中生起希望，急切问道："齐老头？是姓齐么？他有多大年纪了？"

"多大年纪可说不清楚。"农民慢条斯理地说，"他孤身一人住在山上一间茅屋里，认得一些草药，时常为村里人看个病、拿点药，也不收个钱。性格倒是挺和蔼的，没什么古怪，只是无亲无戚的一个孤老，大家都叫他齐老头儿。"

李虎心想，这有些像了！忙问齐老头住在什么地方。

农民指了指身后一道山坡，很详细地说道："从这里上去，登上山顶后向右拐，看到前面山坳间有一尊生得很威武的大石头，石头下边一间茅屋就

第十七章·山登绝顶

是了。"

李虎对郑雯说："管他是不是，我们去看看再说。"

他们谢过那农民，顺着山坡爬上顶端，郑雯忽然感到一阵眩晕。

原来，他们在不知不觉间已经站到绝壁之巅，下临万丈深渊。一阵凛冽的山风从谷底吹来，竟让他们感到一股森森寒意。对面一堵同样的绝壁，斑驳的崖壁如斧劈一般，顶天立地，近得让人不敢逼视。

两壁之间是一道幽深的峡谷，谷底水流映着天光，若隐若现。

尽管他们脚下是一条平坦的山梁，郑雯仍然不由自主地抓住李虎的胳膊，好一会儿才平息了心中的紧张，慢慢适应过来。

左边，快到山梁尽头，再往前走就是绝壁了。他们按照农民的指点，转向右边，向前走出不远，果然见到一块巍巍挺立的巨石，约有六七层楼高，棱角分明，黑黝黝的表面长满斑驳苔藓，间或在某个缝隙里生出一蓬青草，半腰还斜长着一棵松树，迎风招展。大石下傍着一间低矮的茅屋，被大石衬显得特别渺小。若不是事先有人指点，他们一时大概还发现不了那间茅屋。

山梁越走越宽。到了巨石近前，竟是一块宽敞整洁的平坝。平坝中央，端端地放着一张茶桌和几把木椅。阳光朗照，山风轻拂，声声鸟鸣中，却不见一个人影。

两人正在疑惑，忽然听到一阵爽朗的笑声。

两人转过身，看见巨石下面那间茅屋外面，站着一位老人，正笑呵呵地望着他们，朗声招呼说："你们来了？"

第十八章 三峡博物馆

01

30日下午4时，重庆市中国三峡博物馆。

《远古巴渝》展厅内，长发墨镜的大师向万成，领着他的秘书小梁，沿着走廊缓缓走着，饶有兴致地观看着一件件裹满历史尘埃的陈列物。

小梁毕业于复旦大学历史系，此时，为向万成充当解说，可谓驾轻就熟。她显然是早有准备，手里捏着一本小册子，边走边向向万成介绍这里的十大镇馆之宝。向万成不动声色，耐心地听着，但他心中，只对与巴人有关的文物感兴趣。

这些年来，向万成装扮成一位有钱的古董爱好者，与国内文物古董界人士广泛接触，其思维的雷达始终关注的是传说中那五只神秘的石虎。当然，他心里明白，准确的数字只有四只，因为还有一只白虎在神堂湾。他一直坚信，深埋在传说中的石虎，早迟会浮出水面。开始，他寄希望于三峡地区的考古发掘，因而，关注的重点也放在这一区域。但实际上，前几天出现在鉴宝会上的第一只石虎，却是来自黔江。这给了他一个重大的启示，让他不得不对自己的思路作出调整。他认为，自己的眼界应该放得更宽，要将包括武陵山区在内的整个大三峡地区都纳入视野之中。

他们在一个玻璃罩前停下，小梁指着里面一件青铜器说："这个名叫青铜三羊尊，出土于巫山县大昌镇大宁河畔，是商代时期文物，明显具有来自中原的商文化特征，是迄今为止所见到的巴人故地最早的一件大型青铜容器。"

向万成望着这件闪耀着冷冰冰青绿色光芒的巴人古物，心中暗暗估算着它的价值，却并不怎么看重。

第十八章·三峡博物馆

　　引起向万成注意的第二件巴人文物，是一只鸟形尊，战国时期青铜器，整体呈鸟形，具有大雁头、鱼嘴、鹰喙鼻、兽耳、凤冠、鸽身、鸭脚，通体饰有细密的羽纹，嵌满绿松石，造型、纹饰精美，是一件难得的艺术精品。向万成在此驻足良久，不忍离去。

　　当他看到那尊被称为"錞于之王"的虎钮錞于时，不禁心跳加速，墨镜内的眼睛也睁得更大了。他曾听人说起，虎钮錞于是具有神奇魔力的巴人圣器，在战场上被巫师敲响，会让冲锋陷阵的士兵勇气倍增，所向无敌。十多年前，他在鄂西某地见到过一尊青铜虎钮錞于，虽然没有眼前这尊"錞于之王"高大，但也是极为罕见的稀世珍宝。如果不是当地文物管理部门发现及时，他差点就弄到手了。这事，至今让他引以为憾。这些年来，他收集到的巴人文物可谓不少，但没一件特别满意的。唯一可以告慰自己的，就是传说中的巴人石虎，苦苦搜寻多年，毕竟有了进一步的线索。

　　錞于的虎钮周围，铸有五组图案。他微弓着身子，甚至摘下墨镜，绕玻璃罩看得十分仔细，——椎髻人面、羽人击鼓与独木舟、鱼与勾连云纹、手心纹、神鸟与四蒂纹……

　　小梁说："这些图案，大约就是'巴人图语'，它们应该是具有明确的意义指向的。"

　　向万成不禁抬起头来，欣然问道："你能懂得它们的意义？"

　　小梁眼波向他一横，惭愧地摇了摇头。

　　小梁能够得到大师宠爱，不单单靠她在床笫上的悟性，还在于她的聪慧与学识。刚进公司时，她听到大师对高层员工训话说："商场如战场，这里不相信眼泪！在社会这片丛林里，你要得到更好的生存条件，就得提升你在食物链条上的地位，越是大型食肉动物就越靠近顶端。所以，我们要磨砺我们的牙齿，要学会嗜血，要毫不留情地将那些食草动物纳入我们的菜单，然后根据我们的胃口安排进食！"

　　这样的话，是小梁在其他地方没有听到过的。这让她十分震惊！

　　但冷静下来以后，她很快就明白这话具有十分深刻的现实意义，然后就学会应用了。而她应用的第一步创意，那就是冒险向大师上了一道大餐：尼采！

　　没想到，这一招十分奏效，从没上过学的大师竟然一下子迷上了尼采，如吸毒上瘾，成为他再也离不开的一剂精神鸦片。于是，他在以身作则向小梁传授床笫功夫的同时，小梁也定期向他讲授尼采的"超人哲学"。向万成惊讶地发现，在从未听说尼采以前，他竟无师自通地掌握了"超人哲学"的精髓，他的许多想法和做法都与尼采思想不谋而合，如出一辙。事实证明，尼采哲学正是他这么多年来纵横商海战无不胜的"乾坤大法"。

尼采哲学那种傲视一切，批判一切的气势，让向万成十分着迷。"激情、欲望、狂放、活跃、争斗"，这些特征，构成了大师日常生活的全部内容。藐视一切传统道德，以"我"为中心，为所欲为，通过奴役弱者、群氓来实现"自我"价值，这是"超人哲学"的核心主张！大师在很早以前，就已经这样做了。

所以，听到尼采用明白晓畅的语言说出这个道理，向万成真有醍醐灌顶、豁然开朗之感。他喜欢在做爱之后，让小梁如小猫一般偎在自己身边，用她富有性感的嗓音给他朗诵尼采语录，这会让他的思维异常活跃，奇思妙想层出不穷。他有许多重大的决策，都是在这样的场合做出的。

从展厅出来，向万成对小梁说："你得在巴人文化研究方面多下些功夫，尤其要学会对'巴人图语'的识读。"

小梁摇摇头说："这可不是一朝一夕就能办到的。"

"慢慢来吧！功夫不负有心人。"

02

走出博物馆大门，等在外面的两名保镖急忙跟了上来。

向万成下了几步石梯，又站住，慢慢转过身去，抬头仰望着这座奇特而又雄伟的建筑。古朴沙岩构成的弧形外墙和蓝色玻璃穹顶，让他感受到一种恢弘气势和深邃的内涵。他不禁想到自己海岛上那些精心设计的建筑，昂贵材料彰显出的珠光宝气，印证着财富和荣耀，曾让自己一度引以为傲。但与眼前这幢建筑物相比，竟是那样浅薄鄙陋，粗俗不堪！

第十八章·三峡博物馆

此刻,他恨得牙根痒痒的,直想将当初那些设计者抓来鞭笞一顿!

小梁介绍说:"这样的外形设计,是有其寓意的。弧形外墙和蓝色玻璃穹顶,代表的是三峡工程大坝和三峡渊源的历史文化;外墙上这两幅浮雕,则是取材于巴人图腾白虎、三峡鱼、迎魂树和朱雀鸟,具有非常深厚的文化寓意。"

但向万成已经没有兴致了,他不耐烦地说:"走吧。"

正在这时,小梁手中的电话响了。

小梁接通后,递给大师,小声说:"黑鹰3号。"

向万成拿过电话,放到耳边,用鼻孔"嗯"了一声,然后沉下脸来,眉头慢慢皱起。最后,他冷冷地说:"不管什么办法,你尽快给我把人找到!"

说完,将电话向小梁一抛,转身向广场走了过去。

小梁和两个保镖紧紧跟在身后,大气也不敢出。

广场边上坐着一个小孩,十二三岁样子,一头乱蓬蓬的长发,身上衣服脏兮兮的。面前地上铺着一张红纸,上书"求助"二字,下面还有几行歪歪扭扭的小字,大意是说父母双亡,自己想读书却又没钱。

向万成走过去看了看,忽然想到了自己在这个年龄的往事——

十三岁那年,他还没有眼前这孩子高,瘦骨嶙峋的,整天想的就是寻点什么东西放进嘴里,以充饥肠。正逢自然灾害,粮食颗粒无收。能吃的野菜和树皮都被别人弄光了,茫茫大地,很难找到能入口的东西。那时候,他有一个十分要好的伙伴,是生产队长的女儿,比他小一岁,偶尔从家里偷出一块煮熟的红薯送给他,那就是他最幸福的时光。

但这样的幸福也由于他自己的不小心被葬送了。

有一次,他在生产队长家的后门外,刚刚拿到一块红薯,迫不及待地送进嘴里,恰好被回家的生产队长看见了。生产队长不由分说,"啪啪"给他两巴掌,打得他眼冒金星,嘴角血水直淌。小姑娘哭着抱住生产队长,被生产队长一脚踢开。生产队长将他手中剩下的半块红薯抢了回去,恶狠狠地威胁说:"小杂种,下次再敢到我家偷东西,我捆你个鸭儿凫水!再拖到群众大会上去批斗,连你父母一起打个半死!"

那时候,他实在想不明白:凭什么生产队长家就有红薯吃,而自己家连野菜汤都没得喝?

这个在他童年时期没有找到答案的问题，一直深藏在他的内心，影响了他的整个一生。可以说，他那个庞大商业帝国的形成，其最初的动力就源于这个朴素的问题。

第二年，他的父母得水肿病，被双双饿死。十四岁的他，还像一个皮包骨的八岁儿童，就成了一个无依无靠的孤儿。奄奄一息之际，是刚刚出嫁的十八岁的表姐收留了他。

此刻，看到眼前这个无助的小孩，大师不禁动了恻隐之心。他掏掏衣袋，想起自己身上已多年没有带过钱了，回头向小梁伸出手，说："钱。"

保镖小声说："明明是个小骗子！"

小梁连忙示意保镖不要说话，打开手上的小坤包，找了找，没有零钱，只好取出一张百元钞票递了过去。那小孩睁大眼睛，望着这张崭新的钞票，迟疑着不敢接。

向万成亲切地说："拿着吧，孩子。"

小孩将信将疑地接过钞票，仔细摸了摸，又对着阳光照了照，这才说声"谢谢"，小心地揣进怀里。

向万成对小孩的动作似乎并不计较，笑眯眯地望着，反倒觉得这孩子谨慎心细。

这时，小孩扭头发现了什么，面色惊慌，伸手抓起了地上的红纸。

向万成不明所以，朝小孩望的方向看去，见有两个城管正往这边快步走来，其中一个喊道："喂！那小娃儿——"

向万成伸手在孩子头上摸了摸，轻声说："别怕孩子，站着莫动。"

两个城管快步来到向万成跟前，你望望我，我望望你，两眼对两眼，一脸茫然。

一个说："怎么到这儿来了？"

一个说："我们来这儿干什么？"

两人莫名其妙地搔搔头，又一起转过身走了。

小孩一直就站在向万成身边，他被城管的傻样逗乐了，见城管走远，仰头望着大师，不解地问："你刚才是怎样骗过他们的？"

向万成笑着说："一个小小把戏。现在你走吧，不要再被他们看见了。"

孩子感激地望了他一眼，折好纸揣进怀里，一溜烟跑了。

03

向万成望着孩子背影，暗想，要是以前，他会将这孩子带走，磨炼一段时间后，看看合意再收他为徒。他的不少徒弟都是这样收来的。但现在不行了，他有更为重要的事情要做，不能再为小孩子分心了。

看着孩子从拐角处消失，他笑着摇摇头，又信步向前面走去。那里，一群鸽子正在广场上自由觅食。小梁买了几袋鸽食，赶上前交给他，他身边立刻围起一群漂亮的鸽子，一只只扑腾着翅膀向他撒欢。

小梁见他脸色好看多了，小心问道："刚才，3号说些什么？"

"这群笨蛋！"向万成刚刚见好的脸色又沉了下来，"他们今天才找到沈立的家。人家昨天白天还在家的，昨天晚上就不知去向了！你说，他们为什么总是比别人要晚一步？嗯？！枉费我多年心血，竟训练出这么一帮饭桶！"

"你不必这么生气。"小梁劝慰说，"人家毕竟受过特殊训练，只是相差一步，相信他们总会找到的。再说，谢家兄弟不是发现了一只新的匣子么！线索越来越多，情况逐渐明朗起来，你该高兴才是！"

"谢天、谢地这对活宝，倒是两个福将！你看他们傻里傻气的，却能时不时地带来一些惊喜。只是，他们坚持说那匣子就是沈立那只。令他们耿耿于怀的是，他们吃过两次亏了，都没有得手！你认为，那会是同一只吗？"

"不会。"小梁说，"沈立不会轻易将匣子给人，他也没有理由这么做！"

"是的。这两个傻瓜不知道有五只石虎，他们以为天下就只有沈立那么一只。现在不清楚的是，这匣子到底是李虎的，还是郑雯的。"

"其实这并不重要。他们不是在云阳紧紧看着这两人么？管它是谁的，看住匣子，再伺机拿到手就行！"

"昨晚他们曾打算登堂入室的，没有成功。估计是他们暴露了行藏，让人家有了准备。那李虎功夫也确实了得，布下的气场让他们没法进屋。"

"那怎么办？不可能老是这样守着吧！"

"这是个棘手的问题！即使他们进得了屋，也不一定就拿得走匣子。从前两次失手的情形看来，那匣子极有可能是被施了禁咒的，具有自我防护功能。如果不解除禁咒，别人是很难拿走匣子的！"

"谁能解除禁咒？你亲自出马么？"

向万成忧虑地摇摇头，长叹一声说："我去……也不一定成啊！那是来自远古的魔咒，恐怕是无人能解的。"

"既然无人能解，为什么沈立又能打开？"

向万成摇摇头："个中奥秘，我一时也想不明白！"

小梁忧虑地说："那怎么办？你不会知难而退吧？"

向万成白了她一眼，将手中剩下的鸽食往地上一撒，拍拍手掌，起身说："我们得换换思路了！没找到更好的办法以前，眼下唯一能做的，就是看好石虎！出现一只看紧一只，不要让它脱离我们的视野，要随时能够掌控。"

说罢，大师又信步朝前走去。小梁看看时间，已经六点过了。广场上的热气，已蒸得她浑身香汗淋淋。

她向保镖使个眼色，快步跟上向万成，轻声说："快七点了，回去吧。车在这边！"

向万成阴沉着脸随小梁钻进了汽车。车子好不容易驶出拥挤的车流，刚刚驶出城区，小梁手中的电话又响了。

"是黑鹰6号。"她边说边接通了电话，"喂！"

"找大师！"那边说。

向万成仍用鼻孔"嗯"了一声。

电话里说："我们刚刚发现了一只匣子，与鉴宝会上那只一模一样，里面也是一只黑色石虎。我们没有取到，现在一群旅游的学生手里！"

"在什么地方？"

"利川谋道。"

"是什么样的学生？现在哪里？"

"是一群二十来岁的大学生。他们刚刚进了温家大院，大概都是温家女儿的同学。温家今晚演傩戏，估计他们一时半会儿是不会走的。"

"温家大院？……是个什么地方？"

"是当地一个建筑老板的私宅。"

"他家里演傩戏？"

"是的！这老板有几个钱，他请的掌坛师是名气很大的杨仙姑，也有叫她孟姜女的，连利川城里也有人跑过来看热闹！"

向万成突然提高声音问道："你说是谁？杨仙姑？！"

"是的！您……认识她？"

"记住，你们现在什么都不要做，就把匣子看好了，不要让它脱离你们的视野！"

"是。"

"有情况及时报告！"

"是。"

向万成挂掉电话，在脸上挂了一个下午的阴云一扫而光，兴奋地对保镖说："不去缙云山了！马上掉头，去利川，威虎山庄。"

第十九章 谋道镇

01

8月30日，农历七月初七，正是谋道镇的赶场日。

谋道镇，原名磨刀溪，位于湖北利川与重庆万州交界处，被誉为"万里长城"的齐岳山横亘其中。高高的齐岳山悬泉细垂，银瀑飞泻，汇成一溪，蜿蜒北上，汇入长江。这条小溪，便名磨刀溪。溪边小镇无名，便以溪名名之。

不知什么时候，有人用谐音为小镇起了一个正式的名字——谋道。民国时期，四川总督赵尔丰曾为该镇题联曰：

大丈夫磨刀垂宇宙，
士君子谋道贯古今。

这里，海拔在1000米左右。一条独街，在绿树葱茏的山谷间蜿蜒铺展。

一大早，街道两旁就摆满了各种小摊。活禽活畜是一块，农副产品是一块；农副产品中，干货、鲜货又是分开了的。衣帽鞋袜、针线百货另是一块。

四乡八村的人都聚到这里，有卖的，有买的，有又买又卖的，还有不买不卖纯粹逛逛看热闹的。一条独街人来人往川流不息，煞是热闹。

今天场上出现了一个奇怪的小摊，就摆在百货摊子旁边，却并非百货，也没法划入以上的任何一块摆摊类别去。

所谓小摊，也就是一张条桌，上面摆了几样东西，一个精瘦的中年男子扯起沙哑的嗓子大声吆喝：

哎——

第十九章·谋道镇

走过路过别错过!
快来看哪快来试,
打开了是你的,
打不开还是我的啊!"
哎——
走过路过别错过!
……

很快就聚起一大群人来。他们是来看热闹的,不知道这吆喝的摊主葫芦里卖的是什么药。只见他那小桌上摆了几只透明的有机玻璃盒子,盒子里装着诸如手表、戒指之类的小玩意儿,其中一只盒子里还堂而皇之地放着一张二十元的新钞票。

摊主大声说:"大家看好了,这些盒子,都是密码锁锁住了的。只要能打开密码锁,这盒子连同里面的东西就归你了!哎——,一块钱一试,啊!走过路过莫错过……"

一些上了年纪的农民渐渐走开了,年轻人和小孩子却是越围越多。一个小女孩在伙伴的怂恿下,居然将那个装有戒指的盒子打开了,引来一阵喝彩,小女孩兴高采烈地戴上戒指又拿上那个精致的盒子蹦跳而去。

受到鼓舞,不少人交了钱,拿起盒子,围在小桌边专心研究起密码来。

这时,摊主不知从什么地方又拿出一样东西,"咚"的一声搁在桌上。那东西特别显眼,看见的人都吃了一惊——

"这是什么玩意儿?"

"像副小棺材!"

"哪有这么小的棺材?"

"你看这漆漆得,倒像是一个古董。"

……

"哎!"摊主答话了,"还是这位兄弟有眼光!这就是一只古董匣子,拱盖平底,上好的生漆。谁能打开,连同里面的东西也一样送给他了!"

有人好奇地问道:"这里面装有什么?"

摊主摇摇头说:"这个我真的不晓得!这匣子至今还没有被人打开过。"

"既然没人打开过,"有人疑问道,"你又凭什么说它是一只匣子?说不定,它只不过就是一截实心的木头!"

  "这个我倒可以担保!"摊主拍拍胸部说,"从我得到它的时候就知道,这千真万确是古董匣子!"

  "你是从何得来的?"

  "呵呵,这就无可奉告了!"

  有人抱在手中认真看着,沉甸甸的,摇摇又没有声音,翻来覆去找不到一丝缝隙,就不耐烦地说:"这哪是什么匣子?我看就是一块整木头,刷了点漆,搁这儿蒙人的!"

  摊主只是无声笑笑,也不去理睬。快到中午,太阳已经把地下烤得发热了。场上人渐渐少了,不少摊子已经撤去,那人却一直坚守着。过路人有一时好奇的,在摊前站站,问问,又走了。

  摊主并不着急,他悠然自得地坐在一张木凳上,嘴里不时哼上几句小调。

  中午太阳正大,他那小摊恰好躲在一幢楼房的阴影里,山谷里吹来的凉风不时扫过街道。这时,整个场已散完了,来来往往的人被热辣辣的太阳赶到不知什么地方去了。偌大一条街,在白晃晃的阳光下沉寂无声,就剩他一个摊孤零零地摆在那里。他靠在身后的墙上,闭上眼,美美地打上一个小盹。

  下午二三点钟的时候,小镇又从沉寂的午睡醒来,响起了声音,也出现了行人,镇上又渐渐泛出生气,热闹起来。

  几个人来到摊前,见摊主尚在闭目打盹,一个三十多岁仅穿一件背心的光头大大咧咧伸出手去,刚刚摸到木匣,忽被一只枯手按住。

02

  原来摊主已醒,他按着匣子说:"先给钱,再试。"

  光头努努嘴,旁边一小青年从身上掏出一块钱放到摊上,摊主这才松开手。光头抱起匣子把弄一回,没有打开,问道:"这匣子,真是古董?"

第十九章·谋道镇

"我也不太清楚,"摊主说,"我得来的时候,听人家说,反正是有些年头了。"

"卖不?"

"不卖!"

"……你要多少钱才出手?"

"我说过,不卖!"

光头忽然换出一副皮笑肉不笑的表情,歪着头说:"假如我一定要买呢?"

摊主往墙上一靠,原本没什么生气的眼里忽地射出两道精光,逼视着光头,冷冷地说:"汪二麻子!打算在我面前耍光棍?!可得先把招子擦亮点儿!我走街串巷几十年,没两把刷子也不敢在江湖上混?!你那些烂事儿要是抖露出来,可够你进去坐一辈子的!"

光头听了,大吃一惊:"你是谁?!"

"莫管我是谁!我们井水不犯河水,大家相安无事。"

光头咽了咽口水,眼里露出凶光,威胁说:"知道这是哪儿么?敢在我的地盘上耍横?"

"耍横的是你!"摊主毫不示弱地说,"还是哪儿凉快哪儿待着去吧!"

"他奶奶的!老子今天就不信邪了!"

光头在骂出粗话的同时,双手已经捧住了匣子。正要迈开脚步走,忽然一声惊叫,右手猛地向外甩出。原来,他突然感觉右手凉飕飕的,目光一转,发现手上不知怎么多出一条尺来长的小红蛇,正昂首吐信在他手臂上游走自如。光头挥动手臂,总也甩不掉那条小红蛇,直吓得肝胆俱裂,浑身大汗淋漓。

只听那摊主嘴里发出一声哨音,小红蛇凌空飞入他的怀里。摊主轻抚着小蛇,低头自顾说道:"小红怎么越来越顽皮了?以后可不许乱跑哦,乖乖听话,啊!"

光头见状,长叹一声,轻轻放下匣子转身走了。边走,边掏出一部手机来……

从小摊正对着的一条巷子进去,便是谋道镇有名的富户温家大院。下午三点钟的时候,温家请的傩戏班到了。一辆涂得花花绿绿的中巴车在小摊前拐了一个弯,进入小巷直接驶进了温家大院,引来不少围观的乡邻。

温家大院要演戏这事儿,几天前就已在镇上传开了。这些年来,温家由穷变富，由一个泥水匠到包工头，再到房地产大老板，不但靠了自己钻营有方，更是靠了温家祖宗神灵的保佑，成了全镇仰慕的名人。让温老板唯一遗憾的是，老婆一连生了四个女儿，竟没添上一口男丁，担心偌大家产后继无人。温老板一方面怪罪原配老婆不会生儿子，先从法律上脱离了夫妻关系，然后另娶一位与自己大女儿年龄差不多的漂亮姑娘；一方面又焚香祭祀，祈求列祖列宗保佑温家添丁加口。

果然，在去年底，五十多岁的温老板添了一个肉墩墩的大胖小子。

欣喜之余，温大老板决定在今年七月半请神还愿，以酬谢列祖列宗的保佑之情。他请的可是名气很大的杨家班，掌坛师杨仙姑，可是一个货真价实本领高强的女端公。她唱的《孟姜女》，人们往往听得魂飞魄散，却仍是百听不厌，可以说这在所有傩坛班中是无人能比的，有人因此就给了她一个"孟姜女"的外号。据说，这杨家班不但收费高，一般人还很难请得动。温家原本也没料到真能请得到，只是仗着财大气粗试一试，没想到那杨仙姑痛痛快快就答应了。

温家请神还愿，要在宽敞的温家大院举办三天法事，从初七的晚间开始，一直要演到初九，镇上人可以大饱眼福耳福了，连利川城里也有人赶过来瞧热闹。

杨家班的班底总共只有七人，中巴车的后半个车箱装的都是他们演戏用的道具。

当杨家班正忙着卸道具时，温家大院又开进一辆小车。车上下来五个年轻人，有人认得，开车那女孩是温家四姑娘，好像正在北京念书，回家过暑假。

不一会儿，又开过来一辆小车，没在小摊前拐弯，开过巷口后却又停了下来。车上下来三个身穿黑衫的年轻人，东张西望一阵后，径直走到小摊前。摊主兴奋起来，又扯开嗓子叫道：

哎——
走过路过莫错过！
快来看哪快来试，
打开了是你的，
打不开还是我的啊！

第十九章·谋道镇

……

一个高个儿仔细打量着桌上的物件,似笑非笑地问道:"打开了就是我的?"

"当然!"摊主说,"童叟无欺,老少皆宜!如果打不开,就要给我一块钱。"

高个儿拿起那黑匣子,翻来覆去摆弄一通,没有打开。又交给两同伴,一番捣鼓,仍是纹丝未动。高个儿从屁股兜里掏出一个钱包,取出一张百元钞票,朝摊主亮了亮,说:"给你一百,算我们打开了!怎么样?"

"那可不行!"摊主坚定地说,"这叫苟且舞弊,不是童叟无欺!"

"一百元还不干?再加一百元怎么样!"

摊主摇摇头,不再开口了。

03

高个儿又从钱包里掏出几张钱来,往摊主面前一摔,蛮横地说:"老头儿,别不识抬举!这是五百块钱,我们把匣子拿走了!"

说罢向两个同伴眨眨眼,抱起匣子就走。

刚转过身,还没迈出第二步,忽见眼前闪过一道灰影,摊主已鬼魅般地挡在三人面前,手中多了一条通体血红的小蛇。摊主看也不看那几人,只抚弄着手上的蛇,不紧不慢地说:"想要恃强霸恶,还得问问我这位朋友同意不同意。你说是吧小红?"

那蛇不过尺来长,在摊主手臂上蹿上蹿下,浑身鳞片反衬着湿漉漉的光泽,粉红的信子卷进弹出,十分矫健灵活。

摊主眼睛只望着手中小蛇,气定神闲站在那里,反倒让几个年轻人气馁了。

这时,周围站着一些看热闹的人,七嘴八舌,议论纷纷。几个年轻人只好放下匣子，一把抓起桌上的钱，灰溜溜地钻进了自己的小车逃之夭夭。

这边刚走，那边又来了几个。是从温家大院走出来的几个年轻人，三男两女，说说笑笑来到小摊前。一个姑娘说："向前进，你是数学天才，你来试试！"

一个戴眼镜的白净小伙子，扶了扶眼镜，说："你先放十块钱，我把这所有盒子都打开，让你抱回家去。"

那姑娘果然将一张十元钞票放到了桌上。小伙子拿起一只透明盒子，很快就打开了。接下来，不到几分钟，桌上所有透明盒子都被他打开了。周围看热闹的人无不齐声叫好，还有人为他鼓起掌来。

那位被叫做向前进的小伙子，眼睛盯上了那只黑匣子，那是他唯一还没打开的。

那摊主自从这几个年轻人到来，便一直目不转睛地盯着那位开启密码锁的小伙子。此时见他看着匣子犹豫不决，便鼓励说："本事不小啊小伙子！这木头匣子可是最难的，敢试一下么？"

小伙子端起匣子，举到眼前翻看着，横看竖看却找不出什么破绽，当他隐约看到档头一小小凹痕中有一个奇怪的图案时，心中微微一动。他将匣子档头对着阳光，让那图案清晰显现出来。他突然感觉那图案很熟悉，却不知是在哪儿见过。他伸出拇指摸了摸，只听"扑"的一声，匣身微微一震，露出一条小缝来。小伙子心中惊讶，随手一推，那拱形盖子轻轻向前滑出。

小伙子没让盖子滑开，更没敢向里面看上一眼，马上将盖子推回原位，把匣子往桌上一放，对摊主说："这匣子太贵重，虽然打开了，但我不能要！您还是留着吧！"

摊主问："你知道里面装的是啥？"

"不知道。"

"为啥不打开看看？"

"反正这东西不是我的。不看，心更静。"

摊主不再说啥，一把推开了匣盖。人们争相朝里面挤来。大家看到，里面静静地躺着一块石雕，到底是什么一时却看不清楚。摊主取出石雕，双手捧着，人们这才看清，原来是一尊黑色的石雕虎形器。

摊主将虎形器朝四方举了举，然后小心放进匣内，盖好盖子，往小伙子面前一推,郑重对他说:"不少人都曾试图打开这匣子,只有你一个人成功了!这说明,你和这匣子有缘!拿去吧,小伙子,这匣子天生就是你的!"

"我看这东西真的很贵重,你……"

"拿去吧,小伙子,我不能出尔反尔!这匣子只对有缘人有用,我带着它东奔西跑,也是徒增负担。今天能交到你手上,我就功德圆满了!"

一时哄声四起,同伴和周围看热闹的人都劝他拿走。

有人说:"你有本事打开,也就有福消受!"

"扭扭捏捏的,哪像个爷们?!"

小伙子望望同伴,又看看周围人群,然后深深吸了口气,恭恭敬敬对摊主说声"谢谢",就抱起匣子走了。

那怂恿小伙子的姑娘似乎过意不去,临走丢下两百元钱,对摊主说:"不好意思,全拿走了!给你一点补贴吧。"

摊主呵呵一笑,毫不客气地收下了,对姑娘说:"好好好!还是姑娘心好。好心有好报,姑娘一定会嫁个如意郎君的!"

姑娘一脸欢笑,蹦蹦跳跳赶上同学,兴高采烈地唱着——

向前进,向前进,
战士的责任重,
妇女的怨仇深。
……

这姑娘就是温家的小女儿,正在北京读研究生。身边几位都是她要好的同学,暑假受她邀请来利川旅游的。几位同学来自天南海北,只有向前进是恩施人,算是本地同乡。她和向前进从中学到大学都是同班同学,现在又一起读研究生,似乎受到了命运的特别眷顾。她一直把向前进当做自己的男朋友,处处照顾着他。两人朦朦胧胧的,却一直没有挑明关系。今天,他们去著名的土司建筑鱼木寨痛痛快快耍了一天,回家见到傩戏班卸道具,正看热闹,忽然听说外面有一怪人摆了密码锁,难住很多人,不禁心痒。一时好奇,他们就一起来到外面。没想到,向前进果然厉害,竟然毫无悬念地打开了所有盒子,占为己有。那摊主非但不觉折了本钱,反而显得轻松高兴。

回到温家大院,向前进被一风姿绰约的女人拦住,问道:"你叫向前进?"

向前进与那女人一照面,忽然感到呼吸一滞。那是一张他从未见到过的漂亮面孔,光彩逼人,几乎让他喘不过气来。

向前进一时呆立在地,木然地点点头,心想,这女人是谁?她怎么会知道我的名字?

那女人又指指他手中匣子,问:"这是什么?"

向前进望着这女人,三四十岁样子,仔细一看又像六十多岁,一双波光盈盈的眼睛风情万种,让人不敢迎视。向前进拘谨得手足无措,还是温姑娘帮他解了围。她问:"你就是傩戏班的杨仙姑么?"

04

那女人点点头。于是,温姑娘将刚才外面发生的事情告诉了她。

温姑娘对她说话,那女人却一直望着向前进。末了,她对向前进说:"你跟我来一下。"

这话说得很轻,却有一种不可抗拒的力量。向前进乖乖地随着她的背影去了,留下几个年轻人在那里面面相觑。

杨仙姑将向前进带进放道具的房间,坐下后,伸出手说:"给我看看。"

向前进递过匣子,她翻看几次,又说:"打开。"

向前进依言打开,她从中取出石虎,轻轻摩挲着,喃喃道:"不错,就是这个。你总算是出现了。"

向前进闻言,心中暗暗惊诧,"你说什么?"向前进不解地问。

杨仙姑并不回答,自顾将石虎放进匣子,指着看着匣子当头那个圆形图案,说:"见过这图案么?"

"我是觉得好像在什么地方见过,却想不起来了。"

"在你的屁股上,有一块红色胎记,和这图案一模一样。"

向前进大吃一惊,一下记了起来,确实如此。他自己看不到,小时候母亲曾在纸上描给他看过。他红着脸问:"你怎么会知道我身上的胎记?你是什么人?"

"我么,算是你的守护神吧。"

"什么……守护神?我可……从来没有见过你!"

"但我却是见过你的!"杨仙姑面色一端,一本正经地说,"在你很小的时候。那时候我就知道,这个屁股上印有我们家族族徽的小孩子,有一天会得到这么一只石虎的。"

"你们家族?什么族徽?"

"是我们家族,也包括你!"

"可我们……怎么会是一家人?你叫杨仙姑,姓杨,我姓向,而且……素不相识。"

"你说得不错!但在2000多年前,我们本是一家。我们都姓'相',木目'相',是从清江走出去的虎族五姓之一,是巴国的显赫家族。现在,经过2000多年的沧桑巨变,你姓向,我姓杨,都是由'相'演变而来的。这匣子上的图案,还有你屁股上的胎记,就是我们家族的族徽。"

向前进如听聊斋,站起身结结巴巴地说:"我……不和你开……开玩笑。"

杨仙姑柳眉一竖,厉声说:"谁和你开玩笑?坐下!"

向前进被吓了一跳,心中一阵紧张,又迟疑着坐下,不安地说:"你说些什么,我一点也听不懂。"

"你连外国话都能听明白,我说家乡土话还听不懂了?"

"可你说这些……就像天方夜谭一样。如果是真的,你……你是怎么知道的?"

"因为我是一个'比兹卡'。"

"'比兹卡'……土家族?"

"'比兹卡'的本意是'守护者'。"

"'守护者'?"

"我们一直守护着一个隐藏了2000多年的秘密。"

"隐藏了2000多年的秘密?"向前进听得倒抽一口冷气,越发惊惧了,连声音也颤抖起来,"那……那是什么秘密?"

"巴人曾留下五只石虎的传说,听没听说过?"

"……没有。"

"你手中拿的，就是五只石虎之一。想一想，你是怎么打开的？"杨仙姑从匣子里取出石虎，指着刻在石虎腹部上一些细小的图案说，"这些符号记录了我们家族的使命，那要由你去完成！因为，只有你能打开这只匣子！"

小向回想起打开匣子的经过，听那摊主说，不知有多少人试图打开匣子，都会空手而归，而自己却在无意之中毫不费力就打开了。他忽然感到背心一阵发凉，失魂落魄地问道："我去完成！什……什么使命？"

"不只是你，五只石虎会有五个人。都是巴人后裔，肩负家族使命的虎族子孙。你们一起去，去寻找一个迷失的王朝！"

"迷失的王朝？"

"就是巴王最后隐居的地方。"

向前进只觉得脑袋"嗡"的一声，如遭重击，好一会儿才回过神来，仍觉全身发冷，颤抖着问："巴……巴王隐居……地方？这，这不是天方夜谭吧！"

杨仙姑淡淡一笑，又将石虎放进匣子，然后握住向前进的手，温和地说："傻孩子，看把你吓得！你先平静一下心情。"

向前进只觉得她那手柔腻温润，一股暖流如电一般瞬间流遍全身，让他如沐春风，心跳慢慢恢复正常，思绪也渐渐平静下来。

杨仙姑松开手，这才娓娓向他讲述了五只石虎的来历，以及"比兹卡"与"罗布巴"的不同职责等情况。最后，她严肃地说："你就是一位'罗布巴'！是冥冥中早已注定了的！我只是为你指点迷津的'守护者'。有关家族使命的更多情况，还要去问七星老人。"

"七星老人？"

"他是'比兹卡'的大师，肩负着更为重要的职责！他就住在利川和云阳交界处的七星山，你明天就去吧！"

"可是，我过几天就要上学去了。还有，这些同学……"

"家族使命，不容推卸！耽误不了多少时间的。想办法和他们告别，不要说出真相。明天早晨，我让中巴车送你。"

第二十章 谢立维

01

车子驶上高速路时,已是夜色四合了。

向万成靠在后座上,看似在闭目养神,大脑思维却转得比车子还快。

梦寐以求的巴人石虎,已经出现四只了,他想,还有一只,看来也只在早晚间必将浮出水面。等候多年的时刻即将到来!现在只剩下技术性的问题了,只要解开密码,就能找到秘宫。成功就在眼前,没有什么能够阻挡自己!

他似乎已经看到黄金权杖那耀眼的光芒了。

从得知这个秘密,到现在,整整三十多年过去了。正是这个秘密,使他的人生有了追求和意义,也成就了他规模庞大的商业帝国。

三十多年前,他只知整天东游西荡混饭吃,觉得自己能够活着就不错了,浑浑噩噩,无知无求。十四岁那年,是表姐把他从阎王手里救了出来。但表姐一家也过得艰难,又把他送到山上,交给一个照看茶园的孤老头子,那是表姐夫的一个远房亲戚。那时候,他的名字叫谢立维,是父亲给他起的。

大山之中,这相依为命的一老一少,每天的主要工作就是寻找果腹的食物。由于大炼钢铁运动,山上树木被砍伐殆尽,他们主要依靠野果野菜和菌类充饥,偶尔见到一只野兔,谢立维会像饿狼一般猛扑过去,但总是徒劳。皮包骨的谢立维远没那小东西身手敏捷,总是眼睁睁看着它钻进灌木草丛之中,然后销声匿迹。老人只在一边看着,不动声色,或是摇摇头,长叹一声。

有一次,老人用木棍在他们住的茅棚里画了一个圆圈,圈内画了几个似字非字的东西,反正没读过书的谢立维也不认得。只听老人嘴里"叽里呱啦"念了一阵,就让谢立维在棚里静静地守着。不久,一只肥大的兔子扇动着厚厚的嘴唇,闻闻嗅嗅地钻进棚子,最后伏在那圆圈中一动不动了。老人对目瞪口呆的谢立维说:"去把它捉住。"

谢立维毫不费力就逮住了兔子。那一天,谢立维吃到了他有生以来的第一道美味,那是他一生中最幸福的时刻之一。

但谢立维更关心的,还是老人召来兔子的方法。老人告诉他说,那叫"符咒术",不到万不得已,是不能用来杀生的。自此,谢立维便天天缠着老人,要拜他为师。老人一生未娶,孤苦伶仃,晚年得此小儿为伴,颇慰寂寞。又见他聪明伶俐,善于察言观色,逢迎人意,竟认他为干儿子,将原本懂得不多的一点法术倾囊而授。

山里的岁月,漫长得近乎永恒。

花开花落,草木荣枯,几年之后,谢立维已经长大成人,而老人也油尽灯枯,在一个大雪纷飞的寒冬之夜溘然而逝。

临终前,老人对他说,如有机会,一定要去威虎山找到黑鹰老人。谢立维没来得及问到更多情况,老人就断气了。他不知道威虎山在什么地方,问村里人,也没谁知道。有人打趣说:"威虎山?不是在样板戏里么!怎么?想当座山雕啊!"

他心知此山不是彼山,但始终问不出个所以然来,渐渐也就淡忘了。

1966年,随着那场全国性的动乱波及到山里,谢立维那颗年轻的心终于耐不住山里的寂寞,跟着一群学生娃走出去,在全国各地痛痛快快地游荡了几个月,最终又回到了山里。他不愿再回到连说话都找不到人的山上去,可外面的世界又哪有自己的立足之地?感觉自己就像无根的浮萍,没有目标,没有方向,找不到任何出路。烦躁苦闷之中,他来到县城,神差鬼使地裹入一场群殴,多处受伤后被胜利者一方关押了整整三个月,差点被当做武斗分子枪毙了。那一次,他深切地感受到一个人在强权面前的孤独无助和渺小无能,而当权者操控生杀的强大威力更是给他留下了深刻印象。

脱难之后,他回到表姐家住了一段时间,天天扛着锄头参加生产队的农活。这让他感到毫无兴味,很是厌烦。

有一天,生产队里插秧。那是需要技术的活儿,三根指头掐住几根秧苗,插进泥中,要不倒不歪;而且弯着腰在水田里倒退着插,要横成排竖成行。三字要诀:稳、准、快。谢立维学不会,也没耐心学,只能去干运送秧苗的下手活,比起插秧苗的,一天要少两个工分。无聊之中,他摘下路边的草叶,编织成一条条小鱼丢在水田中。不一会儿，那些插秧的忽见田里有不少鱼儿游动，稍一追赶，鲜蹦活跳。

农民们兴奋起来，丢下手中秧苗，一个个全扑到水中捉鱼。

那年头，人们一年四季难得见到一次荤腥，一下子看到这么多鱼，那还不乐得口水直流！鱼儿不大，都在半斤左右，但俗话说"鱼小不拔毛"，大小都是肉。人们找来两只大木桶，抓的鱼都盛在里面。且不管到时如何分食，先抓住再说。但田里到处都有鱼儿在欢腾，白亮亮的直耀人眼，似乎越抓越多，没个完……

02

队长首先怀疑起来，再看看其他的田，清清的水里并没有游动的鱼儿，而刚刚插好的一田秧苗早已一片狼藉。

队长越看越蹊跷，忙叫众人停下，再去看木桶中，哪里有鱼？不过是一些草叶浮在水里。队长这才知道是中了人家邪术。最后查来查去，猜出是谢立维干的，但他却连连摇头否认。大家对他忽然生出莫名的敬畏，竟没人再去追究他的责任了。

正巧队里一个小孩病了，怏怏的不思饮食。有人说是走胎了，便问谢立维能不能治。谢立维看了小孩症状，只叫取一只鸡蛋来，他嘴里念念有词，用指头在鸡蛋上虚画一道符，然后丢进柴火灰里。十多分钟后扒出鸡蛋，剥开一看，洁白光滑的蛋白上现出一张五官齐备的娃娃脸。他让小孩吃下鸡蛋，然后捂着被子睡上一觉，第二天小孩就鲜蹦活跳地上山放羊去了。

谢立维牛刀小试，让乡里人刮目相看，从此他对地里的农活就更没兴趣了。

他开始走村串乡，寻找机会扬名立万。第一次出门遇到公社书记为父亲办丧事，客人多，搭起竹棚办流水席。无奈甑子里的饭老是蒸不熟，急得厨师满头大汗，抱起双手四方作揖，嘴里直嚷道："是哪个行此下作手段！不看僧面看佛面嘛，这里可是公社书记家！"

谢立维听见，心知有异。走过去一看，只见灶下炉火熊熊，锅里热气腾腾，揭开甑盖，甑子里的米还是冰冷的毫无变化。于是谢立维提声发话说："是哪位朋友，也该收手了！这么多人都还饿着肚子哩！"

几分钟后，仍没动静，谢立维就发火了，他面色铁青，大声说："再不识趣，可别怪我下手太狠啊！"

说罢他去厨房拿出一把剔骨尖刀，揭开甑盖，看看还是生米，便一刀猛地向甑盖扎下。忽听一声惨叫，人群中有人倒地，双手捧着心口滚地而嚎，大滴大滴的汗珠从额头淌下。谢立维走过去，蹲下，俯视着那人说："你这是敬酒不吃吃罚酒啊！就这么点手段还敢卖弄？！"

那人已痛得面色惨白，哀求说："小的有眼不识泰山，请好汉饶命！"

谢立维说："让这么多人饿着肚子，人家几次三番求你，居然不知收手！你这种人，可恨又可怜！如不思悔改，以后还不知怎么死哩！"

说罢走过去揭开甑盖，见生米已煮成熟饭，伸手取下了甑盖上的尖刀。那人疼痛立止，如获大赦，爬起来灰溜溜地挤出人缝走了。

谢立维立刻被奉为上宾，书记亲自把盏相敬。

到了晚间，几位炮师放起三眼炮来。"咚咚咚"，你来我往，相互竞技，煞是热闹。那炮筒是用生铁铸的，一排三眼，装火药，扎引线，技术越好响声越大，一般人则根本放不出来。

一位炮师试探地对谢立维说："你也来几响？我借你炮筒。"

谢立维笑着说："恭敬不如从命！不过，我可不习惯用炮筒。"

说着，他去旁边田里抠了一团稀泥，堆在地上，然后用指头在稀泥上钻了三个眼，装上火药引线，却不去点，不慌不忙地去旁边水田里洗净了手，才笑着说："哪个借我个火？"

众人十分惊奇地望着，有人心想：火药最怕潮湿，你现在装在稀泥之中，早成一团湿浆，它还能炸响？！且看你这场闹剧如何收场！

于是，有人热心地递过一杆点燃了的旱烟袋。谢立维接过，用烟头朝三根引线象征性地碰了碰，也不管点没点燃，就把烟袋还了人家。人们并没看见引线冒烟，久等不响，一致以为不过是他开的一个小小玩笑。哪知刚要转身离去，忽听"咚"的一声，接着又是"咚咚"两声，稀泥里火花一闪，蹦出了连珠三眼炮，而且声音清亮，震如霹雳，比谁的都响！

第二十章·谢立维

这下，人们一起望着他那副若无其事的模样，如见鬼魅，都觉得此人神鬼莫辨，高深难测，不由自主地对他生出敬畏来。

其实，谢立维所显露的，不过是几招非常浅显的法术。他干爹教他的，还有不少更为神奇的哩。但他不能将家底一次露尽，这已足够让他名声大震，远播四乡了。从此，他已有足够的资本去走村串乡了。

那时候，虽然到处都在破"四旧"、除迷信，但在僻远的山村，现代医学十分落后，人们对传统巫术仍是深信不疑。谢立维依靠几招简单的巫术和一张能说会道的利嘴，长年行走于川鄂湘黔边区的崇山峻岭之间，如鱼得水。有时遇到政府集中清理"四旧人员"，淳朴的村民对他是竞相掩护，让他躲过一次次劫难。

那些年，谢立维虽然谈不上什么快活，却是一生中最为逍遥自在的一段日子。想往哪走，全凭两脚兴之所至。而且无论到哪儿，都能受到乡民们热情的接待。最让他感到其乐无穷的，就是与人斗法。川黔湘鄂边区一带，被称为梯玛的民间巫师很多。他生性豪迈洒脱，碰上同行，忍不住技痒，便与人较量一番。赢了，不为己胜而自傲；输了，则立即拜人为师，切磋技艺。因而，他结识了不少同行，技艺也提高很快，在四省边区赢得了不小的声誉。

有一次，他听说一个十来户人家的小村子有鬼魅作祟，闹得小孩不安大人不宁，他们请了一个女端公做傩祭。谢立维来了兴致，想去瞧瞧热闹，顺便与人斗斗法。有人告诫说："你可要小心！那女端公人称杨仙姑，法术很是高明。听说长得十分漂亮，二十多岁还没嫁人。要是做媳妇你俩倒还般配，斗法你多半是输！"

03

谢立维那时地无一垄，瓦无一片，虽然二十七八了，从未想过结婚之事。他觉得，现在这样多好！逍遥浪荡，自由自在，一人吃饱了，全家不挨饿。所以，他最大的兴致，还是与人斗法。他不相信，一个姑娘家会有多大本事！

那天傍晚，他赶到那村子时，居然被挡在了门外。

原来，那村舍是以前的地主宅院，由一个四合天井围成，只有一道大门进出。大门里面用木杠闩住了，外面还有人放哨把门。

守门人对他说："仙姑吩咐过，绝不能让生人进去，如果冲撞了神明，作法就不灵了！"

谢立维心想，这女人有了防范，倒是不便了。

但知难而退却不是他的性格，他想了想，对守门人说："大老远的来一趟不容易，我就在门缝里看看。"

那守门人正后悔看不到仙姑作法，听了这话，心中一喜，就说："当真的，门缝里也能看嘛！我们一起看吧，可不要做声！"

这地主宅院的两扇木门，年代久远，早已是穿眼漏壁、缝隙大张，将眼睛堵在门缝上，院内的天井坝子看得一清二楚。

天井四角燃着松明火把，村民们都在屋檐下张眼瞧着。只见四人身穿大红法衣，头戴木制面具，脚踩高跷，挥动双袖，早已作起法来。

谢立维看出，前面领步那位腰肢灵动的就是杨仙姑了，其余三个却似男的。他捏了一个指诀，偷偷念咒作法，打算开一个小小玩笑，让杨仙姑摔上一跤，出一个洋相。哪知念了半天咒语，对方却浑然不觉，毫无反应。只见她足踏星斗，面谒神灵，走起了"三步九迹"的禹步法来。

谢立维看得暗暗心惊，因为这禹步本身，就是一种极其高明的画符施咒手段。

忽然，他感到额头一阵刺痛，猛的一巴掌拍去，手心黏黏的，光影模糊中见到一团血迹，竟是一只硕大的山蚊子。蚊子被打死了，流的却是自己的血。

但他此时已无法顾及这些小事儿了，他知道，作法不灵，说明对方法术高过自己，弄得不好，可能反受其害。自觉无趣，正要离开，忽听里面一声大喝："打开大门！送鬼上山——"

众人齐声跟着喊道："打开大门！送鬼上山——"

谢立维吓得三步并作两步，赶紧没入黑暗之中，落荒而逃。只听身后大门"咣啷"打开，清脆的驱鬼咒音清晰可闻。

谢立维跌跌撞撞，跑到邻村一家农户借了宿。晚上睡觉时，只觉得额头痒痒，搔了搔，也没在意。哪知早上起来，昨夜额上被蚊子叮咬的地方竟生出一个拇指大的疔疮来，稍一碰触，便疼痛难忍。

这时，有人找上门来，正是昨夜守在门外和他一起偷窥杨仙姑跳傩舞的那人。他对谢立维说："杨仙姑叫你马上回去，给她磕头谢罪，她保你额上疔疮立马就好！不然她会让你痛上三天三夜，尝尝生不如死的味道！"

年轻气盛的谢立维当然没有去磕头谢罪。但是接下来的三天，他头痛欲裂，呼娘叫爹，满地打滚，的确是生不如死！

那杨仙姑也言而有信，三天过后，疼痛立止。额头上的疔疮也如泄气的皮球，渐渐消了下去，几天过后光滑如初，好像什么都没发生过。

此事过后，谢立维知道山外有山，渐渐有些心灰意冷，再也不寻人斗法了。后来偶获奇遇，功力大增，也曾想到过要报这一箭之仇。但一来他心中已经有了更为重要的目标，二来那杨仙姑行踪飘忽，也不易寻到。

没想到，近四十年过去，此事早已淡忘，她偏偏又出现在他的视野里。他想，这就是天意吧，不是冤家不聚头！

当车子驶入齐岳山的威虎山庄时，已是凌晨两点了。

威虎山庄是谢立维十年前投资的一家旅游公司，也是他设在齐岳山的一处据点。这里离谋道，也就十多分钟路程。

这会儿，他心情很好。他知道，黑鹰6号正守在温家大院外面，匣子和杨仙姑，则在大院里面；谢天、谢地，在云阳守着一只匣子；而沈立，和他那只匣子在一起，也是迟早会出现的。

一切都在掌控之中！

他说："休息吧，天亮后去谋道。"

第二十一章 七星聚会

01

李虎和郑雯听见老人招呼，不由得停下了脚步。

他们看那老人，容色朗润，头发虽然稀疏，丝毫未见斑白。两道长入鬓角的浓眉，颇为称奇。看那眼神，那身板，不过六十多岁样子，瘦而不弱，干练有力；穿着一身普普通通的蓝布褂子，脸上露出宁静的笑容。

这么一位年纪不太大的山里老农，就是七星老人？"比兹卡"的大师？

两人互相交换了一个疑惑的眼神，这与他们的心理预期反差极大。而李虎心里更多了一层疑惑，他觉得那老人的笑容非常熟悉，熟悉得仿佛在心底呼之欲出，却又无论如何想不起来是在哪里见过。

李虎看着老人，迟疑地问："我们要找一位七星老人，您是……？"

老人望着两位愣神儿的年轻人，也不回答，从茅屋旁走过来，笑着招呼说："愣着做啥？快放下东西，先喝点水再说。"

茶桌上早已摆放着一只陶壶和几个土碗。

李虎问："您——就是七星老人？！"

老人仍不回答，只是呵呵笑着。望望李虎，又望望郑雯，说："女娃子，你叫郑雯，从巫溪那边过来的，是吧？"

郑雯刚刚在一只木凳上坐，听闻此言，惊诧得站起来身来，结结巴巴说道："您……您怎么知道我的？"

老人面色肃穆地说："是从你姑父那儿知道的。"

听到"姑父"二字，郑雯心中一沉。但她并未表现出来，疑惑地说："姑父说，他并没有见过您……七星老人。"

"是的。"老人露出悲戚的表情，沉重地说，"原本以为不久就会见面的，

第二十一章·七星聚会

哪知他……突然间就去了！"

郑雯听了这话更为诧异："您，您知道他已经……？"

老人点点头，指指旁边的木凳，平静地说："来，闺女，别站着了！你接连痛失亲人，在悲伤之中奔波劳累，还能来到山上，也太不容易了！不过，此前种种际遇，皆是为此而来。命运所系，谁也没法逆转！所以，你得想开些，生死之间，原本一线相隔，什么时候越过那道阴阳线，是冥冥之中早已注定了的。生无所谓欢，死无所谓悲；平平而来，淡淡而去；生生死死，来来去去。死者已经安息，生者还需努力。想通了，原也平常。来！坐下，我给你调理调理。"

老人平平缓缓说的一席话，竟有一股神奇的魔力，仿佛一只温暖的熨斗，将郑雯那颗被悲伤揉皱搓乱了的心，熨得妥帖舒展了，让她感到心中一片宁静，不禁依言坐下。

老人站在她身后，伸出双掌，一掌罩在她的头顶，一掌对准她的背心，闭目运功。忽又睁眼问道："你练过瑜伽？"

郑雯说："读大学就开始练，有五六年了，没多大进展。"

"已经有相当基础了。"老人说，"现在，你让自己进入冥想状态。"

老人复又闭上眼睛，伸出的手掌青筋毕现，脸上红光更盛了。

郑雯眼观鼻，鼻观心，心入太虚。开始，她尚隐隐约约感觉到，全身温温润润、飘飘荡荡，如沐春风，如浴温泉。渐渐地，进入忘我之境，融入大化之中，无知无觉……

李虎站在一旁，看着老人运功的姿态，那飘起的头发，鼓荡的衣衫，还有那渊渟岳峙的姿态，渐渐与心中一个熟悉的形象契合重叠。他猛然想起，惊异得张大了嘴，脸色突然惨白，像被人抽去了血液。先是感觉全身一片冰凉，渐渐地，血液沸腾起来，一颗心"咚咚"直跳，脸也涨红了，几欲脱口呼出。

此时，老人已为郑雯调理完毕。他睁开眼睛，看见李虎表情，笑着说："好你个虎子，总算认出我了？"

李虎颤抖着声音，激动地说："你是漆大大！"

老人呵呵大笑："是啊！二十年了，你长成了一个高大英俊的小伙子，我呢，也不是原来的模样。要不是知道你们要来，乍一看见，我还真是认不出来。"

声音和笑容，都是熟悉的，李虎再不怀疑，只是仍不明白："你原来一头白发，看上去要比现在老好多。二十年过去，倒是返老还童了？"

"返老还童，那不成神仙了？我不过是占了这块远离尘嚣的风水宝地，又略知一点养生之道罢了。"

"二十年来，你就一直住在这里？"

"是啊。"

"你不知道，这些年来我有多想你。特别是你刚走那段时间，我天天去那小屋，一坐就是半天，有时听到点动静就以为是你回来了。"李虎说着，眼圈不由自主地红了。

"呵呵，缘来缘去，这不又见面了？！"

郑雯渐渐醒来，恍若隔世，睁着一双大眼听着他们对答，迷惑不解地说："原来你们早就认识？"

李虎兴奋地说："知道么？他就是漆大大！在我十岁那年，爷爷刚去世不久，漆大大来到我们镇上，开始教我练功，一教两年，然后又不辞而别。二十年了，今天总算又见面了。原来，漆大大就是七星老人！"

02

说到这里，李虎忽然想起，问："我叫你漆大大，别人又叫你七星老人，你到底叫什么名字？"

老人笑着说："这么多年，我都忘记自己叫什么了。你们就叫漆大大吧。"

此时的郑雯，虽说消瘦了些，却已是精神抖擞，容光焕发。脸色如刚刚出浴一般鲜明亮丽，眼波流动，她伸手将一绺头发拢到耳后，望着李虎露出一个清新的笑容。

李虎一时竟看得呆了，眼前这张脸，恰如一朵盛开的幽谷百合，绿野之中自然清新，亮丽可人，足以涤人心中俗尘。

老人一旁饶有兴致地看着两人表情，呵呵笑道："你们两个娃儿，倒像是今天刚刚见面。"

这一说，两人一下子脸都红了，表情极不自在。李虎忙从包里取出两只不同的匣子，放到桌上，说："你早就知道我们要来？"

老人先打开李虎那只匣子，取出里面的遗书，略略看了一遍，似乎对其中内容并不感到惊奇。他随手将那写着遗书的小册子放入匣中，这才抬起头来，望着李虎，语重心长地说："是啊！这些年来，我一直在关注着你的星宿。家族中的有些事情，也是该让你知道的时候了。自从查知你家下落，三百多年来，我们一直暗中护持，从未说出真相。现在，我已老迈，将不久于人世，你就是廪君王族唯一被选中的子孙了。神赋使命，责任重大啊！"

李虎听得一头雾水，等待老人下文。

老人喝了一口水，继续说："正如你们家遗书中记载的，六百多年前，在那场飞来的横祸之中，从巴家湾逃出来的兄弟三人，慌不择路，途中遭遇土匪，大哥重伤而亡，不久小弟又跌下悬崖被急流卷走。剩下老二一人，独自逃到长江边，在云阳的故陵落地生根，隐姓埋名，那就是你的先祖了。他一直以为跌入深渊的小弟早已死亡，却不知道，小弟命不该绝，在急流中被一根横在水里的枯树挂住，后来被一过路行人救起，留住了一条性命。其实，小弟当时确已停止呼吸。也是冥冥之中有神护佑，救他那人恰好是星斗山祖师观的得道高人，见他心脏尚有余温，硬是以他一身精纯的先天功将小弟从鬼门关上拉了回来。这小弟，就是我的先祖了。"

尽管心中已有隐隐预感，听老人从口中说出，李虎仍不免轻轻"啊"了一声。

郑雯已听李虎说过他家密匣遗书的故事，此时再听老人讲出这段千古传奇，也是惊诧得合不拢嘴。

"小弟当时只有十来岁，道人见他资质颇佳，就收他为徒，带上星斗山传授功夫。小弟对自己身世守口如瓶，每天潜心练功。十年后，那道人一身功夫已倾囊相授，小弟便告别恩师，下山寻找兄长。但山高水长，天宽地阔，要找出一个人来，实在无异于大海捞针。经过几年徒劳的奔波后，小弟想到家族重任，便在唐崖司定居下来，娶妻生子。一方面延续家族香火，继续寻找兄长下落，一方面暗中打探被向大坤劫去的白虎下落。小弟当时是在齐岳山遇难获救的，道人问他姓名，他随口谎说姓齐。六百多年来，我们家就一直以齐为姓了。香火传下后,齐家也探知白虎被向大坤带到神堂湾去了,先后有两人下去探寻,一个半途而回,另一个一去不返。而对你们一家的寻找也毫无结果。后来,不知是哪代先祖想出一个办法,认为你们一家如果还在,肯定也会去神堂湾寻找白虎。于是,就派人长期驻守神堂湾,守株待兔。结果也是一厢情愿,并没有和你们家人遇上。

"在齐家神堂上,除供奉列祖列宗外,还多了一位道人,那就是小弟当年的救命恩人,授业恩师。先天功,也成了齐家子弟必练的家传功夫。直到齐家一位先祖中了神选,成了一位'比兹卡',才得知,'坡吉卡'一直没有失传,并很快找到了你们一家。但他并没有暴露身份,而是在你家旁边住下来,偷偷地将一身功夫传给了你祖先中一个十来岁的孩子。你的这位学过功夫的先祖,后来被选为'比兹卡',而且还成了大师。同时,先天功也成了你们李家的家传功夫。"

李虎不解地说:"但我的功夫却是你教的。"

"是的。你爷爷当时年事已高,你又还小,便将你托付给我了。从巴家湾逃出来的兄弟俩,虽然发展成为李、齐两支人,毕竟流的是同样的血液。按辈分计,你爷爷还是我的晚辈,你更是曾孙辈了。"

"原来你和我爷爷早就认识?"

"只是神交。我们都是'比兹卡'。"

李虎望着眼前的老人慈祥的面容,回想起小时候和他一起练功玩耍的日子,心中暖融融的,油然生出一股仰慕之情,不禁脱口问道:"那你,到底叫什么名字?"

老人伸手摸了摸匣子,起身说:"先不说这个!看看,我们又有客人到了!"

两人顺着山梁望过去,果然又见他们刚才来的路上露出两个人影,正向这边快步走来。渐渐近了,忽听郑雯一声惊呼:"是他?!"

"谁?"

"沈立!"

李虎望去,只见一个身着迷彩服的精壮汉子挎了两只背包正快步来到眼前,后面跟着一个戴眼镜的文弱青年,空着手却走得一身大汗,气喘吁吁。

前面那人一眼看见郑雯,也是惊诧万分。两人几乎同时开口——

郑雯问:"你是怎么找来的?"

沈立问:"你怎么也来了?"

老人笑呵呵地打断他们说:"好了好了!先坐下喝口水,然后一个个自我介绍。不然,半天也说不清楚的!"

沈立望望郑雯,说:"教授还好么?还是你先说吧。"

郑雯一双眼睛定定地瞪着沈立,平静地说:"我父亲……已经去世了。"

沈立吃惊地瞪大眼睛说:"为什么?!"

03

"至今还是一个疑案呢!"郑雯从那天沈立离开过后,父亲突然发病开始说起,一直讲到现在,甚至包括对沈立的怀疑,只略去了姑父母死亡的事情。

沈立听完后,并不为自己辩解,却关心地问起跟踪他们的那两人。李虎向他描述了那两人的外貌,沈立一掌拍在腿上,说:"就是他们!"

沈立此时也再无顾虑,向几人讲了他在宾馆大门遇到一高一矮两人,然后又被他们跟踪的事情。最后说:"我在重庆的住处被人搜过,昨天下午,又有人跑到黔江老家打探我的下落。可以肯定,这都是同一伙人干的。这是一个有组织、有预谋的神秘团伙,而且极有势力!鉴宝会上那个一言不发的神秘老头,很可能就是这个团伙的头目。他们的目的也非常明显,那就是冲着这五只石虎!"

老人听到这些情况,面色凝重起来。他又详细地问了一些被跟踪的细节,沉思良久,才缓缓说道:"这伙人的背后是谁?他们是从何处得到有关石虎的消息的?看来,我们还得有所防备才是!……有这么一伙人捣乱,肯定是不得清静了!"

几位年轻人听到老人如此说来,也深感局面复杂,前途莫测,一个个心情沉重,都缄口不言。

老人又说:"不过,他们就算拿去石虎,也是毫无用处。此事需要五虎齐聚,还要'罗布巴'、'坡吉卡'亲自动手,才能打开秘穴。"

"秘穴?"沈立一下站起来,望着老人说,"您就是七星老人?"

"呵呵!"老人笑道,"对!我就是你们要找的七星老人。还有李虎,这小伙子是叫向前进吧,你们都认识认识!以后几天,可是要同舟共济哟!杨仙姑可好?"

老人最后一句,是问向前进的。

小向回答说:"还好!她说,这些年,她一直想来看看您,无奈先祖不许。现在时机已到,她将有机会来看您了。"

老人抬须而笑,说:"是到该见面的时候了。"

原来,沈立和向前进是在山下的柏杨坝遇见的。

昨天夜里,从七点开始,傩戏班在温家的大堂屋里临时布置的祭坛上,举行了"开坛"的首场法事演出。杨仙姑亲自在锣鼓声中挥动幡旗,踏着罡步,唱念吃喝。接下来,表演了还傩愿的正八出:发功曹、迎神、请神、报卦、邀岗、立标、勾愿、送神,一出连着一出,紧凑连贯,煞有介事。

前来看热闹的乡邻把宽敞的温家大院挤得满满的,台上锣鸣鼓响、唢呐悠扬,台下大人欢呼、小孩号叫,热热闹闹,直到深夜方散。散场后,向前进和同学们又一起喝啤酒,吃夜宵,趁着兴奋劲儿,天南海北聊天到凌晨方去就寝。

早晨,同学们都还在熟睡,向前进留下一纸便条,借口家里有急事,然后偷偷乘傩戏班的中巴车离开了温家大院。

所谓便车,实际上是专程送他去柏杨坝的。将近中午,驾驶员将他送到柏杨坝,就打道回府了。向前进正在公路上东张西望,想找人打听七星山的位置,忽然"吱"的一声,一辆越野车在他身边停下,车里坐着一位身穿迷彩服的年轻人,伸出头对他说:"小兄弟,你知道七星山在什么地方?"

向前进心中一动,忙问:"七星山?你也要去七星山?"

那人面色警觉起来,小心问道:"怎么?你是要去七星山?"

"是呀,"向前进毫无心机地说,"这不,还没问到方向呢!"

车上身穿迷彩服的正是沈立。他前天夜里从黔江出发,经咸丰一路北上,昨天在齐岳山转了一整天,竟然没有打探到七星山在什么地方。晚上在苏拉口住了一夜,再往前就是重庆万州了,他感觉到方向不对。晚上与当地一位

第二十一章·七星聚会

老人闲聊,那老人说,早些年,他曾隐约听说过七星山这名儿,好像是在柏杨坝那边。于是,沈立今天一早又向柏杨坝这边赶了过来。

哪知在柏杨坝问到的第一个人居然是向前进,听说他也是去七星山,想到连日遭人跟踪,不由暗暗警惕起来。但见向前进是一个一眼看得透,玻璃人儿似的文弱书生,便笑着问:"你去七星山干什么?"

"我是去……"向前进突然语塞,支吾说,"去找……找一个人。"

沈立想起五只石虎的传说,又见他背着鼓囊囊的背包,心中似有几分明白,便友善地说:"正好,我也是去七星山找人。上车吧,我们一起去前面,再找人问问。"

向前进正迟疑,沈立已打开了车门,诚恳地说:"上来吧。"

向前进犹犹豫豫上了车,两人找到一家餐馆吃午饭。碰巧餐馆老板是一个热情多话的人,告诉他们说:"七星山没啥名气,晓得的人不多。那是属于重庆那边的地盘,你们问我算是问对了,因为以前我去过。那地方可不是好去的,你这车一点儿用处也没有!几十里山路,壁陡,撅起屁股爬,难走得很!要旅游何必去那里,柏杨坝好看的地方多着哩,大水井古建筑群全国有名,还有见天坝瀑布……"

他们问好行走路线,又找地方将车子寄放好,这才在夏日午后的阳光下,一路急行军爬上山来。好在沿途林木荫翳,炙人的阳光多被枝叶遮挡了。

沈立拍拍向前进说:"小向不错!这二十公里急行军,他没有掉队!"

小向摸摸湿透了的衣衫,摇摇头说:"我都已经到了极限了!再走,非得趴下不可。"

沈立笑着说:"你是平日缺少体力训练!每当我们自认为到了极限的时候,其实还有潜力可挖的。只要坚持再坚持,就一定会出现奇迹!"

"好了!"老人敲敲木桌,说,"把你们的匣子都拿出来吧!"

第二十二章 破译密码

01

四只匣子整齐地摆放在简易桌上。

除李虎那只匣子是矩形平盖，另外三只都是拱盖平底，形状一模一样，让人难以分辨。

老人先将李虎那只匣子拿过一边，然后以极快的手法将几只匣子调了方位，然后问道："你们好生看看，能认出哪个是自己的匣子么？"

几个年轻人面面相觑。

老人说："其实是很好辨认的。第一，各自的族徽图案不一样；第二，虎形器腹部的图符不一样。你们只要记住各自的特征就行了！现在，你们打开各自的匣子，拿出石虎。"

郑雯、沈立和向前进三人，就像小学生完成作业一般，仔细寻到自己的匣子，然后打开，捧出里面石虎，一齐抬头望着老人。

老人说："看看你们手中的石虎，知道它是用什么材料做出来的吗？"

向前进说："石头。"

老人笑笑说："当然是石头，但这可不是普通的石头！这是一种非常坚硬的黑色玄武石，是世界上最古老的石头！"

"世界上最古老的石头？"

"是的。这是由火山喷发出的岩浆冷却后凝固而成的一种岩石，一般的火成岩都有很多气孔，质地较轻，能在水中浮起来，被人称为浮石。但你们手中这种石头，密度非常高，比重要比一般花岗岩重得多，这是远古火山喷发的产物，采集不易，制作难度也非常大。可能你们还不大清楚，它还被称为能量石，能够对人体产生非常神奇的作用。"

第二十二章·破译密码

"是吗?"郑雯不由得睁大了眼睛,仔细端详着手中的石虎。

老人说:"它不但能吸收人体的负能量,还能放射出对人体有益的频率,活化人体细胞,排除毒素,促进人体与宇宙的和谐。"

说到这里,老人又盯住郑雯右手腕上那串手链,认真瞧了瞧说:"如果我没看错,你手上戴的这个是黑曜石吧!"

"对呀。"郑雯说,"这是我爸爸从日本给我带回来的。"

"你知道它的作用么?"

"听说可以避邪,是吗?"

"黑曜石具有强大而精纯的能量,避邪挡煞效果极佳。取下来给我看看!"

老人从郑雯手中接过手链,托在掌心,对着阳光仔细察看。纯黑的微晶质在阳光映照下,闪耀出彩虹般的光芒,内部幻出椭圆状的条纹。

"嗯,你爸爸很有眼光。"老人赞赏说,"这是极其名贵的双眼黑曜石,尤其难得的是它的内部结晶具有凝聚彩虹光的能量磁场。也就是说,它的能量有助于事情的圆满和愿望的实现。而且你看,它的数量也是极有讲究的,正好十四颗,在佛教里面,'十四'代表'大无畏',是专为避邪挡煞而制的。小姑娘,你知道么,这其实是你爸爸送给你的护身符啊!"

说起爸爸,郑雯心中一阵难过,她神情黯然地说:"我还一直把它当做一件平常的饰物呢。您怎么对黑曜石知道这么多?"

"因为它生而具有神秘的力量,自古就是宗教圣物。"

老人说罢,用两只手掌合住手链,闭上眼,嘴唇微动,两道长入鬓角的眉毛抖了几抖。接着,他又把几只石虎拿到手中,一一重复刚才的动作。然后说:"郑雯的手链和这几只石虎,我临时给它们加持了能量。带在身边,就是你们的护身符,对你们此行会有帮助的!好啦,现在,你们谁能把石虎上这些图形符号翻译出来?"

李虎说:"只有郑雯才有这能耐了!"

老人笑着对郑雯说:"那就看你的了!"

郑雯摸摸自己小包,发现没有带纸笔。李虎从包里拿出笔记本电脑,正要打开,沈立已递过来一个笔记本和圆珠笔,郑雯接过,在桌上翻开本子,提笔就开始写了起来。

李虎那拓片和沈立石虎上的图符是早就译出了的，郑雯自己祖传的那只石虎图符她也已了然于心。她很快就写出了三组图语的译文——

李虎：
二三二二
洪水弥漫
虎族子孙
秘宫觐见

沈立：
金猴反手
暗渡伏流
先闯阴曹
再赴苍龙

郑雯：
满载旨酒
船行倒流
崖生嘉鱼
神穴挂壁

02

郑雯写完一组，就撕下一张，递给七星老人。老人略一过目，又让其他人传看。最后，郑雯拿过向前进那尊石虎，不到一刻，也译了出来——

默行风洞

横攀百丈

直走龙门

斜上天梯

待大家都看完后,老人问道:"看出点名堂没有?"

大家互相望望,都摇了摇头。

老人说:"祖先神的启示一再说,时间紧迫!据我看,李虎这张最关键。它的后面两句,其实就是一个指令!前面两句是什么意思呢?2322,是几幅图语中唯一的一串数字。如果说时间紧迫,那这些数字是不是与时间有关?"

几个年轻人思考一阵,总是不得要领。

沈立说:"古人记算时间,是以什么为标准?"

"这就难说了。"郑雯说,"年、月、日、时,这些基本的记时单位,都是由古人发明的。"

李虎说:"应该说,时间越久远,选用的记时单位就越大,比如衡量地质年代就是用'纪'。但谜语中既然出现数字,那就应该有精确的导向作用,单位大了反而不行。我们折中一下,姑且以年为单位来试试,看有没有解。"

郑雯咬着笔头想了想,在笔记本上写了几个字,缓缓说道:"据史书记载,秦灭巴,换算为公元纪年,是在公元前316年,这应该是没有疑问的。316,加上2006年,不正好是2322?!那这2322的意思,就是指的今年?"

说到后面几句,郑雯的声音已经激动得有些发抖了。其余几人均有恍然大悟之感,纷纷点头称是。

七星老人抚须而笑,说:"嗯,这有点意思了!接着后面这句,'洪水弥漫'又是指的什么?"

"这个……洪水二字是关键。"郑雯此时已打开思维,她顺着自己的思路,边想边说,"今年虽然雨水不少,但并没有大的洪水记录。现在已是8月底、9月初了,强降雨发生的可能性已经不大。那么,洪水从何而来?"

向前进插话说:"那要看什么地方。今年南方可是发生过大面积洪涝灾害,造成不少损失。"

李虎说:"我们的思考范围,应该不离开长江流域,不离开三峡地区。"

"长江……"郑雯喃喃说着,忽然一声惊呼,"我的天!"

大家都吓了一跳，不约而同发问："怎么了？"

郑雯急切地说："是三峡，三峡大坝！"

李虎猛地反应过来："大坝蓄水？"

"对！"郑雯说，"据官方公布，从2006年9月20日22时起，三峡水库开始从135米水位向156米水位蓄水。我们对库区文物的抢救发掘也是以这个时间为截止日的。"

李虎说："如果'洪水弥漫'就是指的三峡大坝蓄水，所谓'秘宫觐见'的截止日期，就应该是9月20日了？"

沈立说："应该还有宽余吧！9月20日只是开始蓄水的时间。现在需要弄清楚的是，要完成最后任务，我们究竟需要做一些什么？有哪些步骤需要完成？这样才好计划我们的时间。"

小向说："把这些图语弄明白了，我们的任务不就清楚了？！"

"那也不一定。"李虎说，"不过，这本身就是任务之一。我们继续！还有这一句，'秘宫觐见'，这'秘宫'是指什么？又在哪里？"

郑雯说："'秘宫'就是秘穴，某个隐秘的山洞。至于在什么地方，恐怕就隐藏在这些图语里。还是往下看吧，看看沈立这组。"

沈立说："'暗渡伏流'，这'伏流'就是指的地下河吧！看来，我们得准备橡皮筏。至于什么'金猴'、'阴曹'，还有'苍龙'，这恐怕要进入山洞后，身临其境，才能明白具体所指，从而作出判断。"

"沈立说得有理！"李虎说，"如果图语中充满了细节，只有熟悉具体环境才会理解。若要强行破解，反而可能将自己引入歧途。我觉得，郑雯这组图语，倒像是指引秘穴位置的。'满载旨酒，船行倒流'，'旨酒'是什么？美酒！巴国的美酒就是'巴乡清'，其产地就在今天的故陵。从故陵装满了美酒，然后'船行倒流'。这让我想起郑雯讲过的倒流河的故事。远古时候，如果三峡堵塞，石芦河与大溪就会南向倒流，连通清江，为长江分洪。我想，当年可能正好遇上三峡堵塞，巴王的船队便从故陵沿石芦河'倒流'而上。'崖生嘉鱼，神穴挂壁'，大概就是秘穴的具体位置了。这可能要对石芦河非常熟，才寻找得到。"

03

郑雯不同意李虎的分析。她说："在公元前316年，如果长江三峡有大的壅堵，应该有史料记载的。据我所知，目前为止还没有发现这样的记载。再说，壅堵后的巴乡，也就是现今故陵，恐怕也已成水乡，酿不成'巴乡清'了。"

一直闭目沉思的七星老人，此时忽然睁开双眼，两只眸子精光四射。他说："我认为李虎说得有道理！'船行倒流'不一定非要三峡壅堵才行，远古时候，法力深厚的巫师，运用禁咒术，也可以令河水倒流。'巫'是巴人国教，在巴王身边，应该是有这样的巫师的，说不定巴王本人就具有这样的法力。后面两句，'崖生嘉鱼，神穴挂壁'，极有可能就是石芦河边的某个山洞。所谓'神穴挂壁'，难道洞口生在绝壁之上？'崖生嘉鱼'，这鱼怎么会生在崖上？这组图语，确实是指引秘穴位置的，但令人费解！我们得从石芦河两岸的洞穴中去寻找。其中，石笋河这段应该是重点。"

几个年轻人听得怦然心动。郑雯问："石笋河在哪？"

老人说："在故陵注入长江的这条河，古称永谷水，现名石芦河。石笋河就是石芦河的一段，河谷深切，两岸峭壁如削，崖壁上溶洞密布。离此不远，你们来时见到山梁下边的这条峡谷，就与石笋河相通。"

这么说来，秘穴就在眼前？

几个年轻人禁不住站起身来，想要前去看个究竟。

"不用徒劳了！"老人笑着说，"这里什么也看不到。我也只是猜测，到底是不是，还需要你们去搜寻、验证！"

几人复又坐下。

郑雯说："还有向前进这组，看看能不能解。"

沈立说："我看，这和我那组图语差不多，大概都是洞内的路径提示，也只有身临其境才会明白。"

"这么说来，"郑雯敲敲桌子说，"几组图语中，唯一比较确定的就是李虎这组了。其余大部分内容，都还有待现场去破解。"

老人满意地说："这已经不错了！李虎这组说明了时间和任务，郑雯这组明确了大致方位，下一步的工作就容易多了！"

李虎向四周望了望，说："漆大大，不是说五只石虎么？还差一只石虎，什么时候到？"

"不仅是只差一只啊！"老人说，"最关键的白虎我们还没拿到手哩！现在，你们的任务已经很明确了：第一步，先去神堂湾取回白虎；第二步，回到石笋河，寻找秘穴的入口。很简单的两个步骤，做起来恐怕是十分艰难的！每一步都是危机四伏，对你们的勇气、体力和技能都是十分严峻的挑战！先祖的遗命必须完成。你们都是虎族子孙，冥冥之中，先祖既然选择了你们，你们就别无选择了！现在，好好筹划筹划，要做好哪些准备工作！时间紧迫，你们要及早出发，越快越好！"

李虎不无担忧地说："据说神堂湾被称为'千古禁地'，古往今来从没有人下去过。要去那里面取回一只石虎，这……能行吗？"

老人说："被称为'禁地'是不假，但也不是没人下去过，只是从没听说有人从那里面出来过！当年，我就曾经闯过神堂湾，半途而废了！不过，比起探寻秘穴，去神堂湾倒容易多了。冥冥之中这样安排，或许是有深意的。让你们先去神堂湾历练历练，再去钻山腹、探秘穴，就有水到渠成之功了。"

郑雯望着七星老人，好奇地问："刚才您说，您去过神堂湾？"

老人淡淡地说："半途而废！几十年前的事了。"

一直无言的沈立，此时默默地从包里取出手提电脑。他配置的是能支持6个小时的高容电池，无线上网，野外使用极为方便。

李虎却担忧起另外的事情。他望望郑雯，又看看向前进，说："白虎本由巴家保管。取回白虎，应是我的职责！我看，没必要大家都去吧！"

老人环顾着几个年轻人，沉思说："你有责任感很不错。但要打开秘穴，五姓就是一个整体，缺一不可！让你们都去神堂湾，也算是一次必不可少的历练吧。如果没有神堂湾的历练，要直接去迷宫般的地下洞穴寻找巴王秘宫，对你们可就更难了！我看，这件事情虎子不用担忧，此次去神堂湾，我们有条件作好充分的准备，尽量做到有备无患，有惊无险！"

沈立头也不抬地盯着电脑说："我们得尽量对神堂湾多做一些了解，才知道该做些什么准备。这里，有一些关于神堂湾的传说，大家看看吧！"

于是，几颗脑袋挤在一起，盯着那块小小的屏幕——

04

这是一个名叫"灵异事件调查协会"的民间组织所做的有关神堂湾的调查笔记，里面收集了一系列传说中的诡异事件：

明末，永定区、九溪卫等地区瘟疫流行，湘西北土司区十室九空，尸枕荒野。俗传神堂湾有仙药可治瘟疫，有位年轻的郎中为了采到这种药，在两位武艺高强的土人护卫下，用绳子吊下神堂湾，结果，壮士一去兮不复还，三人神秘地消失在云雾深处……

清代同治年间，两个身怀绝技的猎人，身背弓箭，手持宝刀，结伴去神堂湾猎取珍禽异兽。二人结绳坠岩而下，至半山腰，就被里面阴森恐怖的景象吓住了：树藤交错，毒雾缭绕，阴风惨惨，怪声阵阵，一条寒光闪闪的巨蟒盘绕在一棵千年古树上。二人丢下弓箭、宝刀，夺路逃窜。后来，二人变得痴痴呆呆，满口胡言，不久都患了恶病，抱憾而死。

20世纪50年代中期，山外几位猎手追赶一头野猪，野猪负伤奔命，不慎滚下神堂湾。一猎手自告奋勇下湾拾取猎物，他以绳系腰，缒到第五级台阶（传说有九级台阶），累得实在不行，就坐在一根长满青苔的枯树上抽旱烟歇息。一袋烟罢，准备起身，顺手在树干上磕碰竹烟袋，不料树干慢慢移动。猎手大惊，细一瞧，原来坐的是一条桶粗的蟒蛇！猎手当即吓傻了，回家三天后暴亡。临死，发高烧，说胡话，歇斯底里大喊："蟒蛇！蟒蛇！"脸形极为恐怖。

解放初期，曾有苏联科学家在一队解放军的陪护下下神堂湾，但至今都没有再回来。

70年代末，一支解放军探险队，带着冲锋枪，牵着军犬，进军神堂湾。当他们下到第三级石阶，只见苔深留兽迹，水滑凝龙涎，枯叶三尺厚，蜈蚣遍地游。突然，一白色怪物从古林中飞窜而出，吓慌的战士情急走火，恰巧瞎鸡碰到米，将白物击毙，原来是一只30多斤的大白鼠！此时，军犬狂吠不止，躁动不安，几个惊魂未定的战士，只好慌忙而返。

1982年夏，一位本土作家为了收集民间文学资料，邀同仁四人闯荡神堂湾。他们逆十里画廊而上，取道枝儿湾，欲从南侧峡谷进神堂湾。一行人刚接近谷口，忽然雷雨大作，毒虫从枯叶内四散而出，众人淋成个落汤鸡，折身狼狈撤回。一个月后，他们再次依原路去探险，亦遇雷雨失败而归。此事至今仍令他们不得其解：刚才明明还是骄阳似火，为何突然暴雨倾盆？难道有种未可知的力量在黑暗中阻拦作梗？

1986年夏，北京一位摄影记者在向导的引导下，欲拍出神堂湾的内部奥秘，便系绳下吊。刚吊下几米，忽听湾中传来马嘶人吼的声音，紧接着阴云密布，狂雨如注，记者吓得魂不附体，发誓再不到神堂湾拍片。至今，张家界风景照片千万张，就是找不出一张揭示神堂湾内幕的照片。

80年代末，一位教授率几个弟子亦从枝儿湾入山，快到神堂湾峡口时，忽然一阵阴风袭来，教授昏倒在地。弟子们急架着教授，慌不择路、连滚带爬逃下山来……同年，农垦部门派出一支装备精良的考察队，试图揭开神堂湾之谜，他们历尽千辛万苦，依然无法接近湾底，只好中途而返……

最近的是1991年到1994年，分别下去了3支探险队。1994年是一支由美国、日本、新加坡、德国组成的多国部队，成功到达谷底，但电子仪器莫名其妙统统失灵，全体探险队员以最快速度上来了，从此以后不再有人敢下去。

以上仅是部分传说，还有许多不为人知的隐秘探险者更是难计其数，其中最为神秘的恐怕要数巴王黄金权杖的传说了。据传说，谁能得到白虎，谁就能找到两千多年前神秘失踪的巴王权杖，从而获得巨大的权力和财富。据说，元末明初，号称向王天子的向大坤曾得到过一只石雕的白虎，但他并没得到传说中的权力与财富，最终兵败，率部跳下了神堂湾。有关巴王权杖的传说是真是假？自明代以来，无数舍命进入神堂湾的探险者，难道都是为了寻找那只白虎，以印证这个神秘的传说？

神堂湾，它既风姿绰约，又冷艳无情，恐怖中充满神奇怪诞，迷雾中隐藏杀机怨气。有人说，神堂湾是一个大磁场，把当年向王天子与官军血战的嘶喊声录下来了，一遇到适当气候便扩散出来；又有人说，神堂湾整日弥漫不散的迷雾之所以夺命丢魂，那是瘴气所致，以至于千百年无人光顾，鬼晓得那里面有多少猛兽、恶蛇、毒虫。

向前进看完后，咋舌说："所谓'千古禁地'，果然是凶险无比！"

李虎说："原来，也还是有成功到达谷底，又全身而退的记录！"

老人正色说："关于黄金权杖，是一个流传了两千多年的神秘传说。古往今来，不少野心家、枭雄、贪婪者，甚至还有外国人，都曾秘密打探过它的下落，搜寻者的足迹踏遍了长江三峡和武陵山区。但这不是我们的目的，我们只是遵从先祖遗命，去寻找他们最后的归宿。去神堂湾取回白虎，只是我们任务的第一步。不管外界将神堂湾说得如何神秘、凶险，你们只要记住，能否成功进出，除了自身准备之外，时机和天意是至关重要的！这次，你们去完成先祖遗命，可谓应天顺时！"

郑雯不无担忧地说："从这个什么灵异调查协会的记录看，神堂湾白虎已经是公开的秘密了，这么多年了，它还会在那里吗？！"

"几百年来，的确有不少人为找到白虎不惜铤而走险。"老人沉思着说，"但我刚才说过，那都是逆天而动，注定不会成功的。"

"漆大大，"李虎回头叫道，"给我们讲讲您当年闯神堂湾的经过吧。"

"唉！"漆大大一声长叹，不堪回首地说，"那时候第一次听说这个消息，又不明白自己身份，凭着一腔热血硬闯，几乎酿成大错啊！如果不是有先人及时指点，能够知难而退，还不知会是什么结果呢！"

几个年轻人好奇心盛，都催促老人快讲。

老人抬头看看天色，又端起桌上茶杯喝了一口，说："好吧！反正，这也是要让你们知道的。"

第二十三章 温家大院

01

在谋道镇，汪二麻子是个有名的人物。从没人见他干过什么正经营生，但他却在镇上盖起一座三层小楼房，让家人小日子过得滋滋润润的。

他是个在家里待不住的角色，一般很少住在镇上。前几天他在恩施遇见一个十分有钱的神秘人物，身边人都叫他"六哥"。六哥对古董有兴趣，要各路朋友帮他留意，特别是古董匣子、石雕虎形器，一有线索就给他电话，不管成交不成交，提供消息的朋友都会得到优厚的报酬。

汪二麻子也是运气来了，中午刚从恩施回来，就听说街上有个怪人在摊子上摆出了古董匣子。走去一看，果然是一古董，只是形状怪异，没法打开。尤其那摊主神秘莫测，古怪难惹，似乎还掌握着自己的什么把柄，他只好打电话叫来了六哥。没想到，六哥也被那人耍了。好好一个古董，竟让一个学生分文不花就抱走了，实在让人想不通。

六哥十分豪爽，一出手就给了他两千，说是这线索很有价值。但六哥咽不下这口气，决心要从学生手中拿到这个匣子，多大代价都在所不惜。

晚上，六哥和他的两个兄弟就住在汪二麻子家的三楼。那里的窗户正好对着温家大院，相隔不过百十米；中间一棵高大的洋槐树，树冠挡住了温家的楼房，对宽敞的庭院却是毫无遮拦，那里人来人往看得清清楚楚。六哥的目标就是抱走匣子的那个眼镜学生，他们已经打探到他叫向前进。

夜深时候，六哥曾偷偷潜入温家大院，原打算趁人们的注意力都被傩戏吸引，顺手牵羊取走匣子。他早已看到向前进正空着手在台下看戏，匣子一定放在楼上寝室里了。做这样的事情，对六哥来说原本是小菜一碟，但这次他却摔了跟斗，是结结实实摔在二楼平地上的。连他自己也不知道怎么回事，

第二十三章·温家大院

就在额头上留下了一个青包。

"真是闯鬼!"

他骂骂咧咧地爬起来,揉着额头,突然想起,温家正在请神还愿,室内有鬼原也正常。于是伸手虚画了一道符,嘴里默念一通驱鬼咒。正要继续往前,忽听"啪"的一声,一件什么东西无故落到他的面前。仔细一看,竟是傩戏班的一个十分恐怖的无常面具。长长的舌头惨白的脸,吓得他赶紧转身逃走了。

六哥自作主张,原本是想给大师一个惊喜,没想到出师不利,只好乖乖按照大师吩咐:看好匣子,不要让它脱离视线。

虽然他们轮流监视着,还是出了问题。

第二天上午九点钟,大师意外地出现在他们眼前,开口便问:"匣子呢?"

六哥诚惶诚恐答道:"还在温家大院。"

"傩坛班还在吗?"

"还在!要明天才结束呢!今天是从下午三点开始。"

"给我找一个能看见温家大院的清静地方。"

"有!有!"

六哥立即让汪二麻子回避一下,偷偷对他说"老爷子要用房子"。汪二麻子远远看到大师派头,又见六哥对他毕恭毕敬的态度,早已吓得手足无措。听六哥这样一说,马上领着妻儿躲到亲戚家去了。

六哥在三楼临窗放了椅子,安排大师坐好。房子虽然简陋,但视野不错,大师满意地点了点头。

十点过了,那群学生才陆陆续续起床,洗漱后,一起上了温姑娘开着的那辆小车。这时,六哥脑袋"嗡"的一声,他发现问题了:向前进一直没有出现!

怎么回事?!

小车驶出温家大院,往鱼木寨方向去了。六哥忽然想起,早晨傩坛班的中巴车曾经开出大院,向前进会不会在那车上?他问两个手下,他们都说没有看见。

六哥额上淌着汗,顾不得害怕了,如实向大师禀报了情况。

出人意料的是,这次大师没有发脾气,只冷静说道:"只要没从人间蒸发,就一定能够找到！去吧，越快越好！"

"那您……？"

"我就在这儿等着，不用你管！"

下午两点多钟，六哥一无所获地回到大师身边，沮丧地汇报说："向前进早晨留下一张便条，说家里有急事，乘傩坛班的中巴车回恩施去了。我们在恩施找到他家，他并没有回去，家里也没什么急事。他的同学上午曾给他打过电话，他电话关机。傩坛班的中巴车不知去了什么地方，至今没有找到。"

大师两道浓眉抖了抖，露出沉思的表情，仍然没有发作。

02

大师罕见的沉默，让空气一时凝重起来，六哥感觉有些呼吸困难，毕恭毕敬地站在一旁，备受煎熬。

终于听到大师的声音了。他说："这事儿，估计是杨仙姑一手安排的！难道她也是……？如果真是这样，事情可就复杂了！"

说到这里，大师忽然扭过头，直望着六哥，说："你看，她会把那孩子送到哪里去？"

六哥茫然摇头，想了想说："这需要查出那中巴车去了什么地方！那车涂着花花绿绿的广告，醒目，好辨认，应该不难查出的！"

"那还站在这里干什么？！赶快去查，天黑以前告诉我结果！"

"是！"

六哥略一鞠躬，转身走了。

大师有些烦躁。他起了身，倒背双手，在这间十来平方米的小房里来回踱步。长长的假发垂在肩上，随着步子有节奏地闪动着。

他想到郑教授的神秘死亡，如今这杨仙姑似乎也介入其中。到底有多少人染指此事？他们对此知道多少？……

此时，温家大院人声鼎沸，前来看傩戏的人已把院子挤得满满的。

第二十三章 · 温家大院

随着一声响亮的锣响，嘈杂的人声渐渐平息下来。不紧不慢的锣鼓声中，一个轻柔的女腔平平而起——

姜女坐在八仙台，
豪光闪闪洞门开……

歌声随着锣鼓的节奏缓缓飘来，初听平淡无奇，却仿佛有一种不可抗拒的神奇力量，让大师浑身每一个细胞都受到震动。

大师不禁左右望望，房里只有他一人。黑鹰6号已带着他的手下走了，两名保镖守在外面，秘书小梁则留在威虎山庄。他感觉浑身不自在，却又说不出什么原因。只好站起身，又踱起步子来。

他知道，这是杨仙姑的声音，这声音中似有某种魔力。他踱着步子，希望能够集中精力思考眼前的局势。但这声音却似一条漂亮的毒蛇，紧紧地缠上自己，驱之不去，挥之不脱。这让大师益发焦躁起来。

他越是不想去听，柔美的唱腔在他耳中显得益发清晰——

瞒着爹娘来洗澡，
恰缘遇着范启良。
一身四体你观见，
这样羞耻如何当……

——唱的是《姜女下池》。

大师恍然醒悟，歌声中的魔力，是一种深入骨髓的"媚"与"荡"，柔滑的唱腔流水一般袭来，势不可挡。尤其这样的声音再配上孟姜女池塘裸浴，以及大胆泼辣逐爱求欢的唱词，更是让人想入非非。

《姜女下池》，几乎是傩坛祭祀中必不可少的一折傩戏，大师不知听过多少遍。同样的唱词，同样的唱腔，他从未听到过这样的声音，从未有过这样强烈的感受。

放下架来把话讲，

范郎哥哥听端详，
奴家终身许配你，
请郎下树结成双……

　　大师自诩阅人无数，但这样的声音，他还是第一次听到。此时，雄性动物最原始的欲望如烈火一般在他体内燃烧，让他呼吸急促，燥热难当。
　　他在狭小的室内急促地转了无数个圈子，然后在粗糙的水泥地面上盘腿坐下，闭目调息，强行收摄如野马一般狂奔乱跳的心念。

不管你今年三十春，
只当青春少年人。
不管你胡子有多长，
胡子上面有蜂糖。
半夜三更打个碰，
好似裹衣溅酒缸。
我劝郎君接衣去，
快快与奴对成双……

　　歌声一浪浪袭来，以至柔之力猛烈冲击着大师刚刚筑起的理性堤岸，让他溃败如山，复又坠入心猿意马之境。
　　大师长叹一声，额头冒出汗来。他烦乱地扯掉头上的发套，再次收摄心意，强行运起功来。他不停翕动双唇，从嘴里喷出一个个咒音。咒音疾如枪弹，迎着飘飞在空中如丝绸一般柔曼的歌声射去。

03

　　他感觉出，轻柔的歌声似乎毫无着力之处，他的咒语丝毫不起任何作用，射出的"枪弹"不知滑到哪里去了。

　　大师明白，发出的咒语引起了对方的警觉，现在人家已处于高度防范之中。如果一击不成，不但二次难以奏效，甚至会遭人家反噬！他不敢懈怠，催动内力，加快节奏，强劲的咒语如机枪，似排炮，从窗口源源泻出！

　　效果出来了！

　　他明显感受到对方的抗力，他已进入反攻！

　　震颤的空气中，先是清脆地响起两下轻而脆的"啪啪"声，接着一阵"咣咣啷啷"，窗玻璃无故破裂，碎了满地。

　　歌声如潮，起伏跌宕，仍在奔流不息。

　　大师此刻已心静如水，但神情狼狈。他不停地翻动着两张嘴皮，圆圆的光头油光闪动、青筋毕露，额头挂满汗珠，嘴角溢出白沫。

　　窗外，明媚的阳光逐渐暗淡下去。天空中阴云翻滚，平地卷起一阵疾风。树叶沙沙作响，纸屑漫天飞舞。一道强烈闪电，如利鞭从空中抽下，忽听"喀嚓"一声巨响，窗外那棵高大的洋槐树裂成两半，枝繁叶茂的树冠栽倒在温家大院高大的围墙里面去了。

　　大雨倾盆而下，歌声戛然而止！

　　大院里的观众惊呼不已，瞬间乱成一团……

　　大功告成！

　　神秘的杨仙姑将不再神秘！

　　大师长长舒出一口气来，缓缓站直身子，舒展着僵硬的四肢。此时，他已是浑身衣衫湿透，筋疲力尽了。

　　在两位保镖的搀扶下，大师艰难地走下楼梯，钻进楼下的小车，趁着暮色骤雨，悄然离开谋道镇。

　　温家大院内，一折《姜女下池》让台下观众正看得如痴如醉，天气骤然变化，洋槐树突然间无故断裂，将众人从痴迷之中突然惊醒，随即在滂沱大雨中一片惊慌。

尤其是温老板本人，原本是喜得贵子，向傩公、傩娘还傩愿，一片至诚至孝，原是皆大欢喜之事，不想朗朗乾坤竟突显霹雳！不知是未如先祖心愿，还是惹恼了哪路神仙？！如此公然示警，到底是福是祸？

又见法力高强的杨仙姑突然停声罢唱，转过身，一撩舞台帘子，走入后堂去了。尽管温老板是见过不少场面的人，此时却是再也坐不住了。

他正要起身去后堂询问，忽听一声锣响，走出一个头戴花冠的男端公，一手执令旗，一手握宝剑，在急促的锣鼓声中，走上祭台，几个圈子转下来，然后"咄"的一声，正面立定，宝剑向前一挥，朗声喝唱——

赫赫阳阳，日出东方！
断绝邪魔，辟除不祥！

然后转过身去，对傩公、傩母神位躬身礼拜，口中念念有词……

是邪魔作祟！这雨来得蹊跷，去得古怪。瞬间乌云散尽，又是红霞满天了。

台下观众见端公借神之力，辟邪见效，复又天清气朗，人们渐渐安静下来，温老板也稳稳地坐住了。

与此同时，有人七手八脚在院坝里摆出了刀梯、刺床，傩坛班的人已赤足裸背站在一旁，一场精彩的傩技表演开始了……

此时，杨仙姑独自躲进道具房，关上门，盘腿而坐，调息运功。只见她面色苍白，汗湿衣襟。

04

齐岳山拥有中国南方最大的山地草场。

夏季绿草茵茵、凉爽宜人，一片跑马放歌的草原风情，是避暑休闲的旅

第二十三章·温家大院

游胜地；冬季白雪皑皑、玉树琼枝，呈现出一派南国罕见的北国风光，又是体验冰雪世界的理想场所。

起伏的草场在318国道线两旁逶迤铺展，西临万州，东接利川，交通十分便利。所以，这里出现了大大小小的度假山庄。昔日野兽出没的荒山野岭，如今成了现代都市人的休闲乐园，一年四季游人不断。

其中，规模最大、功能最齐的大概要数"威虎山庄"了。

威虎山庄貌如其名！

占地100余亩，服务项目一应俱全，设备设施极尽豪华。路边广告牌上蓝底白字印有醒目的说明，威虎山庄是由"香港威虎集团大陆旅游投资开发公司"投资上亿元开发建设的。这里，经常接待重庆、武汉等地的一些高规格的商务会议，不少有级别的官员、企业家也常来这里休假。虽然在这山上除游客外并无其他闲杂人等，这里仍是严格执行五星级酒店的保安标准，戒备森严。由于价格奇贵，一般游客都被山庄大门内那尊仰首啸天、比真虎还大的老虎铜像吓在门外。

山庄深处，峥嵘的石山后面，一片茂密的松林掩藏着一幢神秘的建筑，周围有铁栏围住，森严的大铁门上挂着一块"办公重地、谢绝参观"的蓝底白字铁牌。

这是大师的又一处"行宫"。

此刻，这幢别墅似的楼房灯火通明。大师正坐在会客室宽大的沙发上，神情极为疲惫。秘书小梁亲自为他捧来一杯热茶，他只摇摇头，对侍立一旁的两位黑鹰说："是些什么情况，你们说说吧。"

黑鹰3号说："沈立是29号，也就是前天夜里，从他在黔江乡下的家里出发，开的是一辆三菱帕杰罗。我们估计是往齐岳山方向去了，但两天来一直没有发现他的踪影。"

大师阴沉着脸，对他的话不置可否，目光又转向另一位。

黑鹰6号连忙说："我们也找到了傩戏班的那辆车，就在利川城内一家停车场里，是一辆空车，驾驶员和向前进都不知到哪儿去了。"

秘书小梁也报告说："谢天、谢地的最后一次电话是在上午10点钟，当时，他们正跟踪李虎和郑雯驶上了云利路……"

"云利路？"

"就是云阳至利川的二级路。不过这路现在正在扩修，还没完工，恐怕行驶有些困难。那以后，他们的电话就一直打不通，至今音讯全无。"

"他们是说，李虎和郑雯正往利川方向赶去？"

"是的。他们乘坐的又是一辆猎豹越野。"

"这么说来，"大师沉思着说，"我们所有的线索都中断了？"

这话说得轻描淡写，却蕴含着强劲的力道，似钢鞭抽击着在场的每一个人。两位黑鹰面色苍白，答不上话来。

还是小梁出来解了围。她说："虽然眼前的线索暂时断了，但所有的线索都是朝着一个方向消失的。"

大师心中一动，忙问："什么方向？"

"利川，或者齐岳山。这其实也明确了我们应该关注的范围！"

"有道理！"大师说，"现在，我们只能以静制动了。杨仙姑被我施了哑咒，她会找上门来的。若能从她那里找到突破口，一切问题都迎刃而解了！"

正说着，忽听门外一阵喧哗。

大师疑惑地朝两位黑鹰看了看，黑鹰正要出去看看究竟，只见谢天、谢地二人，一前一后、跌跌撞撞跑了进来。后面跟着两位神情尴尬的保镖，看样子是想拦住二人，竟被二人硬闯了进来。

谢天、谢地一脸一身，污泥斑斑，衣衫不整。谢地额上一个青包，谢天脸上一道血痕，神情狼狈不堪。

大师尚未开口，小梁已皱眉问道："怎么这副模样闯了进来？成何体统？！你们跟踪的人呢？"

谢天瞧了小梁一眼，见小梁正盯着自己，脸"腾"地红了，神情慌乱地避开小梁目光，张了张嘴，没有发出声来。

谢地直着眼睛说："不见了。"

"跟丢了？"小梁不禁提高了声音，"怎么回事？"

"我们……"

一个保镖说："不只人跟丢了，他们连车子也搞丢了，两人不知从什么地方弄来一辆破摩托，总算是找到路径回来了。"

小梁又问："你们车子呢？"

谢地仍是直着眼睛，有气无力地说："在沟里。"

"到底怎么回事？"

"……"

"算了！"大师不耐烦地挥挥手，说，"让他们先下去休息，明天再说！"

两人向大师略一鞠躬，随即转身，蹒跚而去。小梁望着他们的背影，忽然"扑哧"一声笑了起来。大师问："你笑什么？"

这一问，小梁笑得更甚，"嘻嘻哈哈"弯下腰去，好半天才直起身来，擦着眼泪说："我……我是笑，是笑……刚才看到谢家兄弟时，突然想到'造化弄人'这个词。"

"嗯？"大师不明所以地望着她。

"你看谢天、谢地两个活宝，造化老人怎么就弄出这么一对普天之下绝无仅有的滑稽之作？"小梁说完，又笑得弯下腰去。

大师听了，脸色一沉，鼻孔里"哼"了一声，站起身来，仿佛不胜倦意，摇摇晃晃朝卧室走去。小梁连忙止住笑，跟上去伸手扶着。

第二十四章 小孟姜杨仙姑

01

2006年9月1日晚,谋道镇温家大院。

在傩戏班临时道具房里,杨仙姑打坐运功足足花了一个时辰,脸上才渐渐恢复了血色,汗透的衣衫也被自身的体热烘干了。但她的嗓子仍然发不出声来!她明白,自己是遭人暗算了,而且是极为厉害的对头!

她不明白的是,这些年来自己虽然结怨不少,但都是同行内一些不守规矩的人,或为色,或为财,大都遭到过她不轻不重的惩治。这些人虽然剑走偏锋各擅胜场,但功力平庸,自不量力,均不足与她抗衡。这些年来,她一直没有遇到过真正的对手,甚至一度认为除了神秘的七星老人外,天底下再无人能与之匹敌了!

但今天所遭遇的突然袭击,其来势凶猛霸道,让她手忙脚乱间好不容易稳住阵脚击退对手,自己已是受伤不轻。尤其是被对方下了哑咒,自己竟无法解开!很明显,对方露这一手,是要与自己来一场当面对决!

如此厉害的身手从天而降,到底所为何来?!

这时,温家大院内的傩技表演正进行得如火如荼,掌声、欢呼声一阵阵传来,气氛十分热烈。杨仙姑对自己的班底非常满意,这些人都是她亲自调教出来的忠诚弟子,会竭尽全力支撑杨仙姑这块金字招牌,在任何情况下都不会让自己拆台难堪!

她起身在室内走了几圈,活动活动身子骨,然后重新打坐运功,凝神静气,让自己进入恍惚状态。不久,两眉间隐隐现出一团不住晃动的氤氲白光。慢慢止住晃动,白光渐明渐强,其间显现出一团朦胧的影子。如调焦一般,影子渐渐明朗清晰,她看到了自己的对手!那是一张陌生的狮子般的人脸,长发披肩，红光满面，鹰鼻阔嘴，浓眉大眼！

面对那双眼睛，杨仙姑不禁打了一个寒战！

如鹰隼，似雄狮，阴险凶猛，冷峻威严，自有一股煌煌的霸气！

杨仙姑不敢退缩，她迎着那双眼，在冷静的审视中调适气度，挖掘自身所有能够与之相抗的能量，渐渐让体内的真气充溢圆满！

对方的眼睛也是不避不退，坦然相迎。她开始从那双眼中寻求自己需要的答案，她要弄清楚，对方攻击自己的目的到底是什么！此时，她自觉体内底蕴十足，目光渐渐犀利起来，变得咄咄逼人。但对方依旧冷峻坦然，让她感觉一拳击在棉花上，毫无着力之处。她继续催动内力，目光如剑，直向对方眼仁深处刺去。

效果不错！她见到了对方的反应，那双冷峻的大眼睛明显地眨了一眨，眼神似乎有了变化。变得更加炯炯有神，在那双眼睛深处，好像有某种东西燃烧起来。而且，这火焰从对方眼中喷出，似乎正向自己燃烧过来，她已明显地感受到一种温度，体内某处正在发热。这是一种让人舒适的温度，舒适得不忍离开对方那眼神。

先前，是在意志力支撑下的坚守；现在，则是受到一股磁力的牵引。杨仙姑如浴温泉，渐渐沉湎其中，如痴如醉……她忘记了时间，也忘记了喉头的哑疾。

不知过了多久，杨仙姑在一阵燥热之中猛然警醒！仿佛从温泉中探出头来，被一阵清风拂过，迷醉的意识在清清凉凉中睁开了眼睛。她意外地觉察到，自己正微张小口，娇喘吁吁，全身已是香汗淋淋，欲火大炽。

她猛地站起身来，极度的震惊与恐惧有如倾盆大雨当头浇下，熊熊欲火瞬间熄灭，随即全身如坠冰窖，瑟瑟发抖！

对手神秘飘逸，法力深不可测！一番剑拔弩张倾尽全力的较量，竟出现了这样的结果！难道对手如此煞费苦心，就是为了贪图自己的美色？

几十年来，杨仙姑从未遇到过这样的事情。她道法深厚，从来都是她占据主动、掌控局势。男人一旦入彀，就如同鱼儿上了她的砧板，只有心甘情愿任其摆布的份儿。如今，自己竟在不知不觉中被别人引入圈套，几乎毫无自控之力。好在及时警醒，以霹雳手段掐熄欲念！否则，反将成为别人砧板上的鱼儿了。

"哼！好吧！"

杨仙姑在心里冷笑一声，脸上露出坚毅的表情，打开房门走了出去。那一刻，她咬牙做出了一个重大的决定，那是她很久以来一直期待着的一个决定。此刻，当她终于作出这个决定时，心里一下闪过很多念头。其中，一个鲜活的身影频频浮现在她的脑海。

那是一个出身颇为蹊跷却又天性活泼好动的小女孩儿。

小女孩出生在战乱年代，不知道自己父亲是谁，唯一知道这个秘密的是她母亲。但母亲在她不满两周岁时，就随国民党的一个团长走了，从此再无音讯。她被丢在沅江边一个小乡村的外婆家，成了一个无爹无娘的孤儿。她似乎对此并不在意，自幼便如男孩子一般顽皮好动。

六岁那年，她随着几个小孩儿一起去邻村看傩戏。那是一个路过的傩戏班，被村民临时凑钱留下，顺便演唱一场。台上唱的是《姜女下池》，她仗着个儿小，灵巧地从大人缝中挤到台前，被台上精彩的表演和唱腔吸引，小小年纪竟然听得如痴如醉。一个身穿戏服的大人被这小女孩儿的专注吸引，在一旁默默观察良久，然后蹲到她旁边，笑眯眯地说："小妹儿，台上唱得好不好听？"

小女孩点点头，大大方方地说："好听。"

大人又问："你想不想唱？"

她瞪着一双大眼睛，望望台上，摇头说："我唱不来。"

大人说："我教你吧。"然后哼出一句，"姜女坐在八仙台……"

小姑娘只是扑闪着一双大眼睛，默默地望着那大人，并不吭声。大人说："跟着我唱呀！来，姜女坐在八仙台——"

小姑娘略一迟疑，便大大方方开了口："姜女坐在八仙台——"

稚嫩的童音清清亮亮，虽然吐字尚不清晰，那调子却显得波折婉转，有板有眼。那大人立即眉开眼笑，拍手说："好好好！来，小妹儿，跟我来。"

那大人将她引到后台，不知从什么地方摸出几粒花纸包着的糖，塞到小姑娘手里，直夸她是唱戏的好苗苗。台上一结束，那大人马上吩咐收拾道具，悄悄带上小姑娘就走了。

从此，她成了戏班里人人争相宠爱的小公主，好吃好玩好穿的都尽着她，还纷纷教她唱戏。于是，她就跟着傩戏班四处漂泊，从来没有哭着喊着要回

第二十四章·小孟姜杨仙姑

家去。

小女孩果然是块学戏的坯子，无论动作唱腔，一学就会。七岁就开始登台唱戏，人们给她起名叫"小孟姜"，到八岁时已经是远近闻名的小角儿了。

在她记忆中，那是一生最幸福快乐的几年时光。几年后，傩戏被禁止，傩戏班也解散了，她被当初领她那大人带回家去，仍时时教她唱戏，疼爱有加。

那大人知道她没有父母，一开始就哄着让她叫"爸爸"。这"爸"也是真心疼爱她，以致自己的亲生子女常常说他偏心。但毕竟不是亲生的，这"爸"最终还是露出了他禽兽的一面。十四岁那年的一天夜里，她在熟睡中被那年近五旬的"爸"强奸了。她在撕裂般的疼痛中醒来，震惊愤怒中给了那"爸"一个响亮的耳光！

那"爸"突然一膝盖跪在她的面前，痛哭流涕，抡起两掌用力批自己脸颊，说自己一时鬼迷心窍，做出禽兽不如之事，悔之莫及，以后再不敢了，只求她能原谅。

她没有哭泣，也没说什么，只是一脚踢开"爸"，连夜从那家逃了出来！

朦朦夜色中慌不择路，她闯进一片林子，迷了路，这才伏在一块大石上呜呜哭泣起来。也不知哭了多久，她后来竟然在那石头上睡着了。

醒来时，但见月光满地，眼前坐着一个白发苍苍的老太婆，正满面爱怜地看着她。她悚然一惊，"啊"的一声坐起来，发觉身上披着一件长襟衫，连忙取了下来。

对面老太婆说："披着吧孩子，不要着了凉。"

小姑娘问："你是谁？"

"我无名无姓，你就叫我婆婆吧！"

"你怎么知道我在这里？"

"呵呵，我也是路过这里，碰巧就看见了，这也是你我的缘分哩！我看得出，你刚刚受到过一场极大的伤害！……不要太过于伤心了孩子，这也是你命中注定的劫难。眼下，更大的劫难就要铺天盖地而来，连周围这些树木都无可避免哩！你还是跟我走吧！"

小姑娘望着那一头在月光下闪着银辉的白发，二话没说，就跟着婆婆走了。

那婆婆看似老迈体弱，步履却轻盈矫健。她领着小姑娘进了深山，在一处隐秘的草庵中住了下来。这一住就是五年！

五年中，那婆婆从未向她讲过自己的身世，却让她修习呼吸吐纳之功，而且严加督促，不让有一天松懈。小姑娘也从不多问，只是默默遵从照做。小姑娘天资聪颖，悟性极高，修炼进展十分迅速。

这山中日月枯燥寂寞，一老一少两人，却相处甚宜，将日子过得有条有理，紧凑充实。

五年过去了，她不但习得一身精妙气功，人也长成一个高高挑挑的大姑娘了。尽管麻布粗衣，也掩不住她婀娜动人的身姿与天仙般的容颜。姑娘仍是寡言少语，每天只知勤学苦练。姑娘练功时，婆婆往往对着她一看半天，欣慰之余，最后又总是禁不住摇头叹息。

有一天，婆婆将她叫到身边，微笑着说："你跟我上山来，有多长时间了？"

姑娘想也没想，脱口而说："五年。"

"是啊，五年了，我们还没有在一起好好说过一回话哩！"婆婆感慨说，"记得刚来时，你只有我的耳门高，现在倒是我只有你的耳门高了。孩子，你已经长大成人了！"

"婆婆养育之恩，恩同再造，小孟姜没齿不忘！"

"你这孩子，身世可怜，一生孽缘太多！唉，时也命也。我这里还有一些奇门遁甲之术，也一并授与你吧，以后好作防身之用。"

当下，婆婆说了一些口诀符咒，再讲解一番运用禁忌之类，姑娘都一一记住了。

最后，那婆婆爱怜地摸摸她的手，柔声说："你是一个懂事的孩子，从不打听我的身世来历。我也懒得告诉你了，不是不愿让你知道，实在是因为连我自己也已经想不起那些烟消云散的过往尘事了！你我五年之缘已尽，如今，山下的劫难已经过去，这山上也没什么好留恋的了，你想走就走吧！"

姑娘急道："好端端的您怎么说出如此话来！我几时又想过要走了？这天下虽宽，早已没有我的容身之地，又能往哪走呢？小孟姜当然是要在这里陪着您，和您一起过了！"

婆婆叹口气，又说："傻孩子，天下哪有不散的筵席！这深山老林，只是你的暂避之所。你本是尘世中人，仍需回到尘世中去！只是以后前程艰难，你又心高性傲，万事需用一个'忍'字，该圆缓的时候要懂得转弯！还要告诉你，你身世颇为神秘，此生恐怕还有特殊重负，切记不要辜负了！"

姑娘心中诧异，不解地说："婆婆，您说的这些话，小孟姜听不明白！您能说得具体一些么？"

说完不闻应答，却见婆婆已垂下眼皮一动不动了。姑娘吓得头皮一炸，忙探鼻息，发现婆婆已在说话间溘然而逝。

姑娘搂住婆婆痛哭一番，不得已将她葬了。又在草庵住了一段时间，到底耐不住山中寂寞，收拾了一个简陋的包裹，在婆婆坟前磕了几个头，便恓恓惶惶朝山下去了。

收拾包裹时，姑娘发现了婆婆遗下的一本发黄的书册。在傩戏班学戏时，姑娘也曾粗略识得几个字，但对着这书册，东翻西翻，左看右看，终于没有看出什么名堂来。只是不忍丢弃，便随手放进了包裹。

这姑娘，便是后来的杨仙姑。

02

姑娘依着童年模糊的记忆，几经辗转，回到了沅江边幼时住过的小山村。

远远望见外婆家那两间小瓦房，仍是十多年前的模样，只是更显陈旧一些了。房前依然是一块干干净净的小院坝，院坝边的樱桃树长得更高大了。她心中一阵激动，童年的零星记忆渐渐鲜活起来。姑娘快步奔走过去，见门口坐着一位不认识的中年妇女，她也来不及问讯，径直便朝屋里走去。那妇女却拦住了她，直问她要找谁。姑娘说："这是我外婆家。"

"你外婆家？"那妇女上上下下打量她说，"我怎么不认识你？你外婆是哪个？"

姑娘却已说不出外婆的名字来，只隐约记得外公姓杨。这时，陆续聚拢一些乡邻，其中有人突然说："莫非……你就是当年丢失的香姑？"

"香姑？"姑娘似乎忆起自己童年时曾经有过这么一个名字，却又无法肯定。

"据说，当年杨家未出嫁的女儿在家生了一个来路不明的女娃子。出生的时候，满室飘香，就给那娃儿取名叫香姑。后来，香姑长到五六岁的时候，不知怎么就丢失了。"

她也依稀认出了一些乡亲的面容，一个个面黄肌瘦的，好像很久没吃过饱饭的样子。几经说明，才知道外婆家这房子，如今已经住上了别的人家。而外公外婆，已经在几年前发生的那场大饥荒中双双饿死了。

她听说，前几年搞了一场什么大炼钢铁的运动，农民不种粮食，却去砍树炼钢。结果是，几年下来，饿殍遍野，死人无数。全村活下来的人，只有不到六成。

"原来这样。"姑娘不禁流下泪来，默默想道，"这就是婆婆曾经说过的那场大劫难！"姑娘忆起外公外婆对自己的种种疼爱呵护，又想到满怀希望回到家乡，如今却是孤苦伶仃、举目无亲了。越哭越是伤心，一时呜呜咽咽，竟一发不可收拾了。

众乡亲极力劝慰一番，说人死不能复生，一切自有政府安排，又纷纷请她先去自家暂住，姑娘这才慢慢止住了眼泪。十多年过去了，不少人都还记得当年那个丢失了的小姑娘，尤其记得她外公外婆为此四处奔波找寻，最终伤心欲绝的情景。大家见她虽然衣衫破旧，却长得鲜艳如花，纷纷询问她到底是如何走失的，这些年又是怎样挨过来的。

她对外界世事懵懂不知，即使想撒谎也没法撒圆，只好将自己大致经历如实告之。其中，自然也隐去了曾遭人污辱和山上修炼之事。

听说她会唱傩戏，一下勾起人们兴趣，纷纷要求她来上一段。

姑娘也不推辞，擦去眼泪，亮开嗓子就来了一段。姑娘是天生的演员，举手投足落落大方，有形有款。那段子唱得声情并茂，并伴以优美的舞姿，赢得了乡亲们的阵阵喝彩掌声。

这事恰巧被一位县里来的干部碰上了，跟着拍了一阵手掌，待她唱完，那干部却又板起脸，当着众人严肃地对她说："傩戏是封建糟粕，要坚决摈弃，绝不能再唱了！但你嗓子很好，舞姿也漂亮，条件不错，是一个难得的文艺人才，我要把你推荐到县文工团去！只要你好好学习改造，前途是不可限量的！"

就这样，她成了县文工团的一名见习演员，并且有了一个正式的名字：

杨香姑。

那位慧眼识珠的县里干部,原来竟是县委宣传部长,是刚解放时从北方解放区南下过来支援地方建设的学生团成员。在他的关照下,团里将杨香姑作为重点苗子培养,不但让她学唱刚刚引入的样板戏,还有专人辅导她读书识字。

杨香姑很快脱颖而出,在全县首场样板戏汇报演出会上,由她饰演李铁梅的《红灯记》一炮打响。她在当地也由此而成为众人瞩目的明星人物。

就在这个时候,杨香姑开始了她人生第一次,也是唯一一次热烈奔放的爱情经历。始料未及的是,这场烈火般的短暂爱情,将她一颗纯真稚嫩的少女之心彻底烧焦了。

她爱上的,是比自己大十多岁的宣传部长。是因为他丰富的学识,儒雅的气度,还是因为他对自己无微不至的关怀?她说不清楚。她只知道,是他,将她心中的一团烈火给悄悄点燃了!每每见到他时,她立刻变得容光焕发,神采飞扬,甚至听到他的名字也会脸红心跳。如果几天没有见到他,或者没有听到他的消息,她心中那团火就会烧得她茶不思饭不想,无精打采,连整个人都黯然失色了。他成了她工作学习的动力,成了她生命的核心。当第一场演出获得空前成功,她受到众星捧月般的祝贺,脸上红潮未退,回到自己小小的卧室时,他也随后而至。当时,他只说了一句"你今晚真是漂亮",她便毫无顾忌地投进了他的怀抱。

他让她真正品尝到了作为一个女人的幸福与快乐!

但她心中一直有个解不开的结。十四岁那次被污辱的经历,让她感觉到身子已经不是洁净的了,对不起自己深爱着的这个男人。她为此愧疚悔恨、痛苦不已。有一次,她终于忍不住用颤抖的声音将这事对他说了。他只轻叹了一声,说"我可怜的姑娘",然后把她搂得更紧了,从此对她愈加怜惜珍爱。

然而,这是一段注定不会有好结果的孽缘!

宣传部长有自己的妻子,是当年和他一起南下的同学,同样在邻县做领导工作。杨香姑从一开始就知道这个,但她毫不在乎,爱情的烈火已经烧得她失去理性不顾一切了。她就如同一个刚刚走出沙漠的旅行者,在极度饥渴中贪婪地吮吸着绿草上的甘露,欣喜地张开生命的花瓣,在爱情的滋润中尽情怒放着!

宣传部长与杨香姑的这段婚外情，谨慎地保持一段时间地下状态后，终于是纸包不住火，由半公开到了公开状态。一些对此感到愤慨甚至嫉妒的人，有意添油加醋，将这事传得沸沸扬扬。宣传部长的妻子是一个身材高大、脾气火暴的山东婆娘，虽然做了领导干部，女人的本性却没有丝毫磨灭。她得知此事后，第一反应便是对宣传部长来了一场海啸般的河东狮吼，震惊了整个县委大院。然后，她径直来到文工团，指名点姓要找杨香姑。有人劝杨香姑赶快躲一躲，杨香姑却坦然来到了不可一世的山东女人面前。

那女人见到杨香姑，先是呆了一呆，然后叹息说："难怪他要鬼迷心窍！"

杨香姑向女人坦陈，她深爱着宣传部长，只要和他在一起，其他全不在乎！那女人面对淡定自如的杨香姑，一腔怒火居然没有爆发出来，只冷冷地说："你会为此后悔一生的！"

杨香姑摇头说："我永远不会后悔！"

女人气极而笑，转身走了。她找到县委，以一个领导干部的身份要求他们一定要严惩这起伤风败俗影响恶劣的丑恶事件。尤其是对无耻下流勾引领导的杨香姑，她明确提出要将这位文工团演员下放到邻县的养猪场，由她亲自监督改造。

但这个严厉的报复方案还没来得及实施，就被另一场更大的风暴给席卷了。山东女人和她的宣传部长丈夫，一夜之间都莫名其妙地成了走资派，双双下台了。接下来，在文工团的墙头也出现了声讨杨香姑生活作风败坏的大字报，其中一幅漫画还在她胸前挂了一双破鞋。团内一些以前对她百般示好的年轻演员，此时也突然翻脸，要以"道德败坏"的罪名将她揪出来批斗。连一向袒护她的老团长，此刻也是泥菩萨过河自身难保了。

但杨香姑不会让别人来揪斗她！山上婆婆教她的那些小法术此时发挥了作用，让她成功躲过一次次屈辱。有一次，一群十多岁的"红卫兵"娃娃冲进文工团大院，将她堵在排练室，想借批斗之名瞧瞧这位名满全县的大美女。杨香姑打开大门，从他们面前大摇大摆走了出去，可笑那些"红卫兵"还冲进排练室，淘神费力四处搜寻。

杨香姑几经周折，找到了在乡下躲避批斗的宣传部长。此时，宣传部长已彻底失去了昔日倜傥的风采，一副萎靡消沉的模样。杨香姑心中一阵疼痛，流着泪投入他的怀抱，却被他轻轻推开了。他说，他已深自痛悔！这场不合

第二十四章·小孟姜杨仙姑

时宜的畸恋,不但害了自己,也害了香姑。现在,他和她都要彻底反省,以求自新!

"我们到此为止吧!"他垂下头,把双手插进好久没有理过的厚厚的头发之中,满面痛苦地说,"你还年轻,前面路正漫长,希望你好自为之!"

杨香姑久久凝望着这位自己深爱着的男人,发现他身上曾经光彩照人的堂堂男子气,此刻已在一连串的打击之中蒸发殆尽,只剩下一堆空空的皮囊了。她抡起手掌,狠狠地扇了他一耳光,希望借此能激发他爱情的火花,但他不吭一声,只把头埋得更低了。她绝望地说:"这个社会不容我们,难道我们自己也不容了?我们可以选择离开,去深山老林,任寻一个角落,就够我们栖身了。可是,你却说出如此话来!什么悔过自新?不过是死皮赖脸想在这尘世苟活下去的乞语罢了!你如此作为,还算是一个男人么?!"

最后,她望着垂头蜷缩一团的他,深深叹出一口气来。满怀的情和意,也随着这一声长叹,吐得干干净净。

她转过身,绝望地走了!

她悄悄离开了文工团,离开了那块给过她爱情也给过她屈辱的伤心之地,踏上乡间小路,一直向北。她不停地迈动双腿,没有目的地。脚下是茫茫天涯路,眼中只有遥远的云和树。

直到有一天傍晚,她在红红的夕阳中看见一个人,生命从此拐上了一条新的轨迹。

03

那是山中一个仅有几户人家的小村落,几间泥墙青瓦的村舍在夕阳之下显得格外温馨静谧,给疲惫的旅人带来无限的宽慰。

杨香姑刚刚踏进村子就引来一阵狗吠,随即从一道门中跨出一个人来,未见客人,先已喝住了狗吠。杨香姑见到那人,心中一阵惊讶,脱口叫道:"虞美人!"

"啊？！"

那人一惊，疑疑惑惑看了半天，才说："你是哪个？"

杨香姑确信没有认错人，她嘴角上那黑痣太明显了，夕阳之中衬在一张尖俏的脸上，特别抢眼。还有那突出的额头，虽然已经苍老很多，当年的模样还留着。那也是傩戏班的一个演员，只比杨香姑大七八岁，因为姓虞，嘴上又有颗美人痣，大家就一直叫她虞美人，正经的名字倒被忽略了。

见对方仍在上上下下打量自己，杨香姑笑着说："我是小孟姜啊，还记得么？"

"小孟姜？哎哟，可真的是你！"

虞美人一把抱住杨香姑，又是哭又是笑。闹够了，才将她拖进家里，坐好后，说："都长成这么大了！看了你，谁还愿再叫我美人？你才是真正的美人儿哩！说说看，这些年都是怎么过来的？怎么又想起找上这儿来了？"

杨香姑淡淡一笑，说："这都是碰巧碰上的。"

"戏班子解散时，你不是被掌坛师傅领回家去了么？后来我曾听说，掌坛师傅不知为什么事上吊死了，还着实为你担心过一阵子呢！这些年，你又是怎么过来的？"

"是么？"杨香姑心中微微一惊，说道，"我在他家住得不久，后来又被一个婆婆带到山上住了些年。这事……我还第一次听说，他真是上吊死了？"

"我是听傅三哥说的。傅三哥，还记得么？拉胡琴打锣的那位。他就住在山下，离这不远，都已经老了。前些年，饥荒过去后，他惦念掌坛师傅，曾经去家里找过他，结果听说他早已上吊死了！唉，真是一个好人哩，也不知是遇上什么过不去的事情了……"

一时无言，两人都沉默起来。

这时，从门外闯进一个人来，走路"咚咚"直响，肩上扛着一把锄头，进屋一眼瞧见杨香姑，竟呆立在场，不知如何是好。虞美人说："瞧你这没出息的样子！告诉你，这是我以前戏班里年龄最小的小妹子，名字你听说过的，小孟姜！"

然后又回身对杨香姑笑笑说："这就是我屋当家的，木头脑壳，只晓得闷头做活，磨子都压不出一个屁来！我们只管说我们的，就当没他这个人！"

第二十四章·小孟姜杨仙姑

那人只对客人憨憨一笑,也无言语,径直去了另一间屋。杨香姑见这人长得虎背熊腰、黑头黑脸老实巴交的样子,心中暗暗诧异,不知这虞美人是如何嫁上这么一个人的。虞美人似乎看透了她的心思,笑着说:"你不要瞧不起他!能嫁上这么一个人,可是你姐的福气哩!你也知道,戏班子解散后我回到家里,一窝子五六个娃娃,个个都张着嘴要吃要喝,可累坏了两个大人!那时候,不管吃得差吃得少,总算天天有下肚的。几年后遇上大饥荒可就惨了,爸爸妈妈为了省下一口让我们吃,都先后饿死了,我和哥哥也得了水肿病,奄奄一息,躺在屋里只等着伸腿断气了。这时候,就是你姐夫,刚刚你看到的这木疙瘩,从山上背来一篓红苕,救活了我们兄妹四人。就这样,我们跟着他上山,不但我嫁到他家,兄妹几人也先后都在这里安了家。"

杨香姑奇怪地说:"那时候到处都闹饥荒,为什么他家还有多余的口粮?"

"嗨!你知道为啥闹饥荒?农民都炼钢铁去了,大片大片田地都长满荒草,哪来的粮食?不饿死人才怪!那时候,这木疙瘩家就是这山上的吊山户。山高皇帝远,也没人安排他们去炼什么钢铁,就知道开荒种地。俗话说'靠山吃山',这山上虽然不产细粮,红苕、洋芋、野果、山珍却有的是,任何时候都饿不死人的。"

杨香姑想起在戏班时,这个当时只有十多岁的虞美人,因为自己比她唱得好,成了大家的新宠,让她受到冷落,曾经对自己不太友好,甚至暗中使过绊子。如今,她却在这山上过着简朴宁静的日子,身边又有一个踏踏实实疼爱她的人,心中不由五味杂陈。有几分感慨,几分羡慕,甚至还有几分嫉妒。

"说了半天!"虞美人一拍大腿,想起什么似的说,"你到底现在在干什么?怎么这样巧,偏偏就走到我这里来了?"

"这说明,我们此生的缘分还没尽哩!"

杨香姑原本想尽量显得轻松一些,哪知刚一开口,这心情又沉重起来。她也不避讳,就将自己眼前的遭遇原原本本讲了出来。

虞美人听了,不免唏嘘一番。最后说:"既是如此,这茫茫大地你能走到哪去?就在姐这住下来吧!这里不会有人吃饱了没事找你麻烦,山大地宽的,也不多你一张嘴!"

但这杨香姑天性就不是安分之人,在这山上又如何待得住!还没住上两个月,就腻烦得不行。有一天,她忽然对虞美人说:"你说傅三哥就在这山下不远？不知他当年使过的那些家什还在不在。要不，我们把他叫上山来，唱一回傩戏？"

这虞美人原是热心之人，沉寂多年，嗓子早就发痒了！听杨香姑这么一说，两人一拍即合，马上就结伴下山找傅三哥去了。

傅三哥果然是老了，不到六十岁的人，已经佝偻着背了，脸上刻满深深的皱纹。说起在戏班走南闯北的事情，也不过过去十多年，他已经是恍如隔世的感觉了。当他听到两位当年的小姑娘说起要唱傩戏，一双浑浊的老眼顿时放出光来，满面皱纹也伸展不少。但随即又神色黯淡下去，低下头嗫嚅地说："牛鬼蛇神，捉住了是要遭批斗坐牢的。"

虞美人说："到我山上去！山高皇帝远的，有谁知道！"

傅三哥沉吟半晌，看看天色向晚，起身说："你们等等，我去叫一个人来！"

天黑后，傅三哥果然领回一个四十来岁的精瘦汉子。他介绍说："这是罗老贵，以前也在戏班干过接法师的，可是一把好手！不但敲锣、打鼓、唱腔、走步来得，还能行法事，什么占卜打卦、上刀山下火池无一不通，家里还藏有整套法器哩！所以我就……你们看……"

那罗老贵一脸的精明相，两只骨碌碌的眼睛不停地在杨香姑身上瞟来瞟去。这时，他也不待两人说话，就开口道："不瞒你们说，这些年我也没闲着，常在三乡四邻做些招魂驱鬼的事情。因为灵验有效，闯出一点小小名气，时时忙不过来，一直想建坛举班呢，就是找不着同道中人！你们有这想法，真是太好了！"

杨香姑向虞美人望了一眼，心中很有些不以为然。却听虞美人说："不是严禁牛鬼蛇神封建迷信么？你如此大肆招摇，就没人管你了？"

"嗨！"罗老贵挥挥手说，"共产党的干部也是人嘛，谁没有个三病两灾的！只要你祈福消灾有真本事，人家还求着你哩！这附近几个公社，好几个干部都悄悄请我去家里做过法事的。当然了，嘴上人家还得那样说，毕竟端着共产党的碗嘛。"

杨香姑不大喜欢罗老贵这人，别过脸不去看他。虞美人说："我们只是在山上住着无聊了，想自个儿唱着玩玩儿，也没指着要去建什么班！放着现成的安稳日子不过，何必提心吊胆去冒那个风险呢！"

当下，两人借了个火把，连夜就回山上去了。

第二十四章·小孟姜杨仙姑

几天后的一个大清早,虞美人刚刚打开房门,就见傅三哥和罗老贵一前一后进了院子,肩上还扛着一口陈旧的木箱。罗老贵笑着说:"小妹子,我和傅三哥趁着没事儿,专门带着家伙上山来陪你们玩玩儿!"

打开木箱,里面除锣鼓钹镲等响器外,还有胡琴唢呐、司刀令牌,以及几件绣花法衣和一对木雕脸子壳壳,傩坛唱戏的道具基本齐全了。

虞美人喜出望外,连忙叫起杨香姑,便套上法衣,戴起面具,踏罡步,踩九州,一跬一步,步行转折。多年过去,尽管动作稍嫌生硬,幸喜尚未忘却。

罗老贵见了,微微一笑,捏着嗓子来了一口道白:

行来行去,行到此地,门上写着"香火通行",这一定是祖师的家了。待我叫喊一声:呔!有人在家吗?

虞美人接口道:

何人如此无礼,在外叫喊作甚。

罗老贵又道:

师娘有礼!我前来非为别事,专为迎请师祖前去铜仁为思东户主求还五岳良愿……

随着傅三哥手中锣鼓"咚咚"响起,杨香姑跟着亮开嗓子来了一句——

正月里来灯放光,二月芙蓉百花香……

那声音清丽婉转,端的是字正腔圆。旁边几人听了,先是一惊,随即鼓起掌来。傅三哥咂咂嘴,随即翘起大拇指说:"小孟姜这……真的是声如其人,我这辈子还没听到过如此好听的声音呢!"

罗老贵拍着手,喜滋滋地望着杨香姑,说:"你这声音,直往骨髓里去了,简直勾魂摄魄,没人抵挡得住!若要开坛,开坛准红!"

当下,几人各展所长,你方唱罢我登场,一时热闹不尽。接下来,由罗老贵组织,他们试着排演出一折高台戏,唱词道白有记不清楚的,经过相互提示,也渐渐忆起。俗话说,半台锣鼓半台戏,有傅三哥娴熟的鼓锣技艺,四人已俨然一小小傩戏班了。

泼辣爽快的虞美人,热情招待着几位客人,除唱戏外,任事不管。这里果然是山高皇帝远,他们的观众,除了为数不多的村民,就是周围莽莽森林以及栖息其间的飞禽走兽了。因而,他们能够尽情演练,丝毫也不担心会有人横加指责。

就这样，他们一直玩闹了三天，还一点没有倦烦的意思。

这天傍晚，他们正为《太子卖身》中一句台词争论不休的时候，忽听一个村民喊道："有人来了！"

几人慌忙收去道具，只见一人大步而来，一手扒开拦住他的村民，朝几人指点着说："罗老贵，你当真是躲到这里来了！赶快跟我走！"

罗老贵脸色微变，沉声说："我又不认识你，凭什么跟你走？"

"你不认识我不打紧，"那人一边擦着满脸的汗水，不慌不忙地说，"红旗公社的王主任你认识吧！我就是奉他之命，前来请你这尊大神的！"

罗老贵心虚地问："王主任？他有什么差遣？"

那人说："前两天，他女儿得了急病，高烧不退，打胡乱说，请好几个医生看了，不但没有好转，反而变得更加垂危！王主任是走投无路，这才想到了你。他说，你欠他人情，想来是不会拒绝的。只是累坏了我，从早晨到现在，跑了好几十里路，总算是找到你了！先弄点吃的让我填填肚子吧，还得连夜赶路呢！"

趁那人吃东西，罗老贵说："这王主任是公社革委会的一把手，去年我跳端公神被逮住，他曾放过一马，为人挺好的。既是他请，就没人敢找麻烦了！他家女儿这事，我估计是属恶疾，得冲'急救傩'。傩坛中人，原本就吃的是阳间饭，做的是阴间事，所谓一傩冲百鬼，一愿了千神，请神送鬼、治病解厄就是我们的职责。我看，我们四个就趁这机会一起走一趟，去演一场实打实的'急救傩'。"

几人正在兴头上，经不起他的怂恿，收拾几样道具，就踏着夕阳出发了。

04

王主任家在离公社不远的一个大村子里，他们赶到时，快半夜了。王主任避嫌不在家，他老婆不惜纡尊降贵，笑面相迎，却掩不住一脸的忧虑。

罗老贵自然成了几人的主心骨，一进屋，顾不得劳累，首先察看病人情况。

第二十四章·小孟姜杨仙姑

那是一个十六七岁的小姑娘，一动不动地躺在床上，面色苍白，鼻息微弱。罗老贵又在室内四周瞧瞧，甚至还弯腰看了看床下。

女主人见罗老贵面色凝重，试探着问："怎么样？"

罗老贵摇摇头，半响，才从牙缝里蹦出八个字来："邪鬼作祟，恶魔缠身！"

女主人大惊失色，颤声说："求罗大仙……一定救救我女儿！"

罗老贵说："我们会尽力的！你去找一口铁铧来，放在炭火里烧着，再要两斤白酒，最好是没兑水的！没酒，桐油也行。"

罗老贵一行四人配合着，先来了一场"解七煞"的傩仪祭祀。待铁铧烧红，傅三哥手脚并用，敲起一阵急促的锣鼓声，罗老贵赤手空拳踏着罡步上场，摇头晃脑念起一通咒语，然后挽起衣袖，用手在烧得通红的铁铧上摸了一阵，又如跳舞一般赤脚踩上铁铧去。围观的村民因惊骇而发出一阵阵"嘘嘘"叹声。罗老贵若无其事地走下铁铧，顺手拿起一瓶酒，拔掉塞子，向铁铧淋下。只听"轰"的一声，铁铧腾起几尺高的火苗来。

罗老贵双手伸入熊熊火焰之中，一下将燃烧着的铁铧端了起来，嘴里突然发出尖锐的吼叫声，不停向四周冲杀。观众吓得"哇哇"叫喊，纷纷向后退闪。

现场气氛惊险、恐怖、紧张、热烈，观众则在惊悚之中大开眼界，大饱眼福。一场法事做完，室外已亮起熹微的晨光。罗老贵擦着脸上的汗水，疲惫地对女主人说："现在，安排几张床铺，让我们歇歇吧。"

中午，几人醒来，看见昨晚还奄奄一息的小姑娘，此刻正靠在一张躺椅上，吃着母亲喂给她的一碗稀饭。虽然面色仍然苍白，一双眼睛却顾盼流转，已经有了神光。

他们在主人家不但享受到丰盛的饭菜招待，临走还得到一个小小的红包，里面有三十三张崭新的钞票，面额是一角的。

别过主人家，还没走出村子，又被人拦住。拦住他们的人，是闻讯从另一个村专程赶来的，说是一直家宅不宁，人畜不旺，不知是犯了什么煞气，要请求他们禳治。

就这样，他们昼伏夜出，从一个村到另一个村，人不歇足，马不停蹄，冲傩还愿，驱鬼逐疫，一场接着一场，竟抽不脱身了。这个小小的傩坛，名声也不胫而走，三乡四邻间，将他们传得神乎其神。杨香姑这个名字，也在传闻中变成了神通广大的杨仙姑。甚至一些人不惜翻山越岭走夜路，就是为了一睹她的仙容和法术。

有一天，虞美人悄悄将杨仙姑拉到一边，一脸忧虑地说："这样下去，我担心早迟要出事情！"

杨仙姑点点头说："我也有这担忧，总觉得罗老贵这人不大可靠！我看，我们还是尽早离开他，先回山上再说。"

然而，还没容她们回到山上，就真的出事了。

罗老贵原本答应她们说，再帮人还一场"子童愿"后，就让她们回去的。这是他答应人家很久了的事情，求她们千万要帮了这个忙。虞美人心想，十场八场都做了下来，也不多了这一场，便答应了。罗老贵先找人送信，约定日子，让愿主做好准备，然后才领着她们趁着夜色前往。愿主果然准备周到，一切也进展顺利。还愿仪式结束后，应愿主要求，他们又唱了一折《柳毅传书》。结果，观众掌声未绝，便听"哐啷"一声，紧闭的木门被一脚踹开了，冲进一个凶神恶煞的人来，手里挥着一把短枪，大声喝叫："都不许动！"

众人在惊吓之中，发现那人后面还跟着两个端长枪的民兵。

这里是战斗公社的地盘，罗老贵几人作为一群正在散播流毒的"牛鬼蛇神"，被带到公社一间没有窗户的黑屋里关押起来，外面有持枪的民兵日夜守着。

战斗公社的革委会主任姓毛，自称和伟大领袖是一家人，刚刚用造反的手段将上一届主任赶进了牛棚，风头正旺，又是当兵出身，长得魁梧彪悍，铁面铁腕，不可一世！他宣称这是他上台后刚刚破获的一起后果十分严重的"封建复辟"事件，是革命斗争的伟大成果，并亲自审问每一个"牛鬼蛇神"。杨仙姑几人被一个个单独领来，战战兢兢，被他以极其洪亮的声音，一阵劈头盖脸的破口大骂，骂得狗血淋头！声言要在他们这些"牛鬼蛇神"脖子上挂着尿壶去游街、游田坎，要将他们搞脏搞臭，然后再送公安局，下大牢！甚至威胁说，要是惹恼了，"老子手里有枪"，就是弄死一两个"牛鬼蛇神"，那就和捏死两只蚂蚁一样，也不是什么大不了的事情！

虞美人在黑屋里大哭了两场。先是哭她那木疙瘩丈夫不知道能不能承受痛失娇妻的打击，又哭自己还没活出什么滋味来就奔赴黄泉实在心有不甘。到后来，她哭得累了，又强颜欢笑说："去他奶奶的，老娘也不值浪费眼泪了！"

第二十四章·小孟姜杨仙姑

为他留下三个生龙活虎的孩儿，也不枉他疼爱我一场。听天由命吧，该死卵朝天，不死又过年！"说完，倒头便睡。

罗老贵双手捧着头，痛悔地说："唉！都是我害了你们！"

傅三哥只是低着头偷偷抹眼泪。杨仙姑自始至终在嘴角挂着冷笑，不发一语。夜间，只有虞美人舒坦地躺在地上，不时传来阵阵鼾声。

第二天，黑屋里几人从门缝中看到外面有了天光，便提心吊胆等待着结果。外面稍有风吹草动，就会让他们伸长脖子聆听半天。但一直等到中午，仍然毫无动静。他们真正体会到了度日如年的滋味，感觉每一分钟都是特别漫长。虞美人反背着手在室内踱来踱去，实在忍不住了，便朝门外大声喊叫："要杀要剐来个痛快嘛！这样不闻不问不死不活的，算个什么东西！"

好不容易挨到下午三四点钟，终于听到门响，却是杨仙姑又被单独叫了出去。

这次，她被领到了一个僻静的小院，带进一间布置颇为豪华的套房里。刚在沙发上坐定，就听到一阵爽朗的笑声，身材高大、容光焕发的毛主任从里屋走了出来。他亲自为她沏了一杯热腾腾的茶水，大大咧咧在她对面坐下，两束目光粘在杨仙姑身上似乎再也撕不开了。他笑呵呵地说道："人说杨仙姑杨仙姑，果然是美如天仙名不虚传哪！能看到一眼都算是不浅的艳福哩，也不晓得当初你娘老子是如何把你弄出来的！哈哈哈哈……"

杨仙姑努力忍着，才没有把一杯滚烫的热茶泼到对方那张让人恶心的脸上。

毛主任见她没有吱声，往前挪了挪，一只手悄无声息地向她伸了过来。但他看到她那张涨红的脸和极力克制的眼神，十分知趣地将手缩了回去。随即，他又换上一种严肃的态度，温和地说："你是他们中最年轻的一个，和他们是有本质的区别的！眼看着你因为单纯幼稚，受人蛊惑不辨是非，就要把自己毁在封建迷信的反党反社会活动之中了，我是十分心痛啊！所以，我要治病救人，我要挽救一个失足的青年！一个人犯错误不要紧嘛，只要肯改正，革命的队伍还是欢迎的！你如此年轻漂亮聪明能干，只要能够悔过自新重新做人，我毛某人包你前途无量！而且，如果你态度好，肯配合，我还可以将你的几个同伴一起放了，既往不咎，让他们回去好好过他们的太平日子。"

说完，毛主任意味深长地看了她一眼，终于收回一双贪婪的目光，然后起身，头也不回地走了出去。

杨仙姑坐在沙发上沉思良久，忽地站起身来，抓起桌上茶杯，"哗"的一声摔得粉碎，然后气冲冲朝门外走去。却听"啪"的一声，门外两支钢枪架起一个十字将她封在里面了。一个持枪的年轻人说："你不能出去！"

她大声说："我是回关我的黑屋子！也不行么？"

"你今天哪也不能去，只能待在这里！"

杨仙姑没法，转身走进里间，见到一张挂有蚊帐的大床，床上铺着干净整齐的被褥。临窗还有一张宽大的书案，案上码着一叠崭新的书籍，是全套精装的《毛泽东选集》。她心想既来之则安之，便取了一本书，坐在藤椅上随意翻看起来。

不知过了多久，忽听一个声音说："妹子真是好兴致，如此场合还能用心读书。"

杨仙姑扭头一看，罗老贵不知什么时候已经站到了身边。她惊讶地说："你……你怎么在这里？她们呢？"

"唉！"罗老贵长叹一声，眼圈也红了，"都是我害了你们！这如今，毛主任……我们几条命就全捏在你的手里了！"

"什么？！"杨仙姑柳眉一竖，双目咄咄地盯着他，"你这话什么意思？！"

罗老贵避开她的目光，想找地方坐下，却没多余的椅子。正要坐到床上，屁股还没落上床沿又像被什么叮了似的突然弹了起来，神情尴尬地立在那里，低头嗫嚅着说："刚……刚才，毛主任找我谈了，要……要我对你说，现在就看你的态度了！他说，只要你一句话，我们……他就立即释放了我们！"

"要我一句什么话？"

"妹子，你是聪明人，你知道那是什么意思！"

"……以你的法术，就不能让我们神不知鬼不觉地离开这里？"

"不瞒你说，妹子，我个人想要离开的话，没人挡得住！可是，要全部都走，我还真没那本事。我又不能丢下你们不管，傅三哥和虞美人都是有家有室的，跟我落到这种地步，真是……唉！所以，所以……"

说到这里，罗老贵忽然两膝触地，跪在杨仙姑面前，流泪说："我罗老贵求你了，妹子！只要你救了我们，这辈子我就是你的牲口了！只要是妹子

第二十四章·小孟姜杨仙姑

你有所驱策，我水里水里来，火里火里去，在所不辞！"

杨仙姑咬住下唇，眼望着窗外渐渐苍茫起来的暮色，久久没有吱声。后来，她嘴角浮起一丝冷笑，斜眼看了看仍跪在地上的罗老贵，冷冷地说："你起来吧！"

罗老贵猛地抬起头，结结巴巴地说："什么？！你是说……你同意了？"

杨仙姑仍咬着下唇，别开脸，无声地点点头。

罗老贵"咚咚咚"连叩三个响头，一骨碌爬起来，合掌作揖说："委屈妹子了！我罗老贵会用一生来偿还你的！"

说完，他扭头便向门外走去。杨仙姑说："等等！"

"什么？"

"你们……连夜就走吧！"

"那你……？"

"不要管我！……我会去找虞姐的。"

05

其实，杨仙姑要想离开这里，也是没人能挡得住的！

但她首先得照顾傅三哥和虞美人两个，此外，也还有更为深沉的原因。在前去替人还"子童愿"之前，她曾偷偷占过一卦，知道此行凶多吉少！后来果然出了事，她在黑屋里悄悄掐着手指，算出是有人设了局，便在半推半就中，有意钻进了这个圈套，想看个究竟。

在虞美人家住下这段时间以来，杨仙姑已经从最初的伤痛之中慢慢恢复过来。但未来让她感到迷茫，她不知道自己的前途在哪里。这几天的经历似乎给了她一些启示，尤其是傩仪、傩舞中神秘刺激的场面，仿佛激发了她的天赋，让她应付自如，从中感受到从未有过的快乐。但有一个问题也同时出现了，就是她那与生俱来的惊艳美色，这让她在任何时候都显得矫矫不群，光彩照人，不知有多少双眼睛被她点燃！走到哪里都会有熊熊欲火烤来，因而已成为她生命中不堪忍受的重负。或许，在未来行进的道路上，会因此引出种种阴谋、机关，种种暴力、陷阱，让她防不胜防！

这就是山上那婆婆曾经告诫过的"孽缘"么？

刚刚过去的那段轰轰烈烈的爱情，已将她纯真的心灵烧得面目全非。她在憎恨宣传部长的同时，也对天下所有男人都失去信任，筑起了厚厚的戒备之墙！她暗暗发誓：绝不能像路边的野花那样任人采摘，必须找到足以克敌制胜保护自己的有力武器！

前段时间，她偶尔翻阅婆婆留下的那本发黄的陈旧册子，发现那竟是一部罕见的奇书。在修习内功的堂堂心法间，竟夹杂着不少奇能异术，均属道巫一途。其中，有一则名叫"飞燕秘术"的，据称是汉代绝世美女赵飞燕传下的神秘绝技，首先通过吐纳之法，修炼出强健的闭气止息之术，然后反黄帝"采阴补阳"之道而行之，在男女交合之际潜运体内神功吸尽男子元阳，既令自身充盈，又让对方皮囊空虚，神不守舍，形如废人。

她一直在想，这位神秘的婆婆既修内功，又习巫术，以前到底是个什么人物？她留下这本古旧的秘籍，是有意还是无意？这其中的"飞燕秘术"，如若真有奇效，不正是让杨仙姑克敌制胜的有力武器么？

先前，杨仙姑脸上的那丝冷笑，便是因此而发。她在心中默念法诀，自信多年的内功修习，已具备相当的根基，决定以身试法，给恶人以恶报！

那一夜，杨仙姑在上床之前，已是风情万种，柔媚可人，令毛主任酥入骨髓！他垂涎说："仙姑，我毛某人就是死在你身上，这辈子也值了！"

杨仙姑"嘻"的一笑，说："真的么？"

毛主任一本正经地说："我走南闯北也见过不少女人，我发誓你是最美的！"

他使尽浑身解数，纵横驰骋，横扫八荒，通宵达旦，在她身上倾尽全力。曙光初现时，毛主任已成强弩之末，瘫软如泥。这时，杨仙姑端坐在床上，反倒显得神采奕奕，每一寸白玉般的肌肤都闪耀着迷人的莹莹光泽。

毛主任看得呆了，虽然眼里还流露出贪婪的神色，但怎奈四肢乏力，只能目送杨仙姑开门而去。

杨仙姑迎着曙光走出小院时，显得神韵充沛，光彩照人，以致让等在外面的虞美人看着吃了一惊。她迎上去，一把抱住杨仙姑，流泪说："好妹子，你……难道没事？！"

杨仙姑惊讶地问："你怎么还在这里？不是让你们连夜走了么？"

"我一直在这等你。他们俩是怕你……脸上下不来，这才先走了。"

杨仙姑只"哼"了一声，对虞美人说："我们走吧！"

回到山上后，虞美人一直对杨仙姑舍身相救的仗义行为感佩不已，总是流着泪说："妹子，为了我们，你是太亏了！"

杨仙姑却不许她再提此事了。

罗老贵与傅三哥偶尔也上山来看看她们。他们对刚刚发生的事情讳莫如深，既不谈过去如何，也不说今后怎样，只是拉拉家常，或者说说戏词，切磋切磋技艺。

其中，罗老贵来得更勤一些，还时不时捎带一些礼物。闲谈之中，他总是有意无意说起一些有关毛主任的消息。先是说他没了往日威风，不知为何人也变得神情恍惚了，多半时间躺在床上，有时说话还糊里糊涂的。后来又说，公社革委会主任刚刚换了别人，毛主任已下落不明。杨仙姑听了暗自欣慰，心想此役牛刀初试，已卓有成效。不但剪除一霸，还增强了自身机能，足见"飞燕秘术"的厉害！

再往后，罗老贵带的礼物就更多了，回回不打空手。什么白糖、香烟，罕见的水果糖，甚至还带来两段花花绿绿的洋布。他说，这段时间，他也偶尔出去做些事，挣了点钱。

有一天，虞美人对杨仙姑说："你看出来没？这罗老贵又想劝我们出山了。"

杨仙姑"嗯"了一声，不置可否。

过了几天，虞美人又说："罗老贵这人靠不住，反正我是不会再跟他去了！"

杨仙姑说："如果由我掌坛，你去么？"

虞美人睁大眼睛说："你来掌坛？你真的还要再干这个？"

"是的！"杨仙姑点头说，"我喜欢这个行道，我决定这辈子就干这个了！过几天罗老贵就会来请的。不过，他得听我的了！由我掌坛，我能保证大家不会出事！"

说这话第三天，罗老贵果然带了傅三哥一起，上山来请她们了，说是覃家寨子老宅不干净，近来老是闹鬼，让人不得安宁，要请他们去开坛行法，娱神驱鬼。杨仙姑说："好，我们去！不过，从今天起，就由我掌坛了，一切我说了作数！"

罗老贵听了先是一愣，随即点头说："当然当然！一切都听你的！"

从此，杨仙姑做了掌坛师，秘密活跃在湘鄂川黔交界的崇山峻岭间，傩班也由最初的四个人渐渐增至七八个。其中，罗老贵一年过后便离开了傩班。

开始，罗老贵似乎是出于歉疚才让杨仙姑做了掌坛师。他总认为，自己在法力上远胜于杨仙姑，而杨仙姑却没有对此表现出应有的敬畏，反而颐指气使我行我素，似乎根本没有将他放在眼里。这让罗老贵很不服气，渐渐变得桀骜不驯，两人时有冲突发生。

最终的决裂始于一场斗法。罗老贵以切磋为名，约杨仙姑半夜到一片空旷的山野斗法，杨仙姑漫不经心地答应说："好吧，今晚我去那里露宿等你。"

杨仙姑向农家借了一个打谷子用的拌桶，置于旷野，然后用生石灰在拌桶四周按阴阳八卦分别画符施法，这才踏入拌桶安身就寝。

是夜，恰值月底，天昏地暗。到了半夜，杨仙姑睡梦正酣，忽然风声大作，暗淡夜色中冲出一只白额吊睛猛虎，直向拌桶扑将而来。

此时，杨仙姑正在熟睡之中，浑然不觉。只见那猛虎扑至石灰线旁，便如同遇到铜墙铁壁，再也无力前进半步了。几度试探，终于无果自退。片刻后，一只来势更凶的雄狮再次扑向泰然稳睡的杨仙姑。然而，无论那雄狮怎样腾挪跃扑，左冲右突，最终也没能突破那道石灰线。随着雄狮悻悻而退，一条金龙显身云天，张牙舞爪，腥风四起，直向拌桶飞腾而下。这时，杨仙姑从拌桶里醒来，伸着懒腰打着呵欠说："什么东西呀，如此吵闹！"

说话间，她手中悄无声息飞出一支小小竹签，空中金龙发出一声尖啸，"啪"的落到地上，扭了几扭，现出人身，竟是业已受伤的罗老贵。

杨仙姑跨出拌桶，伸手向空中一划，厚厚云层竟被撕开一道口子，碧青天幕上悬出一轮满月来。莹莹清辉中，杨仙姑款款来到罗老贵面前，指着插在他脖子上的那支竹签，笑着说："这支小小竹签，我可以让它变成一柄切喉割头的利刃，也可以让它变成一根若有若无的毫毛！你信不信？"

"信信信！"罗老贵蜷缩在地，可怜兮兮地说，"原来仙姑法力无边，一直深藏不露，可恨我罗老贵有眼无珠！从今以后，我罗老贵就死心塌地效

第二十四章·小孟姜杨仙姑

命于仙姑你了！"

杨仙姑哈哈大笑，说："还会有以后么？真把我当成无知小儿耍？"

罗老贵额头沁出汗来，结结巴巴说："天可怜见，我罗老贵也就是逞强好胜，自以为比你道法高深，心里稍稍不服是有的。此外，对你绝无二心！"

"好个绝无二心！"杨仙姑冷笑说，"从在傅三哥家第一次见到你，我就从你眼中看出你居心不良。后来，你多次挑逗、暗示，见我毫无反应，又昧着良心设下圈套，将我出卖给姓毛的。你一直关心那人后来的下场，大概也让你看出了什么端倪，你又多次暗中使法试探于我，被我化解于无形，就更不敢轻举妄动了！我一直容忍着你，一是见你还是可用之才，另一方面，也是给你机会，希望你能幡然悔悟，改过自新！但你自不量力，始终不服我的气，这才有了现在的下场！说说看，这就是你的绝无二心么？"

罗老贵听得全身冷汗淋淋，惊骇地盯着她看了好一阵，才绝望地说："以你的容貌风情，见了不动心的还叫男人么！只是大多数人有自知之明，不敢有所作为罢了！我现在也算明白了，你不是天上的神仙就一定是地下的魔鬼！既是栽在你手里，我也无话可说，只求你给我一个痛快！"

杨仙姑哈哈一笑，说："最后这话，倒还像个男人！你虽是死有余辜，我却有好生之德，也不取你性命，只收了你一身邪术，让你再无为害之能。回去好好过日子吧！记住，一定要管好你那张嘴。否则，我随时都能于无形之中置你于死地！"

罗老贵唯命是听，摸摸脖子，竹签早已没了，伤口也完好如初，这才灰溜溜地去了。

此后，杨仙姑还遇到过无数垂涎于她美色的男人。她也不忍伤及无辜，对于那些不知天高地厚的青涩男孩子，她有时会好心劝告："姐是毒药，你碰不得的！"

她只取天下好色无厌的无良男人！常常对那有家有室心术不正之人，如法炮制，轻者令其元气大伤，残废终生；重者则失魂落魄，无疾而终。

杨仙姑则因长期采集元阳以补自身，数十年容颜不改，一直保持着二十多岁的模样。

她的巫术并非得于神降，山上婆婆所授的一些基本数术，也不过是一个入门的引子。她更多的靠的是自己天才般的悟性，从实践之中锤炼而来的。

比如，她以赵飞燕的"采阳补阴"之术为基础，与自己渐入化境的巫术融会贯通，进一步发扬光大，就能摄人心魂、掏人魄力。而她自己的生魂，也达到了在天上、人间、地下"三界"之中随意行走的境界。有无数灵界朋友追随左右，直如千军万马供她驱策。

杨仙姑的傩戏班在湘鄂川黔边区一带被人称做"杨家班"，虽然一直处于地下状态，却是享有极大声誉，深受山区民众的欢迎。社会上三教九流，包括一些地方官员，都秘密与她们打交道。她们昼伏夜出，晚上浓妆艳抹唱傩戏，白天卸下戏装就是普通老百姓了。加上她们很少在白日活动，一般人就是看见了，也根本就认不出来。尽管政府明令禁止封建迷信，经常发动清除"牛鬼蛇神"的运动，于"杨家班"却是毫无妨碍。

十多年前的一个中午，杨仙姑在午休时遇一仙风道骨的美男子，不及招呼，便让她跟他走，她诧异说："你是谁？要干什么？"

那人说："你并不认识我，但我却在一直关注你，认识你很久了。跟我来吧！"

她被他无形的威仪所吸引，乖乖跟随而去。

两人飘飘荡荡来到一座城市，在一栋拥挤的筒子楼里，她们见到一个正在摇床上哇哇大哭的婴儿。一个年轻女子匆匆而来，一把抱起婴儿，责备说："小东西，又尿床了！"然后将孩子放在膝上换尿布。杨仙姑看见，孩子白光光的屁股上有一个清晰的红色胎记，宛若一个饱满的圆形图案，十分惹眼。

那人问："可看清楚了？"

"嗯。只是……不过一个胎记，有什么好看的？"

"这孩子你可要照看好了！那是一块胎记，也是你们家族最古老的族徽！"

杨仙姑不明所以，欲要再问，却被那人一把搂入怀里，狠狠地堵住了嘴唇。睡梦之中，两人一场惊天动地的交合，直到筋疲力尽。

杨仙姑醒来后，发一阵呆，燥热的身子慢慢冷却下来，才明白自己体内已融进了另外一个灵魂。她变得似己非己，而一些有关自己古老家族、有关家族使命等知识却清晰地映在脑海之中。她通过星宿和七星老人取得了联系，猛然想起婆婆临终前说的那句话来——"你身世颇为神秘，此生恐怕还有特殊重负，切记不要辜负了！"

她就这样成了一名"比兹卡"。

温家大院仍是灯火通明。自下午那阵突如其来的狂风暴雨过去后，杨仙姑就再没露面。但"杨家班"并未停下来，傩技表演仍在进行，鼎沸的人声一波波传来。

夜已深，杨仙姑悄无声息去浴室，畅畅快快淋浴一番，换上一条神秘的紫黑色长裙，重新回到道具室。

她找来一只大木盆，盛了一盆清水，然后坐在旁边，静静向水中看着。直到水面上清清楚楚地映出一张狮子般的人脸，她才一声冷笑，将一双赤脚放入水中，两手捏着法诀，口中念念有词，瞬间便没了踪影。

第二十五章 威虎山庄

01

同一天晚上，齐岳山威虎山庄。

秘书小梁扶着大师向万成进了宽敞的卧室，接好热水，侍候他在浴缸里泡着，然后又按他吩咐走出卧室，将门反锁好了，留下大师独自一人。

"无论多长时间，"关门前，他对小梁说，"只要我没叫你，谁都不许开门！"

下午温家大院一战，大师已是倾尽全力，此刻仍在疲惫之中没有恢复过来。他闭目躺在温水之中，尽情享受暖洋洋的水压与浮力带给自己的那份惬意，直到感觉精力在体内渐渐弥漫，才睁开一双锐利的大眼。他知道对手会来找他，期待着这个时刻尽快到来。当他感觉已恢复如初，正要跨出浴缸，忽觉眉心一热，眼前"轰"的腾起一团白光。白光之中，他见到一双眼睛，那是一双他从未见到过的眼睛。以他六十多年的人生阅历，也难以形容那双眼睛带给自己的是怎样的感受，只觉其狐媚无二，也冷酷无二。大师心中不由一阵战栗！

他知道，对方终于找到自己了！这是他既害怕又期待的结果。他知道，一场你死我活的对决已不可避免。

杨仙姑的大名，他在三十年前就有过耳闻。但那时候他虽然血气方刚，却是一无所有，对"色"之一事，总是下意识地加以回避和抑制。更何况，他连杨仙姑到底是什么模样都没见到过。那时候，整天充塞他大脑的是一些他认为更为重要的人生大事。后来，他因为一个无伤大雅的小小玩笑而受到杨仙姑狠狠的惩治，他也自认倒霉，从来没有想到过有朝一日要加以报复。在那以后不久，他的生命便一直被一连串重要的事情塞得满满的，杨仙姑这

第二十五章·威虎山庄

个名字也基本上淡出了他的记忆。

哪知道，走过了三十多年人生轨迹后，他们的足迹鬼使神差般地再次交叉了。而交叉的媒介，竟然是神秘的"巴王秘宫"。

既是有关"巴王秘宫"，这次就再也不可能放过她了！不为美色，也不为报复，只为他心中怀揣了三十年的梦想。为此，他不允许有任何的阻拦和干预！

所以，与杨仙姑的对决，他只能赢，不能输！

三十年了！他脑海里又浮现出了那张蜡黄枯槁如千年树根的老脸。黑鹰老人，那是他梦想的种子，也是他力量的源泉。每到他命运转折生死攸关的重要时刻，那张被时光镂刻出千川万壑如化石般古老沧桑的脸庞，就会出现在他的心中，成为他强有力的心脏。正是那张充满神奇魔力的老脸，让他由一个无依无靠四处漂泊的流浪儿，变成了今天这样一个手握重权一言九鼎的神秘大人物。

三十年前，一个偶然机会，当时还名叫谢立维的他，听人说起在湘鄂两省交界处，有一座云雾缭绕的神秘大山，名叫威虎山。那时，他正无牵无挂东游西荡，猛然忆起干爹说过的话来，便索路而行，只身登上山去。

临上山前，他还听到了有关威虎山这名字来历的传奇故事。

说是在清朝康熙初年，这山下住着一个姓向的秀才。这向家原也是一方望族，后来家道渐渐败落，到了秀才这代，已是穷得叮当响了。

那年深秋的一天，秀才穷极无聊，想进城去找一个在衙门当师爷的朋友谋份差事做做，即便谋事不成，顺便也能打打秋风。临行前，他翻出自己唯一的一件长袍，发现已是千疮百孔，穿在身上，别说没有体面进城去见朋友，就连风寒也遮挡不住了。正好看见箱子里还有一段新布头，就央求妻子给做一件长袍，好穿了进城谋事。哪知那婆娘很是凶悍，劈头盖脸给他来了一阵狮子吼——

"你这没用的烂渣柴！那是老娘给大户人家做针线挣来的布头，老娘自己留着冬天做袄子穿的，你休想打它主意！"

"今儿也谋事，明儿也谋事，几时见你谋到过事做？！"

"体面？！长得牛高马大的，文又文不得，武又武不得，三十岁的汉子了，还靠老婆养着，你还有个什么体面？！"

……

秀才羞愧得无地自容！气闷之中从家里逃出，独自在荒郊野外胡乱走着。萧瑟秋风钻进破烂的衣服，间或又砸下几粒冰冷的雨点，冻得他袖手缩脖，慌忙躲进一座破庙之中。

庙中原有两人，蹲在一角昏昏欲睡，像是也来躲雨的。秀才也不理会，见墙下有条木凳，便过去坐了。独自唉声叹气一阵，见外面那雨一时没有住的意思，百无聊赖之中，他扭头看见旁边墙上一幅怪画：一个扭动着的健硕身躯，四只立在山石上的强劲腿爪，分明是一只斑斓猛虎，却没有脑袋，自颈以上一片空白。

秀才心想这作画人也怪，一般都从头部画起，他却偏偏先画身子。先画身子也罢了，这空着的脑袋为什么不一起画出来？是内急去了茅厕，还是家中走了水？看这墨迹也不像是刚画上去的，似乎有些日子了，难道那人出完恭或是回家救完火就将这事给忘了？看那笔画一气呵成，遒劲有力，显然也是位丹青高手，怎会做出如此有头无尾……不不不，应该是有尾无头之事！

这秀才原本出自书香门第，琴棋书画都能来上几手，只是迫于生计才撇下了这份闲情。此时，他对墙上这画是越看越觉别扭，浑身都不自在起来。左右望望，看见神坛下的香案上搁有一支秃笔，旁边破碗里也还有些残墨，他不假思索，左手端碗，右手拿笔，来到墙边，蘸墨挥毫，一气画出了虎头。与原来那虎身浑然一体，毫厘不差。秀才退后几步，仔细看去，只见那虎怒目圆睁，血口大开，威威虎须，森森利齿，活脱就是一幅"虎啸长空图"。秀才丢下笔墨，满意地望着墙上猛虎，不禁长长舒出一口气来，胸中积存多日的怨气郁结也随之排遣一空！

正在得意之时，忽听"咚咚"两声，先前在墙角打瞌睡的两人已拜倒在秀才面前，口里齐声叫道："大哥在上，请受小弟一拜！"

秀才避让不及，惊得侧过身子，忙不迭地说："你们恐怕认错人了！"

那两人直起身子说："没错没错！我们已经在这里等你五天了！"

"我与你们素不相识，"秀才更是惊诧，"你们也不知我姓甚名谁，等我做啥？"

那两人不慌不忙，说出一番缘由来——

第二十五章·威虎山庄

由于连年战乱，又遇干旱，弄得民不聊生，有几个饿得发了疯的年轻人走投无路之际，决定铤而走险，去做打家劫舍的无本买卖。无奈他们都是一些粗豪汉子，没谋略，差筹划，只能干些偷鸡摸狗的小勾当，谁也没能耐去坐那谋定而动的头把交椅。几人想来想去，要做大事，就得有一个智勇兼备的人来做头儿。但去哪才找得到这么一个人呢？一伙人商量去商量来，谁也想不出个妥帖的办法。一天，他们在这破庙夜宿，有人做了一个梦，梦中一个白发红脸的老头儿画了一个虎身，对他们说："你们备好笔墨，拿人守在这里，看谁把这虎头添了上去，就让他做你们的头儿！"

醒来一看，这墙上果然现出一只没有脑袋的老虎。众人惊奇之余，不禁欢天喜地，便留下两人守在这里。到今天已经整整守了五天了，果然来一高长汉子把这虎头添了上去。

那两人欢天喜地说："真是皇天不负有心人啊，我们总算等来了大哥，再也不是无头鸟了！走，跟我们去见见其他兄弟！"

秀才听得大惊失色，连连摇头说："使不得！使不得！我正经人家出身，好歹也是个有功名的人，怎可跟你们去做那种勾当？！"

其中一人问道："当真不去？"

秀才坚决地说："当真不去！"

那人朝同伴望了一眼，说声"对不住了！"，两人一边一个架住秀才，不由分说便向外拖去。这秀才虽然也长得高大，却是个四体不勤之人，怎禁得住两个精壮汉子的挟持！不久便被拖到一个废弃的园子，那里有几个人正在肢解一头壮牛，廊檐下早已架起铁锅，炉火熊熊，热气腾腾，阵阵肉香扑鼻而来。

拖着秀才的两人喊了一声："大哥来了！"

众人立刻围了过来，见这秀才生得威武，一个个喜得合不拢嘴来。他们将秀才按到一破木椅上，便欲下拜，无奈秀才死活不肯坐下，横竖不依！

争执半天，有人焦躁起来，操起一把明晃晃的杀牛刀，恶狠狠地说："你那什么鸟秀才，穷得比老子们还精光！都到这地步了，还像个娘们儿推来推去，谁耐烦你这样酸不溜秋扭扭捏捏？来个爽快的，要么做我们的大哥，要么就和这牛一般下场，让我们剁了吃了倒也干净！两条路你自己选吧！"

秀才见了血淋淋的尖刀，早已吓得浑身酥软。转念一想，这世道如此艰难，自己原非无用之人，却总是谋事不成，在家反受老婆羞辱！倒不如与这群血性汉子一起，大块吃肉，大碗喝酒，岂不快活！

于是，他说："要我做你们大哥，那也使得，需得答应我三个条件！"

众人听他肯做大哥，纷纷说："你是大哥，自然是你说了算！"

秀才定了定神，不慌不忙说道："第一，我们只劫财物，不伤性命；第二，只劫富户，不抢贫民；第三，要有立足之地，不能作流寇！"

众人欢喜道："到底是大哥！这说得头头是道的，我们都依得！"

就这么几个人，经秀才筹划安排，几天之内连抢数家大户，队伍也猛增到百十人。一时声势浩大，惊动官府，匆忙调兵围剿。

这边秀才早已作好退路安排，他们星夜进山，消失在茫茫林海之中。

临进山前，他舍不得家中先人遗存的那些古书，带了人连夜回家去取。到了家门口，却又惧怕老婆，不敢进屋，支使两个手下进去偷偷取出来。不想惊醒了熟睡的老婆，见来了土匪，她哈哈大笑，说："稀奇真稀奇，我这家里居然也有强盗进来！是劫财还是劫色？劫财没有，劫色我可巴不得！来吧，你们哪个先上？"

秀才在外面听得七窍生烟，冲进去"啪啪"扇了老婆两个巴掌，气急败坏地说："天底下哪有你这样不要脸的女人！"

那女人见秀才做了强盗的头儿，不怒反喜，高兴地说："这可比你做秀才强多了！走吧，我跟你做压寨夫人去！"

就这样，秀才落草为寇，占山为王，也学那梁山好汉在山上修了寨子。想到这事因画中一头猛虎而起，便取名叫"威虎寨"。

从此，这山因寨而得名，就被人叫做威虎山了。

02

谢立维进了威虎山，独自在渺无人迹的深山之中转悠了整整三天，一无所获。心想干爹也死去这些年了，如真有什么黑鹰老人，这深山老林的，独

第二十五章·威虎山庄

自一人就算有些本事应付险恶，又如何耐得住这份长年累月的冷清寂寞？恐怕不是死了就是走了。

就在他灰心丧气，准备回道下山时，身后传来一阵夜枭般的桀桀笑声。

谢立维被吓一大跳，急忙转过身来，只见眼前站着一个形容怪异的枯槁老人，一身黑装，面色焦黄，轮廓崎岖，有如历经亿万年时光雕刻、风雨侵蚀的古代化石。虽然听到笑声，那脸上却见不到丝毫笑容，阴鸷冷峻，让人一见之下，不寒而栗。

老人冷冷地望着不知所措的谢立维，老树皮般的脸上，唯有一双眼睛精光闪烁。他干巴巴地说：“我等你好多年了！”

谢立维暗自壮了壮胆，问道：“你就是黑鹰老人？"

"这几天，我一直跟着你。"老人自顾说，"看你行为举止，道行不大，心浮气躁，也不像是成大器之人！"

谢立维心中一惊。想想这几天来，身后幽灵般地跟着这么一个古怪老人，自己竟全然不知，不由得背上一阵阵发麻。他稍稍定了定神，说：“我也从没想过要成什么大器，只是遵照一个老人的临终遗言，来这里看望黑鹰老人的。”

"我有什么好看的？那小子让你来，是想让我收你为徒。哼哼！自己是个愚笨之材，找来的人我看也是烂泥巴敷不上墙，高明不到哪去！"

谢立维见他一味地冷嘲热讽，连自己带干爹都受到奚落，想到自己行走数省也是备受推崇，不由得火冒三丈！冷冷地说：“干爹让我找你，并没有说要干什么！再说，我也没有想过要拜你为师。既然已经见到，也算完成了老人遗愿。告辞了！”

说罢一拱手，便欲转身离去。老人却一声冷笑，说：“你以为这威虎山是你家菜园？要走恐怕没那么容易！”

谢立维虽然心有怯意，却也自恃技艺，并不理他。心想，脚长在我身上，我决意要走，看你又有什么本事留下我来！

哪知刚一转身，一股又潮又热的腥膻恶臭之气扑面而来，待他看清眼前巨蟒袭来时，已被那如盆的大口连头带身一下衔住了。他连挣扎的余地都没有，全身被黏黏的涎液裹着，就像掉进了一个潮湿溜滑的地洞，在一阵恐怖窒息之中失去了知觉。

谢立维醒来之时，发现自己躺在一间石屋里。慢慢回忆起先前的情景，不知道自己是活着还是变成了鬼魂。在肉上掐了一把，很疼！再看看身上，一切完好如初。他疑惑地坐起身来，看见黑鹰老人不知什么时候已坐到对面，正冷冷地看着自己。

他心虚地问道："这……这是怎么回事？"

"忘了？"老人不动声色地说，"是我把你从大蟒肚子里抠出来的！"

谢立维倒吸一口冷气："真、真的被吞了下去？"

"那还能有假？"

"那，蟒蛇呢？被你杀了？"

"我自己养的畜生，为什么要杀它！"

老人将他带到门外，谢立维看见那巨蟒正蜷伏在草丛之中闭目养神，听到动静，睁开眼来，向谢立维吐出长长的信子，吓得他几欲瘫倒在地。

老人对那巨蟒挥挥手说："去！"

巨蟒扭过头，乖乖地朝一片灌木林里游去了。只见那灌木林一片晃动，一阵"呼啦啦"的声音直向远处响去。

谢立维摸摸自己头脸，并无缺损，看看身上衣服，也是干干净净，无论如何也不像去蟒蛇肚子里走过一遭的样子。

老人说："不用看了，那都是幻觉！真被吞了下去你还有命？"

"幻觉？那刚才这蛇……"

"这要看你如何把握！你想它是真，那就是真；你想它是幻，那就是幻。真真幻幻，亦真亦幻，全在一念之间。"

听到这里，谢立维扑身倒下，五体投地，对着黑鹰老人连连叩头。直言自己乃井底之蛙，有眼无珠，恳请老人收下为徒。

老人捻着几根稀疏的银须，这才露出一丝难得的笑容。不过，那也只是一闪而逝，随即恢复一脸的冷漠枯槁，淡淡地说："哼哼！要不是看姓沈那小子在几十年前曾救过我性命，我才懒得教你哩！"

"我干爹快七十岁了才死。"谢立维满心欢喜从地上爬起来，望着老人那张猜不透年龄的脸说，"现在也死了差不多十来年了，你还叫他小子，你有好多岁了？"

老人长叹一声说："我也记不清自己有几岁了。这些年来，我只看这山

第二十五章·威虎山庄

上的枫香树，叶子红一回就是一年。数下来，都红了五十多回了。五十年前，我就已经是一个须发皆白的老人了。当时，就在这威虎山上，我与人斗法失败，对手同意放过我，条件是终生不得离开此山。当时，我伤得奄奄一息，为了活命只好答应。那人下山碰到姓沈那小子，也就是你干爹，那时候他比你还年轻呢，才二十多岁。那人给了他一些钱，让他上山照顾我一阵子。我看那小子为人倒也实诚，伤好后，就教了他一些简单的法术，但他实在太笨，学不到更多的东西。想到我一辈子不能下山，眼看一身本事就要随我这把老骨头消失在这深山老林，实在心有不甘，在他临下山前，便嘱咐他为我物色一个资质好点的年轻人。哪知他给我找来了你这么个轻狂的东西，你哪有什么好资质喔！"

谢立维估算，这老人再怎么说也在一百岁以上了，难怪成了这副样子，简直就是超凡脱俗的人精了！心中不由敬畏交加，小心翼翼地说："你那对手是谁？以你现在的本事，还不能下山去么？"

"我现在的本事，比起五十年前那是强多了。但人家也没闲着，细究起来，我仍然没有胜算的把握！再说，自己答应了的事，哪有反悔的道理？！"

"你说你等了我好多年，你是怎么知道我要来的？"

"世间万物皆有定数。若是这点本事都没有，我还配教你么！"

自此，谢立维就留在山上，一学三年。

其实，黑鹰老人对谢立维的资质悟性是很满意的，暗暗庆幸平生所学后继有人。三年之中，谢立维尽得老人一身本事，与上山前相比，就像山涧小溪汇入了浩瀚的大海。

三年后的那个寒冬，下起了一场罕见的大雪。山上的石屋，几乎被积雪埋住了。这天，黑鹰老人坐在火塘边，告诉了谢立维一个惊天的秘密。

他打开一个包得十分严密的包裹，从中取出一张古旧的宣纸，上面画着一些弯弯拐拐的符号，谢立维以为是咒符，细看又不像。

老人看着那纸，郑重其事地说："这不是什么符咒，是两千多年前巴人使用的一种古老文字。元末明初的时候……"

谢立维从没上过学，大字不识一个，只知道依样画符。所以，听不懂老人说的什么，莫名其妙地问："什么圆磨命粗？"

老人摇摇头，叹了一口气说："下山后，无论干什么你都要抽出时间学点文化，不然成得了什么事？六百多年前……，这能听懂了吧？"

"这我听得懂。"谢立维搔搔头，不好意思地笑笑说，"就是说，像您这样的岁数，已经活过五六次了。"

老人也被他逗得笑了起来，继续说："六百多年前，天子山出了个向大坤，扯旗拉杆，当起了'向王天子'。他的军师李伯如打探到在两千多年前就神秘消失了的巴国王族的消息，说是其中有一根具有无边法力的黄金权杖，能够帮助'向王天子'当上皇帝。他们费尽心机找到了巴国王族的后裔，从他们手中夺得一只石雕白虎。据说通过那只白虎就能找到黄金权杖。这就是刻在那白虎上的符号，它所记录的很可能就是巴国黄金权杖的秘密去向。可惜他们谁都不认得这些字，并没有找到传说中的黄金权杖。最后'向王天子'兵败神堂湾，那具石雕白虎也神秘地消失了，有人猜测是被向大坤带到神堂湾去了。但当年刻在那白虎上的神秘符号却被人描了下来，秘密保存在'向王天子'向大坤的一个旁系族人家里。这向家原也是一个大户人家，这张绘有神秘符号的纸片代代相传，却一直没人能够弄懂其中的含义。后来，向家家道败落，留下一个落魄秀才因不堪世道的黑暗，竟然占山为王，落草为寇了。这落魄秀才当了山大王，也没有忘记把祖传下来的这张神秘符号带到山上去。你知道这秀才落草在哪座山上吗？"

"我听过这秀才的故事。说的就是这威虎山？"

"不错。我们住的这间石屋，就是当年赫赫有名的威虎寨遗址。秀才原本揭竿于天下混乱民不聊生之时，是被逼上梁山的。从秀才做到山大王，毕竟不一样，心中有韬略，把一座山寨治理得井井有条。所以，尽管官府多次围剿，威虎寨总能应付裕如，在这山上整整威风了一百多年！"

"那后来为什么又败落了？"

"寨主传到秀才的第五代时，因他年轻气盛，又受到官府暗中挑拨，不识时务地与另一股山匪发生火并，伤了山寨元气。等到两败俱伤，官府趁机围剿，寨主在抵抗之中丢了性命，山寨也从此瓦解了。压寨夫人怀着寨主的一个遗腹子，被几个手下护着逃到山下，依靠从山寨里带出的一些积蓄购置田舍，生下一个儿子，过起与世无争的隐居生活。这个从山寨带出来的遗腹子，就是我的爷爷。"

"啊？！"

第二十五章·威虎山庄

谢立维听到这里，不由得惊异地瞪大了眼睛。

03

谢立维最初听到威虎山的故事时，也只当做寻常的传说。走南闯北多年，反正一地一景都有各种奇异的传说，他听得多了，也不当回事。可眼前这位老人，还有他们处身其中的这间石屋，都源于他刚刚听到的那个发生在几百年前的传奇故事，甚至连他自己，也与那段传奇结下了不解之缘。其中最让他惊心的，是老人手中拿着的那张虽然陈旧却保存得很好的纸片，那些奇奇怪怪的符号难道真的隐藏着黄金权杖的秘密？他不知道什么是权杖，但他懂得黄金的贵重。

于是他说："这些符号在你家隐藏几百年，现在弄明白它的意思了？"

老人摇摇头："据说，全天下没人认得这些符号，这是一种已经死亡了的远古秘符。我年轻时得遇异人，学到一些本事，想到自己与向王天子同系一族，决心要解开这个千年之谜。我四处寻访能人异士，与落第秀才王锡九一见如故，向他坦告了自己身世却隐藏了符号的秘密。王锡九十分敬佩向王天子，认为男子汉能够称雄一方，虽败犹荣。后来，他立圣教，建神兵，我就成了他的左膀右臂，一直担任三宫禁卫的总头目。那时候我想，要解开符号之谜，首先应该找到被向大坤带去神堂湾的那具石雕白虎。我需要借助王锡九的力量，便向他讲了有关黄金权杖的传说。一心想做皇帝的王锡九果然兴致勃勃，先后派了几拨人去神堂湾寻找白虎，除有一人掉下悬崖，其余人都是半途而返。王锡九被人砍死后，黑洞势力冰消瓦解，我自恃有些本领，曾两次独闯神堂湾，试图找到白虎。那经历，可以说是九死一生，最后能活着逃出来已经是万幸了。现在想起来……都还心有余悸啊。"

谢立维说："我也听说过神堂湾，据说是个千古禁地，自古以来常人不敢前去的！"

"是啊，除非天意允许，否则，任你多大本事，到了那里都不管用。我两次闯进神堂湾，没有找到白虎，反而找来一生麻烦。我在心灰意冷时，独自登上威虎山，凭吊先人遗迹。原想借此排遣心中不快，哪知行踪暴露，被人跟踪而来……"

"啊？"谢立维听得心惊，失声说道："为什么？"

"那人不辞辛劳跟踪进山，只为告诉我一句话：让我从此不许插手白虎之事。我见那人不过四十多岁样子，那直言相告的凌人气势虽然让人吃惊，我却并没将他放在眼里。只是冷冷地说：'我一生行事独来独往，还从没人对我下过什么禁忌！'

"那人说：'今天我就给你下禁忌了！你必须服从！'

"那时候，我虽然须发皆白，年近古稀，火气依然很旺，当时，我气愤至极，大声对他喊道：'无知小儿！你知道是在和谁说话么？！'

"那人却不动声色，笑着说：'你不就是黑鹰么？十年前就认识你了，给王锡九当过几天护院家狗，也没有什么了不起嘛！'

"这话让我吃了一惊，依稀认出他来。原来，他是王锡九的学生，名叫齐岳山，曾在北伐军里做过将军的。国共两党打起来以后，他退出军队，也在王锡九那里逗留过一段时间。他就是在那时候知道了白虎的秘密，好像还随王锡九的人一道去过神堂湾。如今，他居然想吃独食了！不过，他既知道我是谁，还敢如此嚣张，必然是有备而来。我强压住怒火，冷冷地说：'白虎就在神堂湾，谁有本事谁去取！你不也去过么，和我一样空手而回，凭什么不让别人再去？'

"齐岳山说：'就凭我是白虎的主人！那是我家祖传之物，岂容外人染指！你要不答应，今天就莫想下这山了！'

"'真是笑话了！几千年的东西，凭什么证明是你家祖传的？！'

"'无需证据，我的话就是证明！'

"见他如此张狂，我实在忍无可忍。听王锡九说他一身功夫很是了得，我避实就虚，用亦真亦幻的法术看他如何应付。不待他有任何准备，疾风突起，在一声巨吼之中，一只斑斓猛虎向他暴起而攻。哪知他不避不让，待老虎扑到眼前，只闲闲地伸出一只手来，那老虎便如一只温驯的猫，乖乖在他身边蹲了下来，任他那手在额头上轻抚慢挠，甚至惬意地闭上了眼睛。我又使出巨蟒、豺狼，乃至蜈蚣、蝎子、杀人蜂等等手段，都被他轻描淡写一一化解了。

第二十五章·威虎山庄

至此,我才明白,原来他竟是一个十分厉害的巫师,我和他相比,简直是小巫见大巫了。我脸色惨白地站在那里,实在想不出还有什么能够战胜他的方法。他一直没有出手反击,静静地站在那里,气定神闲地说:'还有什么手段,一并使出来!'

"我表面做出一副黔驴技穷无可奈何的样子,却暗中布气,默诵咒语。在他说话之际,天空中风起云涌,阴阳际会;我又在背后捏了一个手诀,突然间,从空中击下一道强烈闪电,狰狞耀眼的电光如刀似剑。随后'咔嚓嚓'一声霹雳,明明劈到他的头上,他毫发无损,我身后一棵高大的水杉却轰然倒下。我在猝不及防之中被压倒在地,身受重伤。那是几人合抱的大树,几千斤的重量压在身上,我想这下是必死无疑了。他却来到我身边,平静地说:'你只要答应此生不走出这威虎山半步,我齐岳山还可以救你一命。'

"在那种情况下,我哪还有讲价还钱的余地?只好忍住剧痛答应了。齐岳山走过来,也不见他怎样使力,双手抬住粗大的树干,轻而易举就移到一边去了。他用娴熟的手法为我接好断骨,又给我留下几粒药丸,说:'你这伤势,不会死的!我知道你自己懂得治疗,将息几个月就会好的。'

"说罢他转身就下山去了。念我行动不便,他还从山下特意为我找来一个年轻人侍候,那就是你干爹了。就这样,齐岳山一句话,让我在这威虎山上囚禁半生。"

谢立维不解地问:"他又没天天守着你!你悄悄下山他还能知道?"

老人望他半响,才摇摇头说:"学到今天,你还是不明白呀!以他那样的法力,被他施咒以后,整个天空就是他布下的一面镜子,你走到哪里他都会知道的。"

"那,你收徒弟他会知道吗?"

"这倒不会。有两件事情他没有想到,一是收徒。他找来一个平庸的年轻人与我为伴,大概就是怕我传下法术,代我下山。没想到我会让姓向的小子再去物色一个,在耄耋之年还会带出你这么一个徒弟来。第二个没想到的,就是我有一张从白虎上面描摹下来的符号。即使找不到白虎,只要能弄懂这些符号的意思,也同样能找到巴人的藏宝之地。"

"藏宝之地?"

"这么多人在寻找巴人迷踪,你以为仅仅是为了那根黄金权杖?你想想,一个被隐藏起来的王朝，里面全是王族用品、宗室重器，哪一样不是无价之宝？！你只要能得到其中一样，立时就可以富甲天下了！"

谢立维听得怦然心动，"咕"地咽了一口口水，直瞪瞪地盯着那发黄的纸张说："如何才能弄懂这些字符的意思？"

老人没有答话，从石屋一角取出一个木盒，揭开盖子，拿出一个油布包裹，一层层揭开，里面是黑绸裹缠。解开黑绸，露出两件闪着青黄光芒的金属器物，一件为L形钩状，一件为长条形，均为双面刃，带长柄。

老人将两件金属器物拿在手中，轻轻一碰，发出清脆悦耳的响声。

老人说："这是巴人用过的两件青铜武器，有钩的这叫戈，尖直的是矛，如果把两件组合起来，就变成了戟。五十多年前我得到时，曾有一个洋教士，出五千大洋想买走。见我不卖，又加到八千、一万，都被我拒绝了。想想看，就是这么两样普普通通的东西，有人就愿意开出上万的银子！要是进了巴国王室，你不知会见到几多的奇珍异宝！当年，王锡九被人杀死，黑洞神兵土崩瓦解，我就带了这张纸和两件青铜器离开精灵宫，发誓要在此生寻到巴国王朝的最后踪迹。哪想到，连一只白虎还没找到，就被人囚禁在这山上了。四十多年来，这事总是让我耿耿于怀，难以死心。要是不遭到囚禁，如今或许已经弄清这些字符的意思了。现在我已是老朽不堪，早就该入土的人了，这些东西你都拿去吧！师徒一场，这也是你我的缘分，但能不能够找到，那就要看天意，看你的造化了！"

谢立维听得感动，跪伏在地，流泪说："师傅福寿正长，何出此言！要是你下山不便，我就在这陪你颐养天年。"

"傻孩子，"老人正言，"我的天年早就过了！为了教你，我已经贪享了几年阳寿了。在这样的寒冬里，万物都已枯竭，我也不能厚着脸皮再赖活在这世上了。现在，我已倾其所有，尽数传你，只要火候练到，你也不会差于为师了。下山后，要收敛锋芒，学会韬光养晦，不要轻易显露本事。我知道你以前闯出过一些名头，换一个名字吧，把你前些年留下的名声抹去。一切都要不露声色，秘密行事。尤其要注意那齐岳山，他现在也早已变成老头子了，不到万不得已不要和他交手！"

"齐老头现在何处？"

"不知道。只要你是在寻找有关黄金权杖的秘密，迟早会和他相遇的。"

第二十五章·威虎山庄

一切交代完毕，老人便闭上眼睛，让心脏停止了跳动。

谢立维动了真情，嚎啕大哭一番，才寻一风水佳地，扒开积雪，郑重将老人掩埋了。然后又虔敬地守了七天灵，才拜别老人孤魂，挥泪下山。

04

原本，在大雪封山、寒风怒号的天气里，谢立维是没法下山的。但他在山上几年，练出一身本事，这雪山早已困不住他了。

刚刚来到山下，便在雪地里听到一阵婴儿啼哭声。

谢立维循声找到一间被积雪压塌的茅屋，扒开一看，室内两个大人早已死去，一对婴儿还活得好好的。看样子，竟是一对双胞胎，长得白白胖胖的惹人怜爱。他动了恻隐之心，捕到一只寻食的母狼，用狼乳喂饱了两个婴儿，然后放过母狼，抱着婴儿上路了。他想，三十多年来，自己东奔西跑，过着有上顿没下顿的流浪汉日子，从没敢奢望有一个家室。如今，竟凭空得到一双孩儿，难道不是老天垂怜，让他从此得享天伦？

浑浑噩噩地度过三十多年，谢立维第一次感到人生有了一个明确的目标。但仔细一想，这目标又是十分的渺茫。浑身是劲，却又感到毫无着力之处。他能够想到的，就是先找到一个落脚之处，让怀中婴儿有个安顿。想来想去，唯一的去处就只有表姐家了。自从十来岁被表姐收养，她就是他精神上唯一的依恋了。

回到表姐家，他吃惊地发现，山居三年，这世道发生了翻天覆地的变化。

两年前，表姐夫在一次事故中丧生，寡居的表姐独自抚养三个未成年的孩子，家道十分艰难。国家政局也刚刚发生过一次剧烈的动荡，几位被敬若神明的巨人相继辞世，给那些从未走出过大山的卑微村民带来极大的心理震荡。虽然每天一如既往地出工干活，气氛却显得格外的压抑、沉闷。

谢立维的出现，给表姐家带来了新的生气。当时，临近春节，是贫穷山民们唯一可望改善一下生活的节日。但赤贫的表姐家一下添丁进口，几乎陷入了绝境。

谢立维不慌不忙，变戏法似的弄来不少衣物粮食，一些野味佳肴，甚至还有小孩子们喜欢的糖果，让一家人惊喜万分，过了一个从未有过的丰盛节日。

由于他长年在外游荡，人们并未打听他这几年干什么去了。从前油腔滑调的他现在变得沉默寡言了，每天老老实实去生产队干活挣工分，表姐则悉心地照看两个婴儿。一个濒临绝境的家庭，重又焕发出活泼的生机。

谢立维时时偷看黑鹰老人留给他的那张古旧的宣纸。他默默地等待着，等待一个合适的、让他迈向目标的机会。

山村漫长的岁月和枯寂的生活，让他和表姐走到了一起。表姐只比他大几岁，却在他生活维艰之际收养了他，近二十年来，谢立维一直敬她如母。但长期同处一室，他发现，四十岁不到的表姐正是女人味最浓的时候。年轻时那张漂亮的脸已经被岁月的风霜雕刻得干练成熟，但那身体却仍然充满着活力与渴望。她像山泉一样滋润着谢立维孤独的日子，为他打开一道充满神奇力量的幽暗之门，让他品味到一个男人最深沉的乐趣。

几年后，死水般的日子开始泛出微澜。

20世纪70年代末期，国家推行经济改革政策。

谢立维遇时而动，瞅准机会做起生意来，终于走出一条煌煌大道，这恐怕连他的师父黑鹰老人也是始料未及的。

遵照黑鹰老人的嘱咐，他出山做生意时，改名叫向万成。

谢立维已经成为过去，向万成必将开创未来。向，是他干爹的姓，也是恩师黑鹰老人的姓；万成，则取万事顺心、大功告成之意。他念念不忘的，乃是黑鹰老人告诉他的秘密宝藏！他有了一个虽然飘渺莫测却是坚定不移的人生目标，生活显得紧凑而充实。

最初的生意，是从毫不起眼的煤炭做起的。由于见多识广、信息灵通，加上他口舌伶俐，出手大方，一开始就把生意做得得心应手。他把山区广出的煤炭卖到南京、上海，从中赚取大把钞票，不几年便累聚百万，索性买下矿山，自产自销。生意越做越大，由贵州做到了山西、内蒙。赶上国有企业改革，他利用手中大把的钞票，贱价收购不少企业，经营扩展到制造、食品、医药等行业，后来更是涉足房地产、进出口领域。旗下医药集团在美国上市，

第二十五章·威虎山庄

食品集团在香港上市，企业资产超过百亿，成为国内有名的资产大鳄。

在企业扩张过程中，他那些出神入化的神秘法术实在是起到了无中生有、克难攻坚、画龙点睛、推波助澜的巨大作用。

开始做煤炭生意那几年，火车皮十分紧俏。可以说，谁批到火车皮谁就捞到了白花花的银子。铁路局调度处的胡处长是个很不好说话的人，架子大、脾气坏，送礼送得不到位，理都懒得理你。向万成为此很是费了一番脑筋。

有一次，他终于逮到一个机会。

原来，这胡处长虽然不好伺候，却是一个真正的孝子。那几天，他脾气特别暴躁，逮谁骂谁。向万成一打听，原来是他老娘得了一种让医生说不出个所以然的怪病，辗转几家大医院，治疗毫无效果。向万成便瞅准胡处长在医院时，提着礼品前去看望。

一见到那老娘，向万成便心里有数了。只见她黄皮寡瘦，一双肿泡泡的眼睛浑浊无神，胸口一起一伏的，出的气多，进的气少。很明显，这是被人下了诅咒。大概胡处长颐指气使，得罪了不该得罪的人。

向万成辨明症状，自知要比对方道高一筹，感觉有恃无恐，便对胡处长说："大娘这病，不是药能治好的。"

胡处长闻言大怒，喝问："你什么意思？"

向万成不慌不忙地说："我看大娘是邪气作祟，神不内养，或冷或热，五体不宁。很明显，她这是被人诅了咒。如蒙信得过，本人倒能禳治。"

胡处长见他说得靠谱，将信将疑地说："此话当真？你倒治治看。"

"你得把老夫人弄回家去。这里不是作法之地。"

到了胡处长家，将人安顿好，向万成屏退闲人，大开门窗。然后，燃起一道黄表纸，绕床熏了一周，左手捏诀，右手执起桃木剑，一声断喝，朗朗唱道——

被众神诅咒的暗黑大魔神啊，我用我的心，我的血，我的生命向您借取灭世的魔力，让所有的诅咒降临到我的身上，让我的血来洗清神的诅咒！

接着，他扭动腰肢，跳起一种奇怪的舞蹈，并用极快速的低语念诵着——

敕东方青瘟之鬼，腐木之精；南方赤瘟之鬼，炎火之精；西方血瘟之鬼，恶金之精；北方黑瘟之鬼，涸池之精；中央黄瘟之鬼，粪土之精。四时八节，因旺而生。神不内养，外作邪精。五毒之气，入人身形。或寒或热，五体不宁。九丑之鬼，知汝姓名。急须逮去，不得久停。急急如律令。咄！

那一声"咄"突然提高声音，喝得惊心动魄。随即，他手中桃木剑猛地向后掷出，"嗖"地插在窗棂上，剑把兀自闪个不停。

这时，向万成擦着满头大汗，对尚在一边目瞪口呆的胡处长说："好了。现在只需吃些补身子的食物，慢慢调理几天就好了。"

正说着，那老娘忽然睁开眼睛，张口说："好饿……"

自此，那铁路局调度处就差不多是向万成开的了，他不但为了自己生意，有时也顺水人情帮助朋友调动车皮。任何时候，胡处长都会想尽一切方法满足向万成的需求。当然，在利益方面，胡处长也得到了超值的回报，向万成出手一向是很大方的。

生意做大了，结交的层次也高了起来。在一次宴会上，他和一位副省长同席，觥筹交错间，他忽然灵机一动——"何不来个无中生有？"便略施小技，眼望着副省长，心中默念"倒也——，倒也——"

只见谈笑风生的副省长大人忽然手抚胸口、脸色苍白，大粒大粒的汗珠从额头涌出，张口结舌说不出话来。望着望着他便两眼翻白，口吐白沫，瘫软在地，人事不省。

一席人吓得手脚无措，团团直转。

向万成镇静地说："大家不要惊慌，不要惊慌！"

向万成请大家将副省长抬到沙发上放好，道一声"放肆了"，便躬身走上前去，用一只手掐住人中，另一只手在胸前缓缓揉捏，两片嘴唇快速翻动着，"叽里咕噜"吐出一连串谁也听不懂的神秘音符。

一席人都围在沙发周围，看着向万成装神弄鬼的样子，不免提心吊胆，交头接耳，却又别无二法。向万成捣弄一番后，示意大家安静，轻声说："现在没事了。"

大家看他胸有成竹的样子，一时安静下来。不一会，副省长"嗯"出一声，伸臂展腿，悠悠醒来，翻开一对水泡眼不解地望着众人，问道："我这是怎么啦？"

一位漂亮的少妇夸张地说："哎哟！你可把我们吓死了！多亏了这位杨先生，又是摸又是捏的，好不容易才把你给弄醒了。"

副省长把询问的目光投过来。

向万成微微一笑，纠正说："我姓向，向万成。"

说罢，向万成表情忽然凝重起来，看着副省长，轻声说："请恕我直言，首长这是犯了煞气，恐怕是……在某个不洁的宅子里惹上的。"

副省长闻言大惊，一脸惶惑地问："这个……先生有治么？"

"不妨一试。"

"那就有劳先生，请随我走一趟。"

就这样，向万成成了副省长那座隐秘别墅里的常客，不时和一些高官大腕谈笑风生，成为达官贵人争相结交的一位奇人异士。副省长给他的第一个回报便是一个大型的地产开发项目。

装神弄鬼之外，向万成还有一手绝活，就是推休咎、明祸福。无论大事小事，预言无不灵验。比如，那位副省长某次问起前程，向万成手指一掐，笑着说："我要预先祝贺首长！年内必有高升！"

众人尽皆不信。因为副省长刚刚提拔不久，再说，这么大的官哪是说升就能升的？

但果然就在那年，副省长就进了北京，官升一级。（后来这位大员东窗事发受到严办，那是题外之话了。）

05

向万成用这种方式，投其所好，搔人痒处，结交了不少军政大员，为打造自己的企业神话提供了足够的能量保障。

但这种方法也并不是总有效。有一年在澳大利亚，与当地一家公司在生意上发生冲突，对方耍起地头蛇威风，想要霸王硬上弓，威逼屈成。向万成一气之下，露了一手巫术，给对方一点薄惩，以示教训。

没想到，对方也不是省油的灯。吃了亏后，暗暗请到当地一位厉害的降头师，神不知鬼不觉地给向万成下了血咒。若非向万成见机得快，几乎吃大亏。不过，那位土著降头师就没这么好的运气了，所谓"害人不成终害己"，他遇到向万成这样的厉害对手，被自己施术反噬，伤了元气，恐怕要躲藏好久才能再度出山了。

这次教训倒是给了向万成一个极大的启示。

他在公司里设置了一个名为"黑鹰"的秘密组织，集神秘邪术与配置现代先进武器为一体。类似于当年雍正皇帝的特务组织"血滴子"，专门执行各种秘密任务，包括刺探情报、秘密监视、诱人上钩、铲除异己等等，其手段神秘、残暴，作案干净利索。

这个组织只对向万成个人负责。领导"黑鹰"的，是向万成历年训练出的十个徒弟，他取名为"十常侍"。"十常侍"又各自招收徒弟进行训练，作为"黑鹰"成员的基本来源。"十常侍"相互间互不统属，各自分别对"师尊"负责。组织内等级森严，实行铁血管理，没有达到规定的等级严禁出道执行任务，对违规者的惩罚十分残酷。

尽管生意做得风生水起，企业如日中天，向万成始终没有忘记，自己一生还有特别重要的任务，那就是寻找迷失的巴国王宫宝藏！

要论财富，有人说他已经富可敌国。但向万成对此毫无感觉，他对财富以及能增强自身力量的神秘技能的追求，永远没有止境！而眼下所拥有的这些仅仅是一种手段，在他内心最深处的隐秘渴望，是要借此成为一个强人！一村一乡的强人不够，一县一省的强人也不够，他想要的是无可比拟的强人，是巨灵神！事实上，他已经是一个庞大的商业帝国的王了！其影响力甚至已经深入政府超出国界了，但在他看来，这仍是不够的！因为，即便这样，他仍然在许多事情上感到无能为力，仍然在许多时候感觉到自己的脆弱和渺小。

他寄希望于巴人宝藏，尤其是那根传说中法力无边的黄金权杖！

为此，他不顾自己没有文化，硬是将自己装扮成一个文物收藏家，四处搜寻巴人文物。由于他出手阔绰，一掷千金，不少文物贩子对他趋之若鹜。虽然收到不少假货，他也从中学到了不少有关巴人历史的知识。

十年前，他第一次从一个文物商口中听到有关"巴人图语"的说法。当

第二十五章·威虎山庄

时他怦然心动，立即就想到那些神秘符号，并十分确定那就是近年在学界讨论得十分热烈的所谓"巴人图语"。于是，他费尽心机全面了解有关"巴人图语"的一切信息。也就在这个时候，他听到了巴人遗留五只石雕虎型器的神秘传说，他欣喜地感觉到，自己正在一步步接近真相，内心最隐秘的渴望即将变为现实。于是，他开始如大海捞针一般搜寻包括神堂湾白虎在内的那五只石雕虎型器，并派自己的大弟子携巨资远涉重洋去美国请童恩正教授破解符号。

让他始料未及的是，童教授未能如他所愿完成对符号的破译，反而蹊跷地病逝了。不过，通过对童教授只言片语的研究，让他对自己的判断更加确信无疑了。

几年前，为了方便在三峡地区的寻访工作，他以开发旅游产业的名义在齐岳山跑马圈地，围下数百亩山场草地，斥巨资建起一座豪华的休闲山庄。表面上，山庄内各种高档休闲娱乐设施一应俱全，只要付款，谁都可以进入那道戒备森严的山庄大门。实际上，在山庄最隐秘的深处另有乾坤。向万成为自己修建了一处隐秘的巢穴，那是除少数核心随员外任何人都难以涉足的神秘禁区。

修建山庄时，他手下不少出自名校的青年才俊纷纷就山庄起名问题献计献策，向万成一直不动声色。直到山庄建成以后，他才宣布将山庄命名为"威虎山庄"。有谄媚者趁机拍马说："一个好的名字就标志着企业已经成功了一半！'威虎山庄'响亮大气，威镇齐山，真是好名字！"

向万成说："这名字可是有来历的！谁能说清楚这来历么？"

众人面面相觑，无人能答。于是，向万成便对一群年轻的手下讲起威虎山的故事。当然，他没有说出自己上山学艺的事，只说他在山上曾经见到过那座威风了一百多年的山寨，虽然只剩下残垣断壁，却能想见当年雄伟的气势。

最后他说："所以，我要沿用'威虎'这个名字。因为我们现在做的事情，其实和当年威虎寨是一样的。无论举旗聚义还是注册经商，说穿了，不外乎'巧取豪夺'四个字！但时代不同了，我们和他们的结果也就有了本质的区别。他们那叫谋逆造反，犯了官家大忌，是要遭到国家机器镇压的；而我们这叫经营企业，无论到哪里都为当地政府带来政绩，也为政府官员带来个人利益，不只会受到官方的大力保护，一些地方政府还会千方百计曲意奉迎，很多官员更是以能和我们交上朋友感到自豪。

"从某种程度上讲，我们的利益就是官方的利益！而一旦在利益上与官方捆绑成功，他们就会自愿充当我们的保护伞，我们也乐得无所顾忌地放开手脚去经营。现代社会是一个丛林社会！在这个丛林里，我们和官方都是强势的大型肉食动物，处在食物链的顶端，我们是丛林秩序的制定者和维护者。有人说，国内经营环境不行，不如国外秩序好，我看这是睁着眼睛说瞎话！我也经常去国外走走，在国外也有不少生意，我就感觉国外做生意不如国内这么得心应手！我这人天生就适合在这样的丛林环境里做事，弱肉强食，天经地义嘛！

"当然，为了更加长远的利益，我们会拿出一些钱来做慈善。我们不会劳神费力去掠夺草根阶层，他们是草，那是供羊吃的，我们只吃羊！人家说我的企业现在已经很大很大了，还说我创造了神话，那都是恭维我的！在我看来，我们现在还很小很小，我们的企业还要成百倍成万倍地成长。我们有这个实力，也有这个机遇！你们要相信我，只要跟我好好干，我的今天就是你们的明天！"

这样不伦不类的一席话，让那些从学院出来的年轻人先是听得目瞪口呆，继而回过神来，又热血沸腾。那些初出茅庐的精英们，觉得他们的老板虽然神秘莫测，平常甚至都难得见上一面，此刻却显得气势如虹，举重若轻，既大气磅礴，又平易近人，都暗自庆幸自己选对了老板。当然，向万成利用这些精英来经营和装饰自己的企业，却绝对不会让他们参与任何背后的运作。如寻找巴人宝藏这样的事情，他自有他的弟子"黑鹰"们。

这些年来，他和他弟子的足迹踏遍了三峡地区，尤其是对库区文物的抢救性发掘十分关注。他让手下利用万能的金钱手段，结识了一大批文物考古界的朋友，专事搜集有关巴人文物的各种信息。所以，沈立那只石虎刚刚到央视鉴宝栏目组报名，向万成就及时得到讯息，不但亲眼目睹到神秘的石虎真相，还由此顺藤摸瓜，引出了另外几只石虎的踪迹。

但眼前局势扑朔迷离，与石虎有关的几个年轻人莫名其妙地脱离了他们的视野，据说全都进入了神秘的齐岳山，却让他一点头绪也摸不着。还有让他一直忌惮的齐老头，现在还活着吗？如果活着他又身在何处？

第二十五章·威虎山庄

他曾经多次使出一向灵验的占卜、推演等手段，无奈对此事却是一点消息也测不出来。这让他在沮丧之余，也百思不得其解。

好在逮住了一个杨仙姑！

她是眼下唯一的线索了。只要能打开她这道缺口，余下的事情也应该迎刃而解了。下午与杨仙姑的那场斗法，让他基本上探到了她的实力，虽不敢说有绝对胜她的把握，却自信不会输于她。也就是说，即将开始的这场对决，他已首先立于不败之地。

向万成从浴缸出来，套上一件特制的黑色丝质长袍，再戴上长长的假发，在宽大的休闲沙发上盘腿而坐。他先调匀了气息，然后打开两眉间的第三只眼，向对方坦然而视。从最初的对视中，他已感觉到了对方的紧张，先在气势上胜了一场。但他始终看不清对方的脸，只有一双媚入骨髓的眼睛静静地浮在他的视野里。这让他自然而然地使出自己对付女人的杀手锏来，他催动内力，用目光暗自挑逗，百般调情，渐渐感受到那双眼睛热情似火……

他正自得意，那双眼睛却突然从视野里消失了。很明显，对方识破了自己的意图。这并不要紧，至少，对方也由此暴露了自己定力不足的弱点。

夜已深，窗外传来阵阵松涛声。向万成在室内走了几圈，然后熄了灯，又去沙发上盘腿坐好，闭目养神，好整以暇。

黑暗中忽然传来一阵轻微的水响，向万成睁开眼睛，发现室内已多了一个人影。

虽然在黑暗之中，向万成还是清清楚楚看到，对方被一袭紫黑色长袍遮掩得严严实实，连头手都没有露出一丁点儿来。被长袍笼住的赤足走在地板上，悄无声息，只留下两串湿湿的脚印。然而，随着人影的走动，室内在不经意间多出一股幽幽淡淡的香味，那是一种似乎混合了玫瑰与百合的自然清香，仿佛自清晨的山谷飘来。

向万成是一向反对女人使用香水的！他从心底厌恶那种人工合成的化学味道，他说女人的体香就是这世界上最好的香水。所以，凡是生活在他身边的女人，都不得不忍痛放弃对香水的嗜好。

但眼前紫衣女人带来的这种若有若无的神奇香味，却让他感到飘飘欲仙，如痴如醉。正当他想要贪婪地大口吸入的时候，却又发现那香味似乎没有了。

向万成定定神，笑着说："你终于来了！三十多年前我们就打过交道的，算是老相识了，何必弄得这样神秘！是怕我嫌你老了么？"

紫衣人唯一露出的一双眼睛眨了一眨，却并无言语。向万成突然想起，她是被自己下了哑咒的，随即哈哈一笑，挥挥手说："好了，现在你可以开口说话了！"

"哼哼！"紫衣人试着发出一声冷笑，并不说起哑咒之事，只冷冷道，"三十多年前，我可不知道你是哪路神仙！"

"忘了？我可是记忆深刻哩！你让我额上长个疔疮，头痛欲裂，整整三天生不如死，那滋味，可是终生难忘啊！你都不记得了？"

"嗯？"紫衣人先是呆了一呆，随即爆发出一阵得意的笑声，"哈哈哈哈……"

紫衣人喉咙解禁，畅快淋漓笑过一阵后，冷冷地说："想起来了，原来是你这没出息的小子！现在看来，当时给你的惩罚真是太轻了！那么今天，你又是闹的哪出恶作剧？"

"今天可不是什么恶作剧。"向万成依然满脸笑容说，"三十多年来，我对你可是日思夜想哩！揭开面具吧，让我看看你的真面目！"

（第一卷完）